Grand Passage

HORS-SÉRIE

ISBN : 978-2-74-853085-8

92, avenue de France, 75013 Paris

Loi n° 49-956 du 16 juillet 1949
sur les publications destinées à la jeunesse,
modifiée par la loi n° 2011-525 du 17 mai 2011.

Mise en pages : DV Arts Graphiques à La Turballe
Dépôt légal : septembre 2022

Stéphanie Leclerc

Grand Passage

SYROS

À François Espada

Ce n'est pas la mémoire : c'est le songe qui est le miroir biologique où les morts se reflètent.

Pascal Quignard,
La barque silencieuse

1.

Le cerf avait des noisettes à la place des yeux et semblait couronné de feuillage. Le petit garçon l'avait dessiné longtemps avant de le voir en vrai pour la première fois. C'était comme si, à force d'essayer de saisir maladroitement son image, dans toutes les marges de tous ses cahiers, dans la buée des vitres, dans la poussière des meubles, il avait fini par le faire apparaître. Mais le cerf le détrompa tout de suite. *C'est moi qui t'ai fait venir à moi en apparaissant dans tes rêves. Je dois te montrer quelque chose. Suis-moi.*

Dehors il faisait nuit et il y avait bien dix centimètres de neige. Le petit garçon était trop petit pour s'étonner de quoi que ce soit. Il acceptait la vie comme elle se présentait à lui, avec ses bizarreries et ses miracles. En quittant la maison, il croisa son reflet dans le miroir de l'entrée et vit que lui aussi avait des noisettes à la place des yeux, et cela lui parut parfaitement normal. C'était pour que le cerf et lui puissent voir les mêmes choses. Celui-ci l'attendait une vingtaine de mètres plus loin. Il allait lui servir de guide. Il fallait le suivre. Le petit garçon avait du mal à avancer dans la neige. Alors le cerf l'attendit pour qu'il puisse s'agripper fermement à son pelage. Sous ses doigts, on aurait dit une vieille couverture qu'on avait oubliée dehors, humide, rêche et poussiéreuse. *Tu t'appelles Lauris,* dit le cerf. Et le petit garçon ne s'étonna pas non plus que le cerf connaisse son prénom. Il leva les yeux et regarda le ciel, et pour la première fois de sa vie il prit conscience que celui-ci n'était pas un décor peint au-dessus de sa tête, mais un espace infini qui dépassait de loin ses limites humaines de compréhension. Cette pensée ne l'écrasa pas, c'était même tout le contraire. Elle le remplit de joie et de confiance, comme si soudain tout était possible.

Pourtant il avait très froid. *Serre-toi contre moi*, dit le cerf. Et le petit garçon se colla sous son flanc, juste derrière l'antérieur gauche, mis ses pas dans les pas du cerf et reçut sur son visage son haleine chaude, qui sentait la viande, la bouse, le foin. Ils marchèrent longtemps. Puis soudain le cerf s'arrêta. *Écoute*, dit le cerf. *Tu entends ?* Le petit garçon tendit l'oreille. Il n'entendait rien du tout, à part le bruissement de la forêt proche et la respiration du cerf juste contre son oreille. *Écoute autrement*, reprit le cerf. *Écoute mieux. Pour cela tu dois te fermer à tous les bruits qui sont ici et envoyer ton oreille loin. Ce n'est pas compliqué. Il suffit juste de le faire.* Et le petit garçon se concentra, fit tout ce que le cerf lui avait dit, et effectivement, sans effort, il réussit à envoyer son oreille loin.

Ce qu'il entendit fut d'abord une sorte de plainte confuse, comme un long cri d'alarme étouffé. Puis un grondement diffus, flou, qui se précisa de plus en plus, s'amplifia, devint énorme. On aurait dit le choc de milliers de sabots qui martelaient la terre. Il sentit leur violence jusque dans sa poitrine. Pourtant ce bruit, le petit garçon le savait, n'était celui d'aucune bête.

– Qu'est-ce que c'est ? demanda le petit garçon.

– C'est le Grand-Passage, répondit le cerf, et il tourna vers lui ses yeux de noisettes.

Alors le petit garçon fut pris dans les feux puissants de milliers de phares et, ébloui, il eut la vision d'une longue file de véhicules circulant à toute vitesse sur l'autoroute. C'était ça, la terrible rumeur. C'était ce défilé continuel et rageur, divisé en deux, l'un à l'assaut du Nord, l'autre à l'assaut du Sud. Il eut peur et se serra contre le cerf qui frémissait violemment et dont les pattes s'étaient mises à trembler.

Soudain du sang coula le long du museau de la bête, comme s'il pleurait, et des taches écarlates s'élargirent sur la neige. Rien n'était plus beau que ce rouge et ce blanc. Le petit garçon s'aperçut que c'étaient ses bois qui saignaient. Leur capitonnage de velours se délitait, tombait en lambeaux sanguinolents, et le cerf secouait furieusement la tête pour s'en débarrasser, les mâchait comme pour s'en nourrir. Tandis qu'il s'appliquait à cette tâche, le soleil se leva et se coucha plusieurs fois, à une vitesse folle. Passèrent des nuits et des jours qui ne duraient pas deux minutes. Le ciel changea de couleur, la neige peu à peu disparut, rentra dans la terre. C'était le printemps, avec sa lumière dorée. *Crac, crac*, dit le cerf. Et ses bois tout secs tombèrent près de ses sabots, dans l'herbe.

– Tes cornes sont mortes, s'étonna l'enfant.

– Elles reviendront, dit le cerf. La mort n'est qu'une étape dans un cycle.

La neige en fondant avait formé des flaques boueuses autour des pieds de l'enfant.

– Maintenant tu dois rentrer chez toi, dit le cerf. N'oublie pas que la mort n'est qu'une étape.

Mais déjà il était flou, son image se fondait dans les arbres, le ciel, et sa voix était de plus en plus loin. Quand il se réveilla un peu plus tard dans son lit, le petit garçon courut vérifier à la fenêtre que le temps n'avait pas fait un bond prodigieux en avant et qu'il y avait bien de la neige dans les champs tout autour de la maison. Il vit que dehors c'était toujours l'hiver. On était dimanche et sa mère ne travaillait pas. Ils firent des crêpes. Il regarda une à une les lunes liquides s'arrondir dans la poêle, puis devenir dorées comme des soleils et sauter vers le plafond. Les doigts et la bouche pleins de sucre, il se souvint de chaque parole du cerf et se jura de ne jamais les oublier. Le lendemain était jour d'école. Il tomba dans la cour de récréation et ses genoux saignèrent à travers son jean.

Le jour suivant, il perdit une dent et trouva un billet de 5 euros sous son oreiller. Et le jour d'après encore, il se passa quelque chose. Douleurs, joies, ennuis, jeux, chaque jour apportait son lot de vie, chaque nuit un rêve chassait l'autre. C'est ainsi que le temps empoussière les songes, qu'il les minéralise, en fait des statues qu'il recouvre d'un drap et repousse aux confins des greniers de la mémoire. Le message du cerf finit par disparaître parmi les dizaines et les centaines d'autres messages que le petit garçon recevait continuellement de l'univers, cette multitude de bouteilles à la mer qui venaient s'échouer sur les rivages de sa conscience, et que parfois il ouvrait, parfois non.

Il oublia, n'y repensa plus jamais.

2.

La mort est là, partout, tout le temps. Quelques chiffres : huit milliards d'êtres humains peuplent la terre. À peine ce chiffre est-il énoncé que déjà cinquante-cinq d'entre eux ont fermé définitivement leurs paupières. Le temps de s'en étonner et le bilan des pertes s'élève aussitôt à cent dix. Cent dix décès par minute. Cent soixante mille morts par jour. L'hémorragie est constante. Le nombre des naissances pourrait adoucir un peu cette cruelle réalité – trois cents chaque minute, soit quatre cent mille bébés tout neufs débarquant chaque jour dans ce monde. Mais ce serait oublier que ce sont juste de futurs morts.

J'ai remarqué que les morts ne se contentent pas d'être enterrés et oubliés. Ils continuent d'exister. Nous vivons avec les morts autant qu'avec les vivants. Tout le monde le sait mais préfère l'ignorer. C'est pourtant une vérité assez incontestable. Allumez la radio, regardez la télévision, ouvrez un livre : les morts appartiennent à notre quotidien. Chanteurs morts, acteurs morts, écrivains et poètes morts inlassablement continuent de s'adresser à nous. Anonymes mais non moins présents sont les morts familiaux, tous ces ancêtres décédés dont nous conservons quelque part – dans le salon, au cimetière, dans notre patrimoine génétique – une trace : une photo, un objet intime, une pierre tombale marquée d'un nom, des yeux bleus, un trait de caractère…

Les morts sont là, partout, toujours. Ils nous accompagnent. Ils nous parlent. Et sans même y prêter attention, nous les entendons, nous les écoutons, nous recevons leurs messages. Et moi, maintenant, je les voyais. Enfin en tout cas j'en voyais un. Il était devant moi, assis sur une chaise de la cuisine.

– Salut toi, m'a dit mon grand-père.

Quatorze ans plus tôt, il avait succombé à une crise cardiaque. On avait retrouvé son corps auprès d'une chaudière qu'il était en train d'installer. Mais à cet instant précis, je lui trouvais plutôt bonne mine, pour un vieux macchabée. J'ai fait moi aussi bonne figure. Je ne voulais pas me mettre à hurler ou paraître impoli. Quelle attitude convenait-il d'avoir ? Fallait-il lui répondre ? Fallait-il faire comme si tout était normal, le saluer, passer devant lui, prendre mon dessert dans le frigo et simplement ressortir de la pièce ? En fait, je n'étais pas tellement surpris par sa présence. Il y avait eu ces derniers mois des signes annonciateurs, que j'aurais été certainement idiot de prendre en considération, mais idiot également d'ignorer tout à fait, des signes que je mettais de côté, comme ces milliards de pensées qui nous traversent continuellement et qui ne signifient rien, ou que nous ne parvenons pas à expliquer. Ces signes étaient ténus, mais bien réels. Par exemple, j'avais rêvé de lui à plusieurs reprises, ce qui en soi était déjà étrange puisque je ne l'avais quasiment jamais connu. Ma mère et lui étaient fâchés depuis ma naissance – la venue au monde d'un enfant sans père est souvent problématique dans une famille – et je savais qu'il ne m'avait pas aimé. Pourtant, ces derniers temps, allez savoir pourquoi, j'avais beaucoup pensé à lui. J'avais même eu l'idée un peu niaise d'aller fleurir sa tombe, mais ma mère, qui était rancunière, me l'avait interdit. Peu à peu, très discrètement, mon grand-père était revenu dans ma vie. Finalement il ne lui restait plus qu'à apparaître. Alors je lui ai répondu avec précaution, tandis que mon front, mes aisselles, les paumes de mes mains se couvraient de sueur :

– Salut toi. Qu'est-ce que tu fais là au juste ?

Il m'a souri avec bienveillance.

– C'est quand même ma maison, a-t-il répliqué.

J'ai fermé la porte de la cuisine derrière moi – ma mère était dans le salon, elle écoutait ses vieux disques, je ne voulais pas qu'elle nous entende et qu'elle ait peur – et je suis resté là, hyper tendu, respirant de plus en plus vite, attendant de voir ce qu'il allait se passer. Il avait tout à fait raison. Nous vivions chez lui, dans une petite maison perdue sur un grand terrain, à trois kilomètres du village de Grand-Passage, dans un coin qu'on appelle Les Rives, entre la forêt et l'autoroute. Nous roulions même dans sa vieille C15 Citroën aménagée, une véritable caisse à outils à roulettes, vu qu'il était plombier, un peu électricien, un peu maçon, et même, à l'occasion, ramoneur. Je l'ai regardé sans rien dire, un peu circonspect et sur mes gardes. Je ne sais pas si j'espérais un truc spectaculaire, du type transformation soudaine en ectoplasme vert et hurlant comme dans *Ghostbusters*, ou une manifestation d'horreur plus sobre, comme les visions épouvantables de spectres dans les *Conjuring*. Mais dans les deux cas, j'aurais sans doute été très déçu puisque au bout d'un long silence, au lieu de jouer à fond le registre du fantôme, mon grand-père s'est levé, a marché vers le réfrigérateur qu'il a ouvert et à mon grand désappointement s'est emparé d'un air ravi de mon dessert favori. C'était le dernier. Puis il a lâché d'un air désinvolte, en se retournant :

– Quelque chose m'a dit que tu avais besoin de moi...

J'allais protester – non, merci, tout va bien, tu peux repartir –, quand ma mère a essayé d'entrer dans la cuisine, enfonçant la poignée de la porte dans mon dos.

– Lauris ? Ça y est ? Qu'est-ce que tu fais ? Tu viens ?

Pendant une fraction de seconde, affolé, j'ai quitté mon grand-père du regard, me demandant comment empêcher que ma mère fasse irruption dans la pièce. Il a profité de ce court instant pour se volatiliser. En un clin d'œil, comme ça. Comme une lampe qui s'éteint. Aussitôt j'ai foncé vers le frigo et je l'ai refermé, comme si ce frigo béant sur la disparition d'un dessert pouvait apporter un témoignage concluant ou constituer une preuve accablante de l'événement indescriptible qui venait de se produire. S'encadrant dans la porte, ma mère m'a demandé avec impatience :

– Tu es prêt ? On y va ?

J'ignorais totalement de quoi elle parlait.

– Où ça ? j'ai demandé, l'air ahuri.

Son agacement est monté d'un cran.

– Faire les courses tiens ! Je t'attends !

Je devais avoir la tête d'un type qui hallucine, qui est entré dans la quatrième dimension, avec les yeux ronds, les cheveux dressés sur la tête, le souffle court. Elle m'a dévisagé, offusquée :

– On dirait que je te demande la lune ! C'est dingue ! Pour une fois que tu viens m'aider !

J'ai retrouvé mes esprits : les courses, oui. Remplir le caddie. Les packs d'eau minérale, de lait. Les sacs à porter. J'y étais.

– On y va ! On y va ! me suis-je exclamé. J'étais juste...

J'étais juste quoi ? Imbécile !

– J'étais juste en train de...

Ma mère me regardait comme si j'étais atteint d'une forme de déficience mentale rare.

– J'étais en train de digérer, ai-je dit d'un air dégagé.

Et j'ai foncé vers l'entrée où j'ai pris ma doudoune que j'ai enfilée promptement.

– On attend quoi ? On y va ? ai-je demandé avec un entrain réjouissant à voir.

Ma mère m'a rejoint, les yeux plissés, l'air soupçonneux. Elle a posé sa main sur mon front :

– Tu es de plus en plus bizarre toi. Tu es sûr que ça va ?

– Mais oui, ai-je répondu avec assurance. Pourquoi tu dis ça ?

Déjà, elle prenait la clé de la C15 accrochée au porte-clés mural de l'entrée et sortait devant la maison. On n'était qu'en octobre et il faisait déjà froid. Elle a haussé les épaules et m'a tendu la clé :

– Tiens, conduis un peu...

– D'accord, ai-je répondu, sans joie excessive.

Je n'avais que quatorze ans mais ma mère, régulièrement, me poussait à prendre le volant durant les deux cents mètres de chemin qui séparaient la maison de la route. C'était ainsi qu'elle envisageait mon apprentissage de la conduite. Sur son ordre, j'appuyais sur la pédale de débrayage tandis qu'elle passait les vitesses. Je n'étais pas passionné par cet exercice. Et même, pour tout dire, j'avais horreur de ça. La vitesse me rendait craintif. Je m'affolais dès que la voiture me paraissait sur le point de s'emballer – c'est-à-dire lorsqu'elle atteignait les trente kilomètres-heure. Inconsciemment, j'étais peut-être alarmé par cette volonté maternelle de me pousser vers l'indépendance, et aussi, ne nous mentons pas, vers la sortie de la maison, la fin de l'enfance et de tous ses privilèges. Aussi je m'appliquais à être nul et à ne rien comprendre.

Nous nous sommes installés dans le vieil utilitaire dont j'aimais bien l'odeur de moisi. Sous le regard attentif de ma mère, j'ai démarré le moteur puis j'ai attendu qu'elle me demande d'appuyer sur la pédale de débrayage.

– Débraie ! a-t-elle râlé. Je ne vais pas te le dire à chaque fois ! Depuis le temps, tu le sais !

– Oui !

– Et passe les vitesses pour une fois !

– Non !

– Mais enfin, tu ne vas pas pouvoir conduire toute ta vie avec un assistant !

– La ferme !

Nous nous chamaillions. Les choses avaient repris leur cours habituel, nous étions revenus dans notre routine la plus pure, la plus dénuée d'anormalité. J'étais à deux doigts de me dire qu'il ne s'était rien passé, que j'avais dû rêver éveillé. Ma mère a passé la première et la voiture a avancé en cahotant sur les ornières du chemin.

– Essaie, on ne risque rien, a-t-elle ajouté.

– J'ai pas envie.

– Oh, allez, amuse-toi ! Lâche-toi ! Fonce ! Sors un peu du sentier !

Mais je suis resté concentré et ridicule, les mains moites collées au volant tandis que la voiture nous propulsait à vingt à l'heure. Au-delà, la situation devenait psychologiquement bien trop inconfortable.

– Je n'ai pas envie, ai-je répété, têtu.

– Tu n'es pas drôle, a boudé ma mère.

J'ai roulé ainsi jusqu'à la boîte aux lettres où ma tentative de freinage n'a abouti qu'à faire caler le véhicule.

Tandis que je regagnais le côté passager avec soulagement, ma mère a récupéré le courrier – des enveloppes administratives, des tracts. Elle a jeté ces derniers à l'arrière de la C15, qui remplissait très bien la fonction de corbeille à papier, et a soigneusement rangé les enveloppes dans la boîte à gants.

– C'est pour Arnaud, a-t-elle dit. Ça doit être encore des papiers pour son entreprise.

Arnaud était entré dans notre vie à tous les deux un an plus tôt. Il n'était pas d'ici, il venait d'une région plus à l'ouest, du côté de l'océan. C'était un événement lorsque quelqu'un de nouveau s'installait dans une petite ville, cela faisait l'effet d'un peu d'air frais. Ma mère l'avait rencontré dans un bar où elle aimait traîner avec sa collègue de travail et amie Nicole, les soirs où elles avaient motif à célébration. Il s'était assis à la table d'à côté. Tout de suite ils s'étaient plu. Ils n'avaient pas perdu de temps. Arnaud m'avait été présenté le week-end suivant. Je l'avais trouvé très bien. Il était grand, il était assez beau. Il avait un vrai boulot. Il était gentil et sympathique. Il me parlait avec considération, et pas comme si j'étais un idiot. Cela changeait des abrutis locaux qui à un moment ou un autre avaient tous eu un regard concupiscent sur ma mère. Alors j'avais donné mon accord. Je n'avais aucun motif pour ne pas le faire. Bien sûr, j'aurais pu chercher la petite bête, et je l'aurais sans doute trouvée. Quelques années plus tôt, c'est d'ailleurs ce que j'aurais fait. Ce type n'était quand même pas parfait. Mais j'avais quatorze ans.

Je commençais moi-même à sortir un peu, à regarder des filles. Je comprenais certaines choses. Par exemple que nous ne pouvions pas, ma mère et moi, rester éternellement tous les deux en tête à tête, si confortable cette situation fût-elle. Que ma mère serait seule le jour où je quitterais la maison, même si ce n'était pas demain la veille. J'avais parfois ce genre de pensées. Aussi était-il temps qu'une troisième personne prenne son petit déjeuner avec nous, et apporte avec elle sa nouveauté et ses conversations inédites. Et c'est ce qui était arrivé. Et plus le temps passait, plus j'aimais Arnaud.

– Il rentrera tard ce soir ?

– Je ne sais pas. Il m'a dit qu'il téléphonerait. Aujourd'hui on dirait que les gens se sont donné le mot pour tomber en panne tous en même temps. Il n'a même pas eu le temps de déjeuner.

Le chauffage de la C15 commençait tout juste à se mettre en route. Ma mère avait gardé ses gants en laine. Lorsque nous sommes arrivés sur le parking du centre commercial, quelques flocons se sont écrasés contre le pare-brise où ils ont immédiatement fondu. Aussitôt j'ai eu le goût de la neige dans la bouche et j'ai salivé.

– Déjà ! s'est écriée ma mère en arrêtant la voiture. On n'est même pas encore en hiver !

À l'entrée du supermarché, Éric vendait son bois. Autrefois, on lui en prenait. Il nous le chargeait dans la C15. On se chauffait comme ça tout l'hiver. Depuis l'an dernier, c'était Arnaud qui s'occupait de nous fournir en bois. Il avait plein de plans comme ça. On ne savait pas trop où il allait le chercher. Quand maman lui posait des questions, il mettait un doigt devant sa bouche et souriait.

– C'est un échange de services.

En tout cas, la cheminée n'avait jamais autant ronflé. J'adorais être pieds nus et en tee-shirt à la maison quand dehors c'était la tempête.

– Salut Éric !

Ma mère l'embrassait toujours en passant. Éric était un vieux copain d'enfance.

– Coucou ma Laure !

Je trouvais qu'il la serrait un peu trop dans ses bras. Il me semblait aussi qu'il ne m'aimait pas tant que ça. Par exemple, moi, il ne m'embrassait jamais et me saluait à peine.

– Tu as vu ? Il neige ! lui a dit ma mère.

– Ce matin il y avait une belle plaque devant chez moi, lui a répondu Éric, qui vivait dans les hauteurs. Cette année, l'hiver sera précoce.

Ma mère a eu un geste à la fois fataliste et insouciant, ce qui est l'unique manière de conclure une conversation sur la météo, et nous nous sommes engouffrés dans le centre commercial.

– Tiens, prends la liste, je pousse le caddie, a dit ma mère.

– Je préfère le contraire, j'ai répondu.

– Comme tu veux. Si tu penses que c'est plus viril..., s'est-elle moquée.

Elle était assez vilaine pour le coup. C'était vrai que depuis peu ces questions me préoccupaient et que je soignais beaucoup mon attitude et mes apparitions en public. J'ai répliqué par une vacherie.

– Pas du tout. C'est juste qu'à ton âge, tu dois te ménager.

Elle m'a répondu par un petit coup de sac sur la tête assorti de son rire que j'adorais et nous avons entamé notre lente progression à travers les rayons – ma mère essayait de ne faire les courses qu'une fois tous les dix jours et sa liste était longue et précise. Elle prévoyait tout, du PQ aux pommes de terre en passant par le concentré de tomates, le shampoing et la crème hydratante. Elle détestait devoir revenir juste parce qu'il lui manquait des œufs ou un litre d'huile et était plutôt du genre à stocker.

– Il y a une promotion sur le bœuf, je vais prendre de la longe et congeler. Et je prends aussi des escalopes de poulet.

Elle était penchée au-dessus des viandes, fouillait vigoureusement dans les barquettes pour trouver celles dont la date de péremption était la plus lointaine, quand j'ai entendu quelqu'un l'appeler de loin.

– Laure !

Je ne connaissais pas la femme qui s'approchait de nous en souriant, mais la jeune fille qui l'accompagnait était loin de m'être étrangère. J'étais mortifié de lui être présenté attelé à ce caddie. Finalement, j'aurais dû m'occuper de la liste.

– Virginie ! s'est exclamée ma mère.

Elles se sont embrassées tandis que la fille et moi souriions d'un air un peu pincé. Puis la femme s'est adressée à sa fille en me désignant :

– Vous vous connaissez, non ? C'est le fils de Laure. Comment il s'appelle déjà ? a-t-elle demandé à ma mère comme si j'étais incapable de répondre moi-même.

– Lauris, tu dois connaître Géraldine. Le collège n'est pas si grand.

– On s'est croisés dans les couloirs, ai-je répondu.

– Euh oui, ça me dit quelque chose, a dit Géraldine avec indifférence.

J'étais sûr que je lui étais un total étranger.

– Vous êtes en troisième tous les deux, a dit ma mère. Vous vous êtes forcément vus.

– Ma fille redouble sa troisième cette année, a déclaré Virginie. Je n'arrête pas de lui dire que ce n'est pas un drame du tout.

– Oh non, au contraire, c'est très bien de redoubler, c'est une opportunité, a répondu généreusement ma mère.

Géraldine les a regardées toutes les deux avec haine. Il y a eu un blanc.

– Lauris, c'est vrai, a dit Virginie. Je ne m'en souviens jamais. Laure, Lauris. C'est original. C'est charmant. Et facile de s'en souvenir !

– Merci, a répondu ma mère. C'était une idée comme ça, que j'ai eue juste avant qu'il naisse.

Géraldine attendait que ça passe, muette, les yeux dans le vide. J'ai décidé de lui venir en aide :

– Maman, ai-je dit doucement en lui désignant le chariot et en avançant vers le rayon du lait pour lui faire comprendre que nous devions nous dépêcher.

En passant devant Géraldine – comble de l'audace – je lui ai fait un signe, assorti d'un sourire et d'un petit clin d'œil. La meilleure manière d'entrer en contact, entre jeunes, c'est sans doute de pointer le comportement insupportable des vieux. Du coup, Géraldine m'a regardé avec haine moi aussi. J'avais rarement vu des yeux aussi furieux. Ils avaient la couleur du Coca en ébullition et étaient assortis à ses cheveux.

– Oui, on y va, on y va, a dit ma mère, adressant à sa copine un petit geste d'au revoir désolé avant de me rejoindre.

Devant les bouteilles de lait, elle a remarqué :

– Elle est mignonne, cette Géraldine. Davantage que sa mère au même âge.

J'ai protesté :

– Mignonne ? C'est une bombe !

Ma mère a eu l'air dubitatif :

– Une bombe, tu trouves ? Décidément, je vieillis. Je ne sais plus ce qui est canon. Moi, je la trouve juste mignonne. Et pourquoi tu es mort de honte ? À cause de ta mère ?

– Laisse tomber. Mais c'est une bombe.

– Possible que ce soit une bombe, mais c'est pas une lumière. Elle a redoublé sa troisième.

– Elle est peut-être dyslexique, ou un truc comme ça. Ça n'a rien à voir avec l'intelligence. Tu juges mais tu ne connais pas la vie des gens.

– Tu sais quoi ? Je trouve que tu aurais dû te présenter comme délégué de classe. Tu saurais défendre les élèves les plus improbables. Mais quand même, je dois te dire un truc : moi, ta vieille mère, j'étais vraiment une bombe. Tout le monde le disait. D'ailleurs tu peux demander à Éric.

Mais j'avais décroché. Je n'écoutais plus. J'avais glissé dans une sorte de songe, bercé par une musique synthétique de grande surface, et je ne savais plus si c'était moi qui poussais le caddie ou si c'était lui qui me tirait. Je pensais à Géraldine, à ses yeux Coca où grondaient des tempêtes, et je voyais à peine les marchandises que ma mère mettait dans le caddie. En l'état actuel de mes connaissances, il n'y avait rien sur terre de plus adorable que cette fille. Le monde se mettait à flotter quand elle apparaissait au collège, au détour d'un couloir, sur un banc de la cour, toujours flanquée de ses habituelles acolytes. Et cette rencontre au supermarché ne faisait qu'en rajouter une couche.

Certains détails physiques de sa personne, sans doute insignifiants pour d'autres yeux que les miens, devenaient hypnotiques. Un lobe d'oreille, un tour de taille, et surtout, surtout, la virgule de ses sourcils qui lui donnait perpétuellement l'air grave, même quand elle rigolait. J'aurais pu planer longtemps ainsi, dans le labyrinthe des rayons, conduisant mon caddie, ou conduit par lui, je l'ignorais toujours, élaborant des scenarii de rencontres impossibles, des croisements de regards, des frôlements, sur les talons de ma mère qui parlait sans cesse, si je n'avais pas été brusquement ramené à une autre réalité par une vision dérangeante. Là, devant la boulangerie, alors que nous revenions vers les caisses, il m'a semblé apercevoir mon grand-père parmi la file des gens qui attendaient leur tour, penché sur la vitrine des viennoiseries. Il me tournait le dos mais on aurait dit la même silhouette, avec le même genre de veste, brune, très épaisse, qu'on appelle une canadienne. Troublé, j'ai mis les courses dans des sacs, essayant de ne pas le perdre du regard, essayant de m'assurer que je me trompais. Je pouvais concevoir que, dans le contexte familier de la maison, de la cuisine, mon esprit adolescent et torturé produise cette apparition, mais je n'avais pas pensé que le phénomène pourrait m'accompagner à l'extérieur. J'aurais aimé voir son visage, pour être sûr, mais il me tournait obstinément le dos. De plus il disparaissait parfois complètement derrière le flot régulier des clients du supermarché.

Jusqu'au parking où la voiture était garée, j'ai tenté de le voir de face, me dévissant le cou, trébuchant contre les roues du caddie chargé à bloc. Mais l'homme a finalement quitté la devanture de la boulangerie, a pris une allée, et je l'ai perdu de vue.

– Tu m'aides ? s'impatientait ma mère en déchargeant les courses.

C'est en allant ranger le caddie que les mots de mon grand-père me sont revenus en mémoire.

Quelque chose m'a dit que tu avais besoin de moi...

Oh que non. Ouh là là. Gros malentendu. Il se trompait, le mec. Complètement à côté de la plaque. Je n'avais absolument pas besoin de ce genre de truc dans ma vie.

3.

D'aussi loin que je me souvienne, j'ai toujours vu des choses bizarres. Des choses que les autres ne voyaient pas. Quand je me suis rendu compte que j'étais le seul à ma connaissance à bénéficier de ce don, j'ai décidé de faire profil bas. C'étaient des petits trucs. Pas de quoi en faire une montagne. Une mouche, c'était une mouche. Qui se soucie d'une mouche ? Elle avait passé une année entière à m'agacer dans la classe de CE1 de Mme Espino. Ce n'était pas une mouche anodine. Une de ses ailes était dans un sale état, elle semblait plus ou moins écrabouillée et son vol n'était pas des plus fluides, mais malgré cela elle manifestait une résistance étonnante. L'année suivante, alors que j'étais passé en CE2, j'étais retourné dans la classe de Mme Espino, pendant la récré, juste pour voir si la mouche était toujours là. Et bien sûr, c'était le cas. Elle était toujours aussi mal en point. Mais toujours bourdonnante. Si j'avais raconté ça à quelqu'un, est-ce qu'il m'aurait cru ? Est-ce que c'était important, cette histoire de mouche ? Plus le temps passait, plus je devenais attentif et plus j'en voyais : des scarabées, des cafards, des hannetons. Pattes arrachées, carapaces vides à moitié écrasées, élytres manquants. Ils étaient morts et pourtant ils continuaient d'être là. Je ne disais toujours rien à personne. Personne ne se souciait de ces bestioles. Même vivantes, tout le monde s'en foutait. Et puis zut, quoi, j'étais *petit*. Je croyais au père Noël, aux fées, aux lutins, aux monstres et à la petite souris. Je n'avais aucune idée de ce qu'était le monde normal. Et puis j'ai grandi, le père Noël, les lutins et les fées ont cessé d'exister, mais j'ai quand même continué de voir mes trucs bizarres. C'étaient toujours des insectes, auxquels s'ajoutaient parfois des lézards. Rien de bien notable en somme.

Et puis il y a eu le cerf.

À deux mètres de notre maison commence la forêt. Un matin, tôt, de la fenêtre de ma chambre, je vois un cerf sortir des arbres. Ce n'était pas la première fois qu'un cerf s'approchait de la maison. C'est beau, un cerf. C'est toujours une apparition un peu magique. J'ai continué de le regarder tout en m'habillant. Mon réveil indiquait 7 h 52. Calme et majestueux, le cerf a traversé le champ voisin, en pente douce vers la plaine, et a fini par disparaître derrière les buissons et les bosquets. Cette vision m'avait enchanté toute la journée. Le lendemain, pour ma plus grande joie, le cerf était revenu. Comme la veille, je l'avais regardé longuement, toujours aussi superbe, traversant le même champ, suivant un chemin précis, connu de lui seul, avant de s'évanouir dans la nature.

Le jour suivant, ouvrant les volets, j'ai eu la stupéfaction d'apercevoir à nouveau le cerf. Cette fois, il avait déjà presque entièrement traversé le champ. À moitié endormi, je m'étais fait la réflexion que j'étais en retard. Effectivement, mon réveil indiquait 7h58. Tout de même, il me semblait que la ponctualité de ce cerf sous la fenêtre de ma chambre depuis trois jours était assez déconcertante, même pour mon juvénile esprit de neuf ans, encore souple et prompt à accepter l'improbable et les miracles en général. Aussi, le lendemain matin, je m'étais obligé à sortir de mon lit dès que le réveil avait sonné, à 7h50 pile, et je m'étais posté à la fenêtre, en observation. Je n'avais pas eu longtemps à attendre. À 7h52, le cerf était apparu à la lisière de la forêt et avait entrepris sa tranquille traversée du champ. Aussitôt j'avais mis mes pieds nus dans mes baskets à scratch et enfilé mon anorak par-dessus mon pyjama. Empruntant la porte de derrière, sans faire de bruit, j'avais vu que le cerf était quasiment sur le point d'atteindre la limite du champ. Il n'allait pas tarder à entrer dans cette zone où débutait la plaine, faiblement arborée : quelques chênes épars, des buissons, de l'herbe haute et sèche, des chemins pleins de cailloux. Je m'étais élancé à sa poursuite, en faisant le moins de bruit possible, dérapant quelques fois sur l'herbe mouillée, et j'avais réussi à le rattraper, en laissant entre nous une distance raisonnable d'une cinquantaine de mètres. Nous

N'y avait-il pas là de quoi se réjouir ? Mais je ne pouvais pas. C'était impossible. Car à présent j'étais trop *grand* pour me compromettre dans un truc pareil. Trop grand, et donc trop lucide. Je savais très bien ce que je risquais et je n'avais aucune envie d'être ridicule ou considéré comme un monstre. J'étais un mec gentil comme tout, pas morbide pour deux sous, ni imprégné d'histoires glauques. Et je voulais que ça continue. Je voulais mener une vie normale. Je venais de comprendre qu'il n'y aurait jamais de moment adéquat pour parler de ces mystères. Et donc je n'en parlerais jamais. C'était une bonne décision. Une décision sage. La plus raisonnable. Et puis, après tout, je vivais très bien avec cette faune étrange. Je n'y faisais même plus attention. À quatorze ans, j'avais autre chose à faire que tenir un inventaire des mouches, des chiens et des souris mortes. Mais l'apparition de mon grand-père, sans remettre en cause quoi que ce soit, soulevait quand même un sacré problème. Est-ce qu'elle signifiait que j'allais me mettre à voir des « humains » ? Et au fur et à mesure que cette idée se frayait un chemin dans mon cerveau récalcitrant, au fur et à mesure que je prenais conscience de ce qu'elle impliquait, et que des visions d'horreur commençaient à m'assaillir, je me rétrécissais de plus en plus sur le vieux siège défoncé de la C15, je m'enveloppais dans mes propres bras et je me serrais fort comme pour me protéger. Je commençais même à me balancer imperceptiblement d'avant en arrière, cherchant du réconfort dans ce bercement, et je n'aurais sans doute pas tardé à gémir si la voix de ma mère ne m'avait pas tiré de ce petit épisode psychotique personnel et privé :

– Oh Seigneur, Lauris, je ne sais pas à quoi tu penses, là, tout de suite, mais tu ferais mieux d'arrêter. Tu n'as jamais été aussi laid, avec ces yeux fixes, là, comme un zombie. Arrête de froncer les sourcils ! Et détends ton nez ! Qu'est-ce qui se passe ?

Au prix d'un grand effort, je suis parvenu à lisser mes traits.

– Rien, je lui ai dit. J'étais perdu dans mes pensées.

Ma mère m'a souri, a passé sa main dans mes cheveux. Déjà elle pensait à autre chose et regardait la route :

– Arnaud n'a toujours pas appelé. Je crois qu'on va juste dîner tous les deux ce soir. C'est bien, non ? Comme avant.

– C'est très bien. S'il continue de travailler comme ça, on va devenir riches.

Ma mère a eu son petit sourire d'amoureuse. Elle a allumé la radio qui était programmée sur un canal nostalgique et qu'on avait parfois du mal à capter l'hiver quand la neige n'était pas loin. Pourtant, malgré le ciel lourd, nous avons eu droit à deux minutes trente de Michel Fugain.

C'est un beau roman, c'est une belle histoire / C'est une romance d'aujourd'hui...

– On a de la chance, a soupiré ma mère. Il faut en profiter. Il faut être heureux.

Ensuite les grésillements de plus en plus présents nous ont empêchés de jouir pleinement des *Lacs du*

Connemara, que je connaissais par cœur à force de les entendre se déchaîner sur ces vieilles ondes radiophoniques. De toute façon, on était arrivés.

– Qu'est-ce que tu veux faire cet après-midi ? m'a demandé ma mère. Tu traînes avec moi à la maison ? On se fait des crêpes ?

– Non, je vais aller voir si Lali est à la station.

– C'est mercredi. Elle doit y être avec Nicole. Je ne t'accompagne pas. C'est mon jour de repos et je vois suffisamment cet endroit.

– Pas grave. Je marcherai.

– Tu feras un bisou aux filles.

Ma mère travaillait à la cafétéria de l'aire d'autoroute de Grand-Passage, sauf les lundis matin, mercredi et dimanche. Elle était très amie avec sa collègue Nicole, et moi je connaissais depuis toujours la fille de cette dernière, Lali. Nous étions des enfants de l'aire. Nous y avions joué pendant toute notre enfance, nous en connaissions les moindres recoins. Lali était un peu plus âgée que moi et maintenant qu'elle était au lycée, je la voyais beaucoup moins. Mais je la rejoignais quelquefois le mercredi, quand elle s'installait dans la salle du restaurant pour bûcher ses cours, tandis que sa mère servait les clients. J'aimais Lali. Son nouveau statut de lycéenne ne l'avait pas rendue trop snob. Elle pouvait passer du temps avec moi sans se sentir déchoir. Et même quand elle était avec ses copines, elle me disait toujours bonjour.

J'ai mis une écharpe supplémentaire et j'ai traversé les champs devant la maison, en direction de l'autoroute. Ensuite il suffisait de longer les rails de sécurité pour rejoindre l'aire de Grand-Passage. Ma mère ne m'aurait pas empêché de me balader par là-bas mais elle trouvait que l'endroit n'était plus aussi sûr qu'avant, avec tous ces gens bizarres qui s'arrêtaient parfois sur le parking, blêmes d'avoir roulé toute une nuit, froissés d'avoir dormi dans leur voiture et qui semblaient attendre un rendez-vous. On ne savait pas qui ils étaient, ni ce qu'ils faisaient là, dans la nuit ou au petit matin, à boire des cafés ou à fumer en regardant passer les voitures. Peut-être ne le savaient-ils pas eux-mêmes. Il y avait aussi les bandes qui gravitaient là en journée, des individus pas vraiment discrets qui envahissaient les tables devant les machines à café de la supérette.

– Des vendeurs de drogue…, disait Nicole, la collègue et amie de ma mère, qui aimait les émissions sur les enquêtes criminelles et les faits divers les plus glauques. Des dealers et des mecs en fuite. Et peut-être aussi des assassins.

Elle ne se gênait pas pour relever ostensiblement le numéro d'immatriculation d'individus qui lui paraissaient suspects. Un carnet était dédié à cette mission sensible, qu'elle rangeait sous la caisse enregistreuse.

Tandis que mes baskets s'enfonçaient dans l'herbe mouillée, dans ma tête tournait en boucle *Les lacs du Connemara*. J'essayais de marcher au rythme de la musique, ou presque, ce qui me donnait probablement une allure altière. J'ai eu beau essayer de changer mentalement de chaîne, de choper quelque chose de plus contemporain, du Nekfeu, du Snoop Dogg, du Jay-Z, mais rien à faire. C'était Sardou et rien d'autre. J'étais sans cesse habité par des chansons ringardes à cause de ma mère. C'était comme une autre malédiction qui s'ajoutait à celle qui m'affectait déjà : ma mère avait le culte des années quatre-vingt.

Je n'ai pas tardé à entendre le mugissement puissant des camions qui passaient à toute allure sur l'autoroute. Au-dessus de moi, une buse décrivait des cercles, comme si elle s'apprêtait à descendre en piqué pour me bouffer. À son vol un peu triste, à ses ailes un peu abîmées, j'ai compris à quel genre d'animal j'avais affaire. Mais il ne fallait pas croire que je passais ma vie à voir partout des bêtes mortes. Selon moi, seules les plus audacieuses ou les plus confiantes se manifestaient. L'immense majorité devait se cacher. Les bêtes mortes étaient sans doute plus craintives et timides que les vivantes – discrétion que du reste j'appréciais. D'ailleurs, si cela n'avait pas été le cas, elles auraient été partout, envahissant les champs, les bords de route, les propriétés, les chenils, les étables, les rues, et ma vie aurait été tout simplement insupportable.

La buse a continué son vol de traviole au-dessus du même point invisible, sans doute une proie encore plus morte qu'elle-même et qu'elle était seule à voir, et j'ai bientôt distingué à travers les arbres le tracé gris et argent de l'autoroute, avec son rugissement de cascade. Je conseille aux gens qui désirent bonheur et prospérité de s'installer au bord d'une autoroute qui relie une mer et une montagne. Été ou hiver, aller ou retour, jamais le trafic ne s'arrête. Et il fait bien nos affaires, comme dirait ma mère. L'autoroute, la sainte autoroute, la déesse autoroute, est la première employeuse du coin. Tout le monde en profite de près ou de loin. Ma mère était en première ligne, avec son travail sur l'aire, mais mon beau-père également, qui en assurait l'entretien et depuis peu prenait en charge les dépannages d'urgence, de jour comme de nuit. Il possédait son propre camion remorqueur, un vieux véhicule Ford avec une grande plate-forme et un treuil. Il n'était pas du coin mais on commençait à l'apprécier. Il était gentil et serviable. On l'appelait de plus en plus souvent. Heureux pupille de ce couple en pleine croissance économique, je sentais que je n'allais pas tarder à connaître l'abondance. Et même, je comptais fermement là-dessus.

Au son des klaxons des camions indignés de voir un jeune piéton en milieu si hostile, j'ai parcouru le dernier kilomètre qui me séparait de l'aire collé à la rambarde de sécurité, là où l'herbe se faisait rare et où une sorte de sentier était tracé. Par contraste, il régnait sur l'aire un silence bienfaisant.

Quand je suis entré dans la cafétéria, j'ai tout de suite vu que Nicole faisait la gueule. Elle ne souriait pas comme d'habitude, rendait la monnaie comme un automate, rabrouait les gens. Je suis allé aux machines à café, j'ai commandé un grand crème allongé saveur caramel et je suis ressorti pour voir si Lali était en terrasse, m'attendant à voir son dos studieux, penché sur ses copies, et les fines bouclettes châtain et comme duveteuses qui couraient sur sa nuque, sous sa queue-de-cheval. Mais sa table habituelle était occupée par un gros monsieur qui mangeait mélancoliquement une entrecôte accompagnée d'une petite colline de frites. J'ai parcouru la salle, allant vérifier qu'elle ne se trouvait pas derrière un de ces îlots de plantes en plastique qui isolaient les tables les unes des autres, mais non. Lali n'était pas là.

– Lali est partie, m'a confirmé Nicole. Ça doit faire une heure.

Elle avait les yeux gonflés et la mine triste. Je l'ai interrogée du regard :

– On s'est disputées, a-t-elle avoué. En ce moment on ne fait que ça. C'est l'âge il paraît. Il faut attendre que ça passe. En attendant je morfle.

Elle semblait réellement bouleversée. J'avais du mal à imaginer le monument de douceur qu'était Lali faisant pleurer sa mère. J'ai voulu la réconforter :

– À la maison, on se dispute aussi beaucoup tu sais. On se dit des trucs horribles et puis ça passe. Je pense que c'est plutôt sain comme fonctionnement dans une famille.

Nicole n'a pu réprimer un sourire. Au moins je l'amusais.

– Merci Lauris, a-t-elle dit. Tu as raison. Mais j'en ai marre de gérer toute seule une ado en crise.

Je me suis assis sur un des hauts tabourets du comptoir. Cette conversation m'intéressait :

– Tu devrais rencontrer quelqu'un, lui ai-je suggéré. Sortir davantage. Te changer les idées. Il faudrait que tu prennes les choses avec plus de légèreté. Vous vous en porteriez mieux toutes les deux je pense. Vos rapports seraient moins tendus.

Nicole a cette fois carrément éclaté de rire :

– Merci Lauris. Tu es le gamin le plus cool que je connaisse.

Je ne savais pas trop si elle se moquait de moi ou si elle reconnaissait sincèrement ma maturité.

– Lali est partie à pied ? ai-je demandé pour changer de sujet.

Nicole s'est rembrunie.

– Non. Elle avait son vélo. Elle a pris son sac et elle a dit qu'elle rentrait. Enfin, elle a hurlé qu'elle rentrait. Elle doit être à la maison. J'ai essayé de la joindre et bien sûr, elle a éteint son portable.

– Tant pis. J'aurais aimé la voir. Tu lui diras que je suis passé.

– Si elle n'est pas barricadée dans sa chambre, les écouteurs sur les oreilles, j'arriverai peut-être à lui en toucher deux mots.

Je lui ai adressé un petit sourire navré avant de la quitter et j'ai refait le même chemin en sens inverse jusqu'à la maison. La buse tournait toujours lugubrement au-dessus d'une proie qu'elle ne saisirait jamais et j'ai espéré pour elle qu'elle ne connaissait plus la sensation de la faim, et que son vol se résumait désormais à une expérience mécanique, vide et stupide. Dans la maison, maman lisait un magazine, allongée sur le canapé. Ne pas aller travailler le mercredi était un privilège récent et elle en profitait pleinement, en vieux survêtement élimé, grosses chaussettes, et le chouchou ridicule dans les cheveux. Un disque tournait sur la platine – velouté du vinyle noir combiné au mouvement circulaire hypnotique. Le plateau oscillait un peu, rendant aléatoire la lecture du saphir et distordant légèrement le son. Je crois que ma mère aimait bien justement ces imperfections, ainsi que les grésillements dus aux rayures et aux poussières. C'était le son même du souvenir. La nostalgie pouvait s'accomplir de façon parfaite.

– Tu rentres déjà ? m'a demandé maman.

– Lali n'était pas là. Elle s'est disputée avec sa mère.

– Oh, encore, a dit maman en soupirant. Nicole passe une sacrée période.

Je me suis installé sur le canapé, me lovant dans le coin qu'elle avait laissé.

– C'est quoi le problème avec Lali ?

– Bof, rien de bien original. L'hystérie de l'adolescence. Nicole en prend plein la gueule. Lali lui reproche à peu près tout mais principalement le fait que son père soit parti, comme si c'était de sa faute. Et elle conclut toujours par l'imparable : tu n'avais qu'à pas me mettre au monde. Ça, je crois que c'est le truc le plus con qu'on puisse dire à sa mère. Qu'est-ce que vous êtes pénibles avec ça.

Je me suis collé contre elle :

– Je te remercie de m'avoir mis au monde, maman.

Elle a eu un petit rire satisfait :

– Bien !

– Arnaud a appelé ?

– Oui, il pense rentrer avant 10 heures. Mais on ne l'attend pas pour dîner.

Il était aux environs de 18 h 30 – c'était une soirée banale et je traînais au salon en jouant mollement à *Sonic Runners* tandis que ma mère préparait le dîner dans la cuisine – quand le téléphone a sonné. Assez rapidement, j'ai compris que c'était Nicole. J'ai dressé l'oreille.

– Mais non, ne t'inquiète pas, lui a dit maman. Ce n'est pas la première fois qu'elle fait ça.

Il était certainement question de Lali. À l'autre bout du fil, Nicole semblait protester.

– Oui, bien sûr, il faut que tu appelles tous ses amis. Mais bon, tu sais bien qu'ils mentent tous tellement. La dernière fois, la fille qui l'avait hébergée t'avait juré sur la tête de sa grand-mère qu'elle n'avait pas vu Lali depuis une semaine.

Nicole était apparemment très angoissée. Maman, le visage navré, l'a écoutée longuement.

– Tu veux que je vienne ? lui a-t-elle proposé. On l'attendra toutes les deux et à son retour, on lui passera le savon du siècle. Non ? Tu es sûre ? Qu'est-ce que tu vas faire ?

La réponse de Nicole a fait sourire ma mère, qui lui a dit qu'on l'embrassait très fort et qu'elle pouvait téléphoner à n'importe quelle heure de la nuit, puis a raccroché.

– Alors ? ai-je demandé. Qu'est-ce qu'elle va faire ?

– Elle va boire une bière, a répondu ma mère. Et après elle réfléchira.

– Lali avait déjà fugué avant ? Je ne savais pas.

Ma mère a haussé les épaules.

– Disons qu'il lui est déjà arrivé une ou deux fois de dormir chez une amie et de ne pas prévenir sa mère. Et de rentrer le lendemain du lycée, comme si de rien n'était. On ne peut pas vraiment parler de fugue.

Nous nous sommes mis à table. Tranches de rôti de porc et purée.

– Demain, elle va rentrer la bouche en cœur, et Nicole sera tellement soulagée qu'elle ne l'engueulera même pas, a conclu ma mère.

– J'aime bien Lali, ai-je dit. Je ne savais pas qu'elle avait des problèmes.

– Elle n'en a pas ! En revanche, elle en cause pas mal à sa mère. Je plains Nicole. D'ailleurs, je vais finir par la choper et lui dire ce que je pense, à cette gamine.

Arnaud est arrivé un peu après 21 heures. J'étais déjà en haut, dans ma chambre, couché, les écouteurs dans les oreilles, l'ordinateur allumé, en train de regarder pour la troisième fois la dernière saison de ma série préférée. Mais j'ai quand même entendu le bruit de la porte.

– Hé mec ! j'ai crié.

Ma chambre se trouvait juste en face de l'escalier. Nul ne pouvait ignorer cet appel.

– Hé mec ! a répondu Arnaud d'en bas. Alors ? Bonne journée ?

– Ouais et toi ?

Il a grimpé quelques marches :

– Pas trop mauvaise, a-t-il répondu.

– Cool ! J'espère que plein de gens sont tombés en panne aujourd'hui.

Il a ri :

– Et moi j'espère que tu seras super en forme ce week-end. J'ai besoin de toi. Un peu de boulot.

Il a passé la tête par la porte entrebâillée. J'ai reçu en plein cœur son beau sourire gentil et moqueur.

– Merci mais moi, le week-end, je récupère, ai-je répondu, profondément enfoui dans ma couette. Tu devrais en faire autant.

– Tu n'as pas le choix, a-t-il répliqué. Tu es mon associé.

Il a tourné les talons et je l'ai entendu redescendre les marches. Ma mère riait dans le salon. Bientôt les premières notes de *Lady in Red* se sont élevées et j'ai senti le fumet du rôti de porc mis à réchauffer. J'ai gueulé :

– Hé, les jeunes, moins fort la musique !

Ils ont ri encore. Je ne savais même pas s'ils m'avaient entendu. Je me suis levé et j'ai marché jusque sur le palier.

– Il y a des gens honnêtes qui essaient de dormir ! ai-je crié, penché au-dessus de la rampe, avant de claquer théâtralement ma porte.

Je me suis à nouveau confortablement couché, mon ordinateur posé sur mon ventre. Ma série avait continué de vivre sa vie sans moi. Je ne regardais pas vraiment les images. Je me laissais bercer par la musique des dialogues que je connaissais par cœur. Je laissais mon esprit dériver. Je pensais à Lali. Je ne la comprenais pas. Nicole était si brave. J'étais sur le point de m'endormir quand soudain je l'ai vu. Il était là, dans l'obscurité, appuyé contre le mur, à côté de la porte. Je me suis demandé comment ce détail avait pu m'échapper, ce détail grotesque, ce détail abominable qu'était mon grand-père mort et pourtant debout dans ma chambre, dans sa vieille veste délavée. Je me suis raidi sous ma couette, j'ai senti les muscles de mes jambes se tendre jusqu'à me faire mal.

– Chut, m'a dit mon grand-père.

Il y a eu un long silence. Me souvenant soudain des conditions de sa dernière éclipse – il avait attendu que je détourne le regard pour s'évanouir –, j'ai poliment fermé les yeux pour lui laisser le temps de partir. Mais quand je les ai rouverts, il était toujours là. À nouveau je les ai fermés, ouverts, mais il était toujours aussi obstinément là. Comme aux aguets. J'ai compris qu'il écoutait.

Au bout d'un moment, il s'est tourné vers moi.

– Elle est heureuse, m'a dit mon grand-père.

Il hochait la tête et il souriait avec tendresse. Avec un gémissement, je me suis enterré sous ma couette. Quand j'ai enfin eu le courage de pratiquer une ouverture entre l'oreiller et la couette – un petit tunnel prudent du diamètre d'une cigarette – j'ai senti, plus que j'ai vu, qu'il était parti.

RÈGLES DE NAVIGATION EN KITE

RULES OF NAVIGATION FOR KITESURFING

1 Le rider qui se met l'eau a priorité sur celui qui rentre / The launching rider has priority over the returning rider.

2 Gardez une zone libre sous le vent. Regarder à 360 ° avant une manœuvre / Check that the downwind zone is free. Look around 360° before doing a manoeuver.

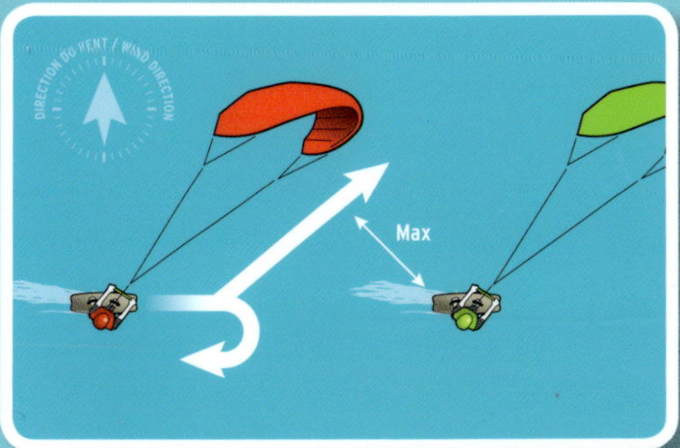

3 Le rider rattrapé est prioritaire, le rattrapant doit modifier sa route / The overtaking rider has priority.

4 Le rider qui surfe une vague a priorité / Priority is given when riding a wave.

5 Croisements : Le rider qui reçoit le vent à bâbord doit descendre sous le vent / « Starboard tack, king of the sea » (Right hand forward).

6 Lors d'un croisement ou d'un dépassement, le rider sous le vent baisse son aile / When crossing or overtaking, the downwind rider lowers its kite.

DÉCOLLAGE >
Je veux faire décoller mon aile
/ I want to launch my kite

< ATTERRISSAGE
Je veux faire atterir mon aile
/ I want to land my kite

AF Kite
ASSOCIATION FRANCAISE DE KITE

NAVIGUEZ AVEC BON SENS ET COURTOISIE

Groupement des Moniteurs de Kite
GMK

FENÊTRE DE VOL / WIND WINDOW

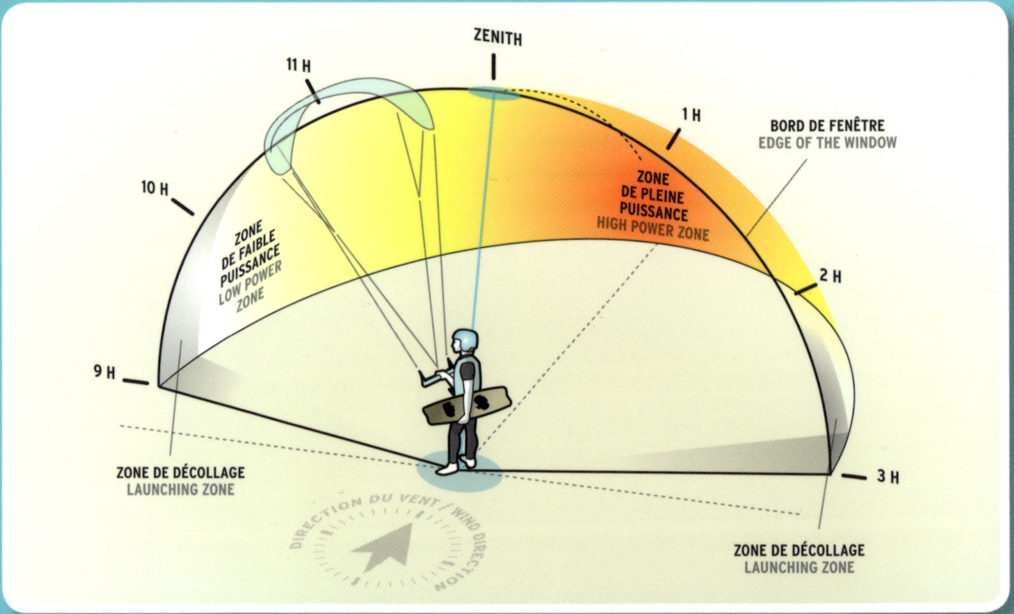

1. La fenêtre de vol est le quart de sphère perpendiculaire au vent dont le centre est le pilote / The wind window is quarter of a sphere and is perpendicular to the wind with the centre being the pilot. **2. Pilotage à une main : aile calée en demi fenêtre gauche = pilotage main droite (et inversement)** / traduction du texte en anglais.

ÉCHELLE DE VENT / WIND SCALE

TERME	CALME	TRÈS LÉGÈRE BRISE	LÉGÈRE BRISE	PETITE BRISE	JOLIE BRISE	BONNE BRISE	VENT FRAIS	GRAND FRAIS	COUP DE VENT	FORT COUP DE VENT	TEMPÊTE	VIOLENTE TEMPÊTE	OURAGAN
FORCE (BEAUFORT)	0	1	2	3	4	5	6	7	8	9	10	11	12
VITESSE EN NŒUDS	1<	1 à 3	4 à 6	7 à 10	11 à 15	16 à 20	21 à 26	27 à 33	34 à 40	41 à 47	48 à 55	56 à 63	≥ 64
VITESSE EN KM/H	1<	1 à 5	6 à 11	12 à 19	20 à 28	29 à 38	39 à 49	50 à 61	62 à 74	75 à 88	89 à 102	103 à 117	≥ 118

VENT APPARENT / APPARENT WIND

Le vent Apparent (A) est la somme vectorielle du vent Météo (B) et du vent Vitesse (C). / Apparent wind (A) is the vectorial sum of the true wind (B) and the induced wind (C)

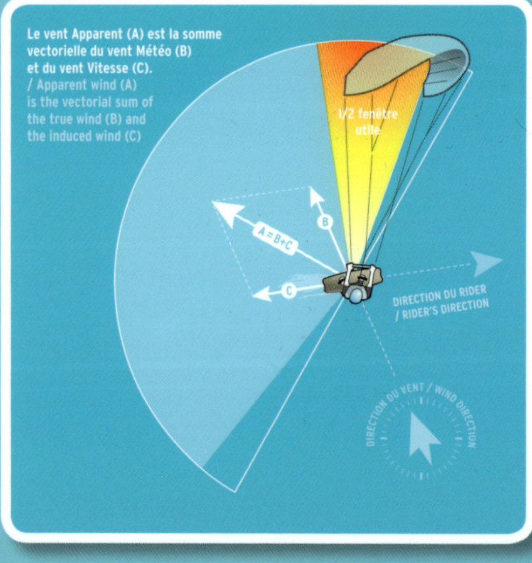

PILOTAGE / PILOTING

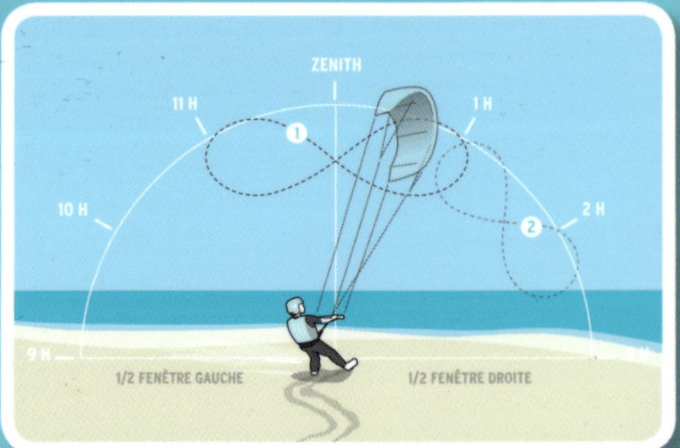

1. Relance dans toutes la fenetre : le pilote fait des traces serpentine / Flying the kite using the whole window : the pilot leaves a trail like a snake. **2. Relance en demi fenetre : le pilote fait des traces rectiligne** / Flying the kite using half the window : the pilot leaves a trail across the wind.

Groupement des Moniteurs de Kite GMK

AF Kite ASSOCIATION FRANCAISE DE KITE

CONCEPTION JÉRÔME FERRERI / GRAPHISME & ILLUSTRATIONS : ROMAIN DISSOUX

4.

– Il était comment, le grand-père ? ai-je demandé à ma mère en me servant du jus d'orange.

La vie ne manquait pas d'humour : ce matin, quand j'étais descendu à la cuisine, la musique de *Ghostbusters* passait à la radio et ma mère, qui avait poussé le volume à fond, battait la mesure dans l'air, avec sa petite cuillère.

– Pas cool, a répondu ma mère. Pas cool du tout. Et en vieillissant il ne s'était pas arrangé. Pourquoi tu me demandes ça ?

– Bref, tu l'aimais pas beaucoup.

– Si, c'était quand même mon père a-t-elle répondu. Mais à un moment, entre nous, ça n'a plus été possible.

Elle a baissé le son et a commencé à beurrer sa biscotte.

– C'était à cause de moi, non ? De ma naissance ?

– Oui, il ne l'acceptait pas. Dépêche-toi de manger. Arnaud va encore t'attendre pour partir.

– Il disait quoi ? ai-je insisté, la bouche pleine.

– Rien. Il n'était pas content. C'est tout.

– Tu avais fait un genre de déni de grossesse, un truc comme ça ?

Elle m'a regardé comme si j'étais une petite sculpture nauséabonde qu'un chien sans moralité aurait déposée sur la chaise de la cuisine :

– On ne pourrait pas déjeuner en paix ?

C'était une de ses chansons préférées et j'ai rigolé. Mais ça ne l'a pas déridée.

– J'aimerais juste savoir, ai-je dit.

Elle a levé les yeux au ciel :

– Savoir quoi ? C'était une période difficile, voilà. Et aujourd'hui tout va bien. Je t'aime. Tu m'aimes. On s'aime. Et si en plus tu rangeais tous les matins ton bol dans le lave-vaisselle, ma vie serait parfaite.

– Oui mais sinon il était comment ? C'était quel genre de type ?

Elle m'a regardé d'un air soupçonneux :

– Mais pourquoi tu t'intéresses à lui tout à coup ? Tu l'as à peine connu.

La réponse a fusé et nous a atomisés tous les deux, de part et d'autre de la table de la cuisine.

– Peut-être parce que tu ne me parles jamais de mon père, ai-je dit.

C'était sorti tout seul. Je ne savais pas pourquoi j'avais dit ça. Il y avait certainement une part de vérité là-dedans mais je crois surtout que je voulais juste esquiver sa question sur mon intérêt soudain pour mon aïeul. On pouvait dire que c'était réussi.

– Désolé, ai-je marmonné.

Pour ne pas briser les biscottes lorsqu'on les beurre, il faut en empiler plusieurs. Cela n'évite pas de devoir procéder au beurrage avec précaution. Là, ma mère a écrasé toute la pile d'un seul coup.

– Décidément, chaque fois qu'on fait les courses ensemble, mes biscottes arrivent en miettes, a-t-elle dit avec une mauvaise foi époustouflante.

– Désolé, ai-je répété.

Je me suis levé, j'ai rangé mon bol dans le lave-vaisselle avec une ostentation pleine de rage et je suis sorti de la pièce. Arnaud, effectivement, était dans le garage. Il était penché sur le moteur de la vieille C15 et vérifiait le niveau d'huile.

– Hé mec ! a-t-il dit simplement en refermant le capot.

Il avait dû tout entendre depuis le garage.

– Salut, j'ai répliqué un peu sèchement.

Et je me suis assis sur le siège passager. À travers le pare-brise, Arnaud m'a adressé un sourire pensif, puis il a fermé sa veste jusqu'au menton et s'est mis au volant :

– Allez, c'est parti, mec, a-t-il dit en allumant le moteur.

Nous avons pris la route de Gaillardon, où se trouvait le collège. Parfois c'était ma mère qui m'y conduisait, parfois c'était Arnaud. Je pouvais également prendre le bus de ramassage scolaire, mais dans ce cas je devais me lever plus tôt.

– Tu bosses pas aujourd'hui ? ai-je demandé à Arnaud.

– Si, mais aujourd'hui je reste au chaud, je prends juste les appels au centre.

– Qu'est-ce que tu préfères ?

– Aller sur le terrain. Dépanner, a-t-il répondu sans hésiter. Surtout de nuit. Surtout quand il neige.

– T'es barge.

– Je crois qu'il y a un sauveteur dans chaque dépanneur, a-t-il dit. Peut-être qu'on sauve des vies après tout.

J'ai pouffé :

– En changeant un pneu ?

Arnaud a rigolé lui aussi :

– Hé, mais tu sais que quand tu crèves un pneu à 1200 mètres d'altitude, dans la neige, avec ta vieille maman ou ton bébé, tu es bien content de me voir arriver ! Je suis un héros pour plein de gens !

Nous avons roulé en silence. Ici, c'était encore un peu la plaine. La zone de moyennes montagnes commençait vraiment cinq kilomètres plus loin, vers le nord, après Grand-Passage. Gaillardon se situait plus vers l'est.

– Je ne connaissais pas ton grand-père, bien sûr, a dit soudain Arnaud. Mais je peux te dire que c'était quelqu'un qui savait tout faire. Et qui le faisait sans doute très bien.

– Comment tu sais ça ? ai-je demandé.

– Je bricole dans son garage. J'utilise ses outils. Si on voulait, on pourrait fabriquer une maison et tous ses meubles rien qu'avec le matériel qu'il possédait. Il faisait tout, il réparait tout : menuiserie, électricité, plomberie, maçonnerie. Il avait même des bouquins pour apprendre à faire des choses un peu complexes, comme réparer des moteurs. Je crois que c'était un extraordinaire manuel. Et complètement autodidacte. Voilà ce que je peux te dire sur ton grand-père.

– Merci, j'ai murmuré. Et est-ce que par hasard tu aurais des lumières sur mon père ? Elle t'en a parlé ? S'il te plaît, dis-moi ce que tu sais.

Arnaud n'a pas répondu tout de suite. J'ai compris qu'il cherchait ses mots.

– Non, elle ne m'en a pas vraiment parlé, a-t-il fini par lâcher. Je sais juste que c'était une grosse déception, qu'elle était amoureuse et qu'elle s'est trompée. Elle a dû te dire à peu près la même chose.

Je savais tout cela, mais que lui me le dise m'a fait plaisir. Cela confirmait que ma mère ne tenait pas un double discours et que j'avais bien été conçu dans l'amour, ce qui est une idée plutôt agréable.

– Elle l'a rencontré sur l'aire, ai-je ajouté. Elle avait seize ans. Elle y travaillait l'été.

– Ah ça, tu vois, je l'ignorais.

– Je comprends qu'elle ne veuille pas me parler de mon père, ai-je dit. C'est peut-être trop douloureux. Peut-être qu'elle ne savait pas grand-chose sur lui, que ça s'est fait comme ça, rapidement…

J'ai épié la réaction d'Arnaud, pour voir si je surprenais sur son visage l'ombre d'une réprobation, d'un jugement moral sur le comportement présumé léger de ma mère – des gens avant lui l'avaient beaucoup jugée, je le savais – mais son profil est resté tranquille et attentif à la route. Et puis soudain, il a rigolé :

– Elle ne savait pas non plus grand-chose sur moi quand on s'est rencontrés, a-t-il dit. On se connaissait pas vraiment. Tu sais, ça se passe toujours un peu comme ça, c'est le XXIe siècle, c'est le hasard, c'est la vie…

J'ai apprécié cette réponse. Décidément j'adorais ce mec.

– Mais pourquoi refuse-t-elle également de me parler de mon grand-père ? ai-je insisté. C'est dingue quand même ! Je n'ai aucune info sur ma famille ! Elle me confisque mes racines !

Les mots étaient un peu grandiloquents mais reflétaient la vérité. Je ne savais rien au sujet de ma famille. À part ma mère, je n'en avais pas. L'entourage au sein duquel j'évoluais depuis que j'étais petit était composé de membres changeants avec lesquels je n'avais aucune parenté : camarades de classe, amis, voisins, instituteurs, médecins, auxquels venaient s'ajouter le patron de ma mère, Nicole, sa collègue, et dernièrement Arnaud.

– Je ne sais pas, a dit ce dernier. Peut-être que ta mère n'a pas envie de rabâcher le passé. C'est fou comme elle aime vivre l'instant présent, comme elle se projette dans l'avenir, comme elle l'investit.

– Ouais, ai-je répliqué. Sauf peut-être dans le domaine de la musique.

Arnaud a éclaté de rire et je me suis un peu déridé. Puis il a ajouté sans me regarder, un peu timidement :

– J'adore ça chez elle, m'a-t-il confié.

Nous arrivions à Gaillardon. Arnaud n'allait pas tarder à me déposer devant le collège :

– C'est toi qui viens me chercher ce soir, mec ? ai-je demandé.

– Non, il faudra que tu prennes le bus. Je ne rentrerai pas avant 19 heures et ta mère va rester un peu plus tard au boulot.

– OK.

Il s'était arrêté juste avant l'entrée du collège. J'avais déjà ouvert la porte et j'avais un pied presque dehors :

– Écoute..., a dit Arnaud.

– Oui ?

– Ton grand-père, c'était un mec bien, j'en suis sûr. Je le sens. À travers sa maison, tout ce qu'il a construit, les outils qu'il a entretenus. Et je crois que ton père aussi, il était bien. Parce qu'après tout, quand je te regarde, je me dis que t'es pas trop raté, hein ? Pour le reste, ça arrive dans la vie, certaines choses qui devaient être simples se compliquent. Ajoute à ça que les gens ne se comprennent pas forcément entre eux. Alors tu vois, il me semble que tu devrais pas trop te prendre la tête avec ça et faire comme ta mère, regarder devant toi. Je crois vraiment que c'étaient deux mecs bien.

Il a ajouté avec un clin d'œil :

– Comme nous.

Vraiment, j'adorais ce type. Je suis sorti de la camionnette et j'ai refermé la vieille portière avec un grand sourire.

5.

Qu'est-ce qui faisait revenir les morts ? J'avais une théorie là-dessus, mais elle se basait sur les seuls sujets que jusque-là j'avais pu observer, c'est-à-dire les animaux. Il m'avait toujours semblé que c'était quelque chose en eux de très puissant, qui refusait de complètement mourir. Quelque chose de l'ordre de l'instinct. Et celui-ci restait si fort qu'il pouvait encore animer leur carcasse morte – et ceci d'une façon strictement mécanique, répétitive. Cela expliquait le vol machinal de la buse au-dessus d'un souvenir de charogne, la course au ralenti de la souris qui s'efforce éternellement d'échapper au chat, la traversée de l'autoroute par le cerf qui veut de toutes ses forces rejoindre les biches. Seul Raclette, le vieux chien des voisins, semblait un peu en panne d'instinct, à moins que celui de la sieste n'en fût un.

Pourquoi mon grand-père revenait-il dans cette maison ? S'agissait-il ici aussi d'une question d'instinct ? J'avais l'impression que non, que c'était différent, que son retour était motivé par autre chose. *Quelque chose m'a dit que tu avais besoin de moi...* Bien sûr, il se trompait. Qui a besoin d'être hanté par le fantôme de son grand-père ? Mais enfin, pourquoi était-il là ? Pourquoi m'apparaissait-il ? Que me voulait-il ? Il me semblait qu'on ne faisait pas le voyage depuis le royaume des morts sans avoir quelque chose d'important à faire, ou à dire.

Le bus était vide, j'étais le dernier scolaire que le chauffeur devait déposer et nous roulions en silence dans la nuit. J'essayais d'imaginer mon grand-père d'après le peu que je savais de lui. Le portrait qu'en avait esquissé mon beau-père – celui d'un mec bien et ultra équipé – à partir d'éléments aussi ténus qu'un garage plein d'outils et de vagues ressentis, et que je ne pouvais m'empêcher de trouver un peu trop fortement teinté d'optimisme, était assez sympathique. Mais d'un autre côté, l'attitude de ma mère, son refus de me parler de lui, m'envoyait des signaux alarmants sur sa personnalité. Et puis je savais qu'il n'avait jamais accepté mon existence. Soudain une idée lumineuse m'a traversé. Mon grand-père avait au moins deux bonnes raisons de revenir dans cette maison. D'abord, il voulait demander pardon – après tout, il s'était mal conduit avec ma mère et moi. Et ensuite, il voulait peut-être m'annoncer qui était mon père. C'était tellement évident que j'en avais les larmes aux yeux, des frissons et le souffle coupé – tous les signes indiscutables de la révélation foudroyante.

– Alors, tu descends ou quoi ? a demandé le chauffeur d'un ton acariâtre.

Le bus s'était arrêté devant le chemin de la maison. J'ai précipitamment récupéré mon sac dans le porte-bagages et j'ai traversé le couloir en me cognant à tous les sièges.

– Dépêche-toi, je t'éclaire, a grommelé le chauffeur.

Il le faisait à chaque fois, et c'était gentil de sa part. Le chemin était plongé dans l'obscurité alors il restait là, les phares allumés, afin que je puisse rentrer chez moi sans encombre. Ce type était un mélange étonnant de contrariété et de douceur. Je n'osais jamais lui parler.

– Une bonne soirée ! a-t-il gueulé avant de refermer la portière.

Comme prévu, il n'y avait personne. J'ai gardé mon blouson à cause du froid, je suis allé m'installer dans la cuisine, et là, j'ai commencé à attendre. Je savais qu'il reviendrait. J'avais faim. Les placards et le frigo étaient pleins. Je me suis attaqué à mes crèmes desserts favorites – lui aussi apparemment les aimait bien. Pour une raison que j'ignorais, j'avais toujours très faim lorsque j'étais seul à la maison. La pendule indiquait 18 h 05. Tout était silencieux, hormis les craquements du bois habituels. À 18 h 34, aucune apparition n'avait eu lieu et j'entamais la brioche tranchée et le Nutella. À 19 heures, toujours pas de fantôme : j'ai prudemment jeté les emballages en les enfonçant profondément dans la poubelle. Ma mère me tuerait si elle voyait tout ce que j'avais avalé avant le repas. J'ai pris un paquet de biscuits et un verre de lait et j'ai changé d'observatoire, je suis allé m'asseoir dans l'escalier du garage – à peine quelques marches en bois blanc même pas poncé que mon grand-père avait certainement bricolées lui-même. L'interrupteur se trouvait à l'autre extrémité de la pièce, à côté du portail, dans l'obscurité, et je n'avais aucune envie de l'allumer. La porte ouverte sur la lumière du couloir me suffisait. Dans cette semi-pénombre, les outils rangés contre le mur prenaient des formes fantastiques. Il était 19 h 25 et il n'y avait toujours rien à signaler. Je faisais des boulettes avec le papier alu qui enveloppait les biscuits et je les jetais sous l'escalier.

– Lauris ! a crié ma mère derrière mon dos.

Je ne l'avais même pas entendue rentrer. J'ai sursauté en renversant du lait partout.

– Oh Seigneur, comme tu es bizarre, toi, a-t-elle soupiré debout devant la porte qui donnait sur le couloir, me découvrant assis à ses pieds, capuche rabattue, la bouche pleine et une mare de lait parsemée de miettes – façon crumble – sur le devant de mon blouson.

Elle avait gardé ses vêtements de travail mais portait ses pantoufles en forme de petits lapins roses, et elle écrasait nerveusement le nez du lapin gauche en tapant du pied sur le sol.

– Alors écoute : tu montes, tu te laves, tu te mets en pyjama et tu reviens pour le dîner. Tu as un quart d'heure. OK ?

Elle a tourné les talons, a foncé vers la cuisine – les petits lapins jaillissaient devant elle, oreilles au vent –, et elle a lancé ce dernier avertissement :

– Et je te préviens, tu mangeras toute ta soupe !

Quand je suis redescendu au salon, changé et à peu près propre – la toilette avait été rapide et succincte : un gant mouillé, la vasque du lavabo remplie d'eau chaude, et je ne m'étais pas complètement déshabillé –, il faisait très bon, les flammes de l'enfer dansaient dans la cheminée et Arnaud les surveillait tandis que maman faisait réchauffer la soupe dans la cuisine. La maison était redevenue vivante et accueillante. Je suis allé embrasser Arnaud sur ses bonnes joues qui piquaient un peu – c'était puéril, je le faisais rarement, mais j'aimais ça – et il m'a passé la main dans les cheveux. Puis j'ai rejoint maman.

– Tout ce sucre, Lauris, merde..., a-t-elle gémi.

D'un air dégoûté, elle m'a désigné la poubelle où elle avait mis au jour une quantité si époustouflante d'emballages de desserts et de goûters que j'ai eu du mal à concevoir que j'étais l'auteur de ce carnage.

– Tu finiras diabétique, a-t-elle prophétisé. Et on te coupera les orteils.

Ce qui était sa malédiction favorite. La soupe était chaude et épaisse, et elle la remuait avec une cuillère en bois pour éviter qu'elle attache à la cocotte.

– C'est prêt. Tu appelles Arnaud ?

Nous nous sommes assis tous les trois à table, chacun devant notre bol de soupe. Inutile de dire que je n'avais pas faim. Mais de toute façon, personne ne semblait avoir d'appétit. Ma mère avait posé sa tête sur sa main et semblait sommeiller dans la fumée de la soupe. Elle avait replié ses jambes sous sa chaise et les deux pauvres lapins roses avaient la face écrasée contre le sol, dans une attitude implorante. Arnaud lui aussi semblait morne. J'ai pensé que cela avait un rapport avec la dispute de ce matin :

– Je suis désolé, ai-je déclaré.

Ma mère n'a pas semblé comprendre de quoi je parlais.

– Quoi ?

– Ce matin. Je t'ai embêtée avec le grand-père.

– Oh, ça ? Pas grave, laisse tomber, a-t-elle dit sans vraiment m'écouter.

Visiblement, cela n'avait rien à voir. C'était quelque chose d'autre qui la rendait morose.

– Lali est bien rentrée ? ai-je demandé.

Elle a eu l'air suprêmement agacée.

– T'occupe. Et mange ta soupe.

Donc cela ne me concernait pas, et c'était parfait comme ça. Je ne voulais pas savoir ce qui la contrariait. Après tout, à chacun ses problèmes.

– Je me demandais s'il était enterré ici, ai-je lancé, mû par une soudaine inspiration. Au cimetière de Grand-Passage.

Cette fois, ma mère a semblé se réveiller :

– Quoi ? a-t-elle répondu.

– Mon grand-père.

– Encore !

– J'ai envie d'aller sur sa tombe, ai-je déclaré. C'est ce que font les autres.

– Comment ça, c'est ce que font les autres ?

– Les autres familles. C'est normal d'aller sur la tombe de ses parents. Ça fait partie des choses que l'on fait, ai-je dit d'un ton sentencieux.

– Oui, merci, je sais, oui…

Pendant un instant, elle a eu l'air de réfléchir, puis elle m'a demandé d'un air soupçonneux :

– Tu ne serais pas en train de virer gothique toi ? Ou un truc comme ça ?

– Je crois qu'il veut juste en savoir un peu plus sur sa famille, Laure, a dit Arnaud.

Ma mère l'a ignoré :

– Si tu veux te teindre les cheveux en noir, OK, a-t-elle dit. Ou mettre du rouge à lèvres. Ou du vernis à ongles bleu marine. C'est super. Pas de problème. Ça ne m'inquiète pas. Tout ça te passera avant que ça me reprenne.

– Ah bon ? Parce que tu as été gothique, toi ? lui ai-je demandé, sidéré.

– Tu rigoles ou quoi ? Le mouvement gothique, c'est moi qui l'ai lancé à Grand-Passage dans les années quatre-vingt-dix, a-t-elle répondu le plus sérieusement du monde. Attends…

Elle a foncé vers le salon. Je me doutais de ce qu'elle allait faire.

– Écoutez-moi ça, l'a-t-on entendue crier. Ça, c'est du son.

Les premières notes de *Just Like Heaven* des Cure, archi-ringardes, ont commencé à résonner dans toute la maison tandis que ma mère entamait dans la pièce à côté une sorte de pogo dont la sauvagerie se trouvait très atténuée par la présence des deux petits lapins roses à ses pieds. Mon beau-père est allé la rejoindre et j'en ai profité pour jeter ma soupe dans l'évier. Je n'aimais pas trop quand l'ambiance dégénérait ainsi mais tout était préférable à la morosité.

– Lauris ! Allez viens ! Viens danser ! a crié ma mère essoufflée.

Cela ne risquait pas, merci bien. Déjà Arnaud enlaçait ma mère, l'entraînait près de la cheminée, l'embrassait, et la suite ne me regardait pas. Je suis monté dans ma chambre.

Plus tard dans la soirée – j'étais au lit et je regardais ma série préférée tout en gardant un œil vigilant sur les alentours –, ma mère est venue me voir. Elle était pieds nus et en chemise de nuit et ses longs cheveux étaient humides, doux et parfumés. Elle s'est agenouillée près de mon lit, a repoussé mon ordinateur et m'a embrassé :

– Il était rude, a-t-elle soufflé dans le noir. Il était veuf. Il était solitaire. Et pas très instruit. Il a fait ce qu'il a pu.

– Il a été méchant avec toi ?

– C'était mon père et je l'aimais. Si on avait eu plus de temps, peut-être les choses se seraient-elles arrangées.

Cette soudaine coopération de ma mère, jointe à l'obscurité, me donnait toutes les audaces :

– Et mon père ? ai-je demandé, abordant le sujet tabou par excellence.

Elle a hésité et j'ai cru un moment qu'elle allait se lever et claquer la porte en criant que de toute façon ce n'était pas la peine de parler avec moi parce que je mangeais trop de sucre et que je lui cassais les biscottes, mais étonnamment elle est restée là, lissant mon drap, ma couette, caressant mon visage :

– Il n'était que de passage, a-t-elle fini par dire. Un jour il est venu et puis il est reparti. Et je ne l'ai jamais revu. Voilà, c'est tout.

– Mais tu connaissais son prénom, quand même ?

Elle a attendu avant de lâcher, d'une voix un peu moins tendre, plus ferme.

– Son prénom on s'en fout.

Elle s'est levée.

– Je t'ai appelé Lauris parce que je m'appelle Laure. Je suis ta mère et c'est tout ce qui compte. Le reste n'a pas besoin d'exister davantage.

Elle s'est levée mais n'a pas pu s'empêcher de me sermonner avant de quitter la pièce :

– Au fait, la prochaine fois que tu balances ta soupe, nettoie l'évier !

Quand elle a refermé la porte, quand l'obscurité a été presque totale, juste rompue par la lumière bleue de mon ordinateur, j'étais persuadé que mon grand-père serait là. Il ne pouvait rester insensible à une telle déclaration d'amour filial. « Papi ? » ai-je même essayé avec la voix d'un type qui mue. « Papii ? » Ridicule.

Les ombres sont restées à leur place et le vide est resté vide. Il n'y avait pas d'autre âme dans la pièce que la mienne.

6.

Le vendredi, les cours finissaient plus tôt. J'ai pris le bus de 15 h 10 mais, au lieu de descendre à l'arrêt juste devant chez moi, je suis resté assis jusqu'à Grand-Passage.

– Bonne balade ! a vociféré le chauffeur tandis que les portes se refermaient avec leur bruit spécial de fuite de gaz, d'explosion et de frottements.

Le cimetière de Grand-Passage se trouvait à trois cents mètres à l'extérieur du village. Avec le froid qu'il faisait, il fallait vraiment être motivé pour y aller. Je n'avais jamais mis les pieds dans ce cimetière, ni dans un autre. Je ne savais pas vraiment comment c'était fait, ni ce que j'allais y trouver. Dans les séries américaines, c'étaient d'immenses prés herbeux où s'alignaient des croix blanches. On aurait pu y mettre des vaches. Je me doutais qu'ici ce serait très différent.

Le cimetière était comme un jardin où il aurait poussé des pierres. Il ne devait pas y avoir plus de deux cents tombes. Elles étaient parfaitement organisées en allées.

Il me suffisait de les parcourir méthodiquement pour trouver celle de mon grand-père. J'ai commencé ma promenade. Parfois, j'étais charmé par un prénom ancien ou une jolie photo et je m'arrêtais un peu. Une tombe d'enfant m'a coupé le souffle et m'a fait fuir. Elle était recouverte de peluches et de jouets. Puis, au détour d'une allée, juste à côté d'un cyprès, j'ai trouvé ce que je cherchais.

Henri Donatien Fontaine 1937-1996

Fontaine : c'était mon nom et celui de ma mère. Mais je ne savais même pas que mon grand-père s'appelait Henri, et encore moins Donatien. J'ignorais tout des usages en vigueur dans un cimetière, mais j'ai estimé que j'avais le droit de m'asseoir au bord de la dalle grise, au-dessus de l'endroit où devaient être ses pieds. Naturellement, il ne me serait pas venu à l'idée de m'asseoir au-dessus de sa tête. Cela n'aurait pas été décent. Il n'y avait rien d'autre sur sa tombe que son nom et je n'avais rien apporté, ni plante ni fleur. Alors j'ai regardé autour de moi et j'ai vu un joli caillou blanc dans le gravier. Cela pouvait constituer un cadeau, et après tout, c'était le geste qui comptait. Je l'ai posé sur la croix en pierre et j'ai caressé le nom avec ma main. Je n'éprouvais aucune émotion et ce grand vide m'étonnait. Mais j'ai quand même dit ce que j'avais à dire.

– Henri, ai-je commencé. Henri, c'est moi, ton petit-fils. Tu vois, je suis venu.

Le bruit du vent dans les arbres s'est soudain amplifié. Ou alors c'était moi qui y étais plus attentif.

– Je suis d'accord pour que tu reviennes, ai-je ajouté. Je suis d'accord pour qu'on se parle.

Et toujours le bruit du vent dans les arbres – la forêt toute proche était comme houleuse et aussi sombre qu'un océan agité. Inquiet, je me suis levé :

– Tu es le bienvenu, ai-je conclu.

J'ai attendu un peu, puis, au bout d'un instant, j'ai tourné les talons et je suis parti. En tout cas, c'est ce que j'ai essayé de faire. Mais les cimetières sont des sortes de labyrinthes avec leurs allées géométriques, ordonnées symétriquement, rythmées par des arbres tous identiques, des croix, des anges statufiés. Ne trouvant pas la sortie – un portail étroit en fer rouillé –, j'ai décidé de quitter les allées centrales et de suivre le mur d'enceinte. Fatalement, j'allais finir par tomber dessus. De l'autre côté du mur, dans les branches d'un très vieux platane, des oiseaux s'étaient rassemblés. Je me suis arrêté pour les observer. Ils faisaient un bruit immense d'ailes qui battaient et qui semblait répondre à celui du vent dans la forêt. Ils se préparaient à partir vers le sud. Ici, ils ne faisaient que passer, mais je savais que chaque année ils revenaient. Et mon père ? ai-je soudain pensé. Lui aussi était de passage, m'avait dit ma mère. Est-ce qu'un jour il reviendrait ? Est-ce que je le rencontrerais ? Et puis a surgi une question que je pouvais après tout légitimement me poser compte tenu des circonstances : Serait-il vivant ou mort ?

J'avais dû faire le tour presque complet du cimetière et je commençais à me dire que le petit portail en fer s'était volatilisé et que j'étais condamné à tourner éternellement en rond dans cet endroit, quand je me suis arrêté net, et mon cœur aussi. À une vingtaine de mètres à peine, quelqu'un était assis par terre, entre les tombes. C'était une apparition si surprenante, si dérangeante, que j'ai failli tomber dans les pommes. Depuis combien de temps était-il là à m'attendre, sans faire de bruit, sans bouger ? Je me suis appuyé contre une croix et j'ai voulu pousser un cri, mais tout ce que j'ai réussi à émettre était une sorte de piaulement misérable. Iaahhhh...

Pâle, le dos appuyé contre un tombeau en marbre gris, Colin me regardait.

Oh mon Dieu, ai-je pensé, affolé. Colin est mort. Il est mort. Et il vient me rendre visite. Tu vas voir. Ils vont tous venir te rendre visite. Tous les macchabées du coin. Tous les cadavres... Ils vont venir...

Colin était mort donc. Je l'ignorais. Il vivait dans une maison des Rives près de la mienne et avait vaguement été un ami d'enfance. À ma grande honte, je l'avais complètement laissé tomber.

Autrefois j'allais souvent chez lui les mercredis, mais son comportement était devenu au fil du temps de plus en plus embarrassant. J'ignorais ce qui se passait dans sa vie mais on aurait dit qu'il refusait de grandir. Par exemple, il voulait toujours jouer aux Playmobil ou aux Lego et regardait en boucle les dessins animés de son enfance, en suçant son pouce devant moi, sans se gêner. Passer tout un après-midi avec lui – obstinément vêtu d'une robe de chambre et chaussé de pantoufles – avait fini par être une expérience au-dessus de mes forces. Longtemps, il avait continué de m'inviter. J'ignorais ses appels, ses messages. Et maintenant il était là, mort, devant moi, dans un état épouvantable, avec un drôle de regard. Il était revenu me demander des comptes.

– Qu'est-ce que tu veux ? ai-je coassé, toujours adossé à ma croix.

Mais Colin restait immobile et ne répondait pas. Il avait les cheveux hérissés sur la tête et j'aurais juré qu'il avait mangé de la terre. Il portait un drôle de survêtement coloré avec des motifs graphiques qui ressemblait à un pyjama, et pas de blouson, juste un gilet.

– Qu'est-ce que tu veux ? ai-je répété.

J'étais à deux doigts de me mettre à gémir.

– Rien ! a répondu Colin. Et toi ?

Sa voix était absolument normale – et légèrement agacée. J'ai très vite compris ma méprise : il était vivant.

– Je..., ai-je balbutié. Attends...

J'ai lâché ma croix, je me suis redressé, j'ai respiré un bon coup et j'ai soufflé. J'ai senti à l'air froid qui remplissait mes poumons en cascade que mes organes vitaux étaient demeurés intacts et remplissaient leur office malgré toutes ces émotions. Je me suis néanmoins promis de davantage préserver mon cœur à l'avenir et de ne pas le remettre de sitôt dans une situation où il serait tenté de s'autodétruire. Colin s'était levé. J'ai marché vers lui. Les jambes étaient à peu près OK aussi.

– Tu m'as fait peur…, ai-je bredouillé, larmoyant à cause du froid.

Et je me suis penché pour lui faire la bise. Il s'est laissé faire sans bouger, comme un gros bébé habitué à recevoir des hommages, avec le visage fermé d'une idole.

– Mais qu'est-ce que tu fais là ? lui ai-je demandé, un peu rudement. Tu n'as pas de blouson ? Tu es venu en pantoufles ?

– Les Crocs, c'est intérieur-extérieur, a-t-il répliqué en reniflant. Il suffit d'adapter avec les chaussettes.

Consterné, j'ai vu qu'il portait en effet des grosses chaussettes aux couleurs de Noël parfaitement adaptées.

– Je suis venu voir Nounou, a-t-il ajouté en me désignant la tombe à côté de lui. Nounou Ginou.

J'ai lu le nom gravé dans la pierre : *Geneviève Carmen Joséphine Lopez, octobre 1957 - décembre 2009.*

– Je suis désolé, ai-je dit. Ça va faire bientôt un an, c'est ça ? Je ne la connaissais pas. Tu ne m'en as jamais parlé.

Il s'est mouché dans son cache-nez.

– Un an, oui. J'essaie de venir de temps en temps. La douleur est toujours vive.

Il contemplait la tombe d'un air grave. Le soleil avait déjà disparu derrière la montagne et la lumière avait sérieusement baissé. Il fallait que je me dépêche de partir ou j'allais devoir faire tout le chemin de nuit. Mais je rechignais à planter là Colin.

– Ça fait longtemps qu'on s'est pas vus, m'a dit soudain ce dernier.

Sa voix s'était raffermie. J'ai senti pointer le reproche. Ça faisait longtemps en effet. Alors j'ai menti mais sans vraiment mentir. En fait, j'ai avancé des théories.

– Tu crois ? Oui, peut-être. Il faut dire que la vie a un peu changé depuis quelque temps à la maison. Ma mère a rencontré quelqu'un, ça fait que maintenant j'ai un beau-père. Du coup je crois qu'on a un fonctionnement plus familial. Et puis je ne sors pas beaucoup tu sais. Le bahut, tout ça. On a beaucoup de boulot en troisième, tu verras. Enfin en tout cas dans le public, il me semble. Le privé, je sais pas.

Colin était en cinquième, au collège privé de Gaillardon. Cet établissement semblait avoir pour vocation de cultiver les individus atypiques jusqu'à ce qu'ils atteignent leur taille adulte.

– Je dois y aller, Coco, ai-je lancé, retrouvant par réflexe ce vieux surnom que je n'avais pas utilisé depuis longtemps.

Le visage de Colin s'est éclairé tandis qu'il m'emboîtait le pas :

– Nounou aussi m'appelait Coco.

– Tu l'aimais beaucoup, ai-je remarqué.

– C'était la femme de ma vie, a-t-il répondu le plus sérieusement du monde. Je n'aimerai plus jamais personne comme elle.

– Tu plaisantes ? Et tes parents ? Ta mère ?

– C'est toi qui plaisantes, j'espère ?

J'ai haussé les épaules sans répondre. Encore un adolescent en révolte. Une voiture était garée devant le cimetière. Hélène, la maman de Colin, attendait à l'intérieur. Quand elle m'a vu, elle a souri et m'a fait un joyeux signe de la main.

– Tu veux qu'on te raccompagne ? m'a demandé Colin.

Ça m'arrangeait. J'ai dit oui, avec l'impression d'abuser un peu : j'avais passé pratiquement deux ans à l'éviter de toutes mes forces. Comme pour me faire encore plus honte, Colin a dit en m'ouvrant la portière :

– Il faudrait que tu me donnes ton nouveau numéro de téléphone. L'ancien ne marche plus. Ça ne répond jamais.

Je me suis demandé comment j'allais faire, vu que je n'en avais pas changé. Lorsque je me suis installé à l'arrière, sa mère m'a porté le coup de grâce en se tournant vers moi pour me dire :

– Oh, Lauris ! Je suis contente de te voir ! Ça fait si longtemps ! Tu nous as tellement manqué !

Elle a manœuvré pour prendre la direction du village et a remarqué :

– Alors toi aussi, tu fréquentes les cimetières ?

– Pas vraiment. C'était plutôt de la curiosité. Mon grand-père est enterré ici et je n'étais jamais venu.

Elle a approuvé :

– Ce ne sont pas vraiment des endroits gais. J'avoue que moi non plus je n'y mets jamais les pieds. Mais Colin est en train de passer par une sorte de période... spéciale.

– Cela s'appelle être en deuil, a déclaré Colin avec indifférence. Mais sinon, tu as raison de parler comme si je n'étais pas là. Je ne suis jamais vraiment là, de toute façon.

– Si tu n'étais pas là, je n'y serais pas non plus, à me geler dans cette voiture, a répondu sa mère.

– Tu sembles regretter ma présence ? Tu avais le choix de ne pas m'avoir, il me semble.

Encore un adolescent qui reprochait à sa mère d'avoir été mis au monde. C'était lassant décidément. Si elle a été affectée par ces réflexions, la mère de Colin a choisi de ne rien laisser paraître. Sur un ton qu'elle voulait agréable, espérant sans doute rétablir socialement la situation, elle m'a demandé :

– Tes parents vont bien, Lauris ? J'aperçois de temps en temps ta mère quand je vais chercher de l'essence...

– Oh oui, ai-je commencé à lui répondre avec bonhomie, pour tenter de détendre l'atmosphère. Elle est...

– Lauris n'a pas de père, a balancé Colin. Tu devrais le savoir depuis le temps. Encore faut-il s'intéresser à autre chose qu'à soi-même...

– COLIN ! a hurlé la mère, nous faisant sursauter tous les deux.

Mais Colin a vite repris du poil de la bête :

– C'est discourtois de lui parler de son père comme ça, comme si de rien n'était. Pas vrai, Lauris ?

– Mais non, pas du tout, ai-je protesté. À vrai dire, ça m'arrange...

– Lauris a toujours été très très très poli, a conclu Colin.

Sa mère a jugé plus raisonnable de faire à nouveau le dos rond et de ne pas répondre, et l'horrible enfant a eu un sourire satisfait. Nous avons traversé Grand-Passage et sa place éclairée par ses six lampadaires à lumière jaune. Il était tard. L'épicière rentrait les fruits et les légumes. J'étais outré. Je n'aimais pas la manière dont Colin avait parlé à sa mère. On pouvait se disputer avec ses parents mais à condition de suivre certaines règles – comme par exemple éviter de prendre un copain innocent en otage – mais surtout, surtout, à condition d'avoir raison. Tout à coup, il m'a semblé que je devais rétablir un peu de justice dans cette voiture.

– Ne vous inquiétez pas, Hélène. Il paraît que tous les ados reprochent à leur mère d'être nés, ai-je lancé à la maman de Colin en lui faisant un clin d'œil dans le rétroviseur. C'est le motif n° 1 dans le Top dispute.

Celle-ci m'a souri et Colin a articulé un mot dans le noir. Je n'ai pas réussi à lire sur ses lèvres mais il m'a bien semblé qu'il me traitait de connard.

– Tu devrais t'essuyer la bouche, Colin, lui ai-je dit avec amabilité. On dirait que tu as mangé de la terre.

Colin m'a regardé d'un air furieux :

– Non, je ne mange pas de terre, Lauris, m'a-t-il répondu sur un ton doucereux. Je ne suis pas un géophage.

Sa science ne m'a pas impressionné. Il avait la bouche dégueulasse, point. J'ai sorti un paquet de kleenex de ma poche et le lui ai tendu :

– Tu manges ce que tu veux.

– C'était juste le goûter, a-t-il dit, agacé.

De fait, il semblait ne pas s'être lavé depuis des jours. Dans l'espace confiné de la voiture, l'odeur qui se dégageait de son pyjama était terrible.

– Ce n'est pas bien grave mon chéri, est intervenue sa mère en me lançant un regard d'avertissement dans le rétroviseur.

Après tout, leurs problèmes ne me concernaient pas. Je me suis enfoncé dans mon siège et je me suis tu. Colin a regardé défiler la route sans plus moufter. Lorsque nous sommes arrivés devant le chemin qui menait chez moi, sa mère a insisté, malgré mes protestations, pour me conduire jusqu'à la maison.

– Il fait nuit, a-t-elle déclaré. Tu ne vas pas marcher dans le noir.

Les phares de sa voiture ont éclairé les haies puis la maison aux volets fermés. Seul le garage était ouvert et allumé. Arnaud en est sorti lorsqu'il a entendu le bruit du moteur.

– Bonsoir, a-t-il dit en se penchant pour tendre la main à la maman de Colin qui venait de baisser sa vitre. Je suis le beau-père de Lauris.

– Bonsoir, a répondu celle-ci en lui serrant la main d'un air charmé. J'ai trouvé Lauris au cimetière où il jouait avec mon fils. Je vous le ramène.

Si Arnaud a été surpris, il ne l'a pas montré.

– Le cimetière ? a-t-il répondu. Chouette endroit. Les enfants ont tellement peu de loisirs à la campagne...

La mère de Colin a ri et j'ai vu ce dernier bouger les lèvres d'un air méprisant tandis qu'il proférait une sorte de « gnagnagnagna » silencieux. Arnaud s'est penché davantage pour le saluer. A-t-il remarqué son visage renfrogné ? A-t-il senti son odeur ? Était-ce le fait qu'il soit vêtu d'un pyjama ? Étaient-ce sa coiffure hirsute, sa bouche sale, son allure générale d'enfant sauvage ? Il n'a pas dit un mot. Il paraissait déstabilisé.

– Nous sommes voisins, c'est ça ? a interrogé Arnaud, se reprenant. Vous vivez dans la maison au bout du chemin des Cluses.

– C'est ça. Autrefois Lauris venait tout le temps jouer chez nous. Mais bon, les enfants grandissent...

Elle n'a pas terminé sa phrase et a fait avec la main le geste de soulever quelque chose, ce qui exprimait très bien la fatalité de la vie.

– Et on dirait qu'ils préfèrent se retrouver joyeusement dans les cimetières, a complété Arnaud.

Ce qui a à nouveau fait s'esclaffer la mère de Colin. C'est à ce rire-là, imperceptiblement plus aigu que la moyenne, tressé de fines notes stridentes, que j'ai senti la tension nerveuse supportée par cette femme, l'inquiétude qu'elle éprouvait pour son fils et surtout sa fatigue, sa fatigue monumentale. Là encore, il m'a semblé que je devais intervenir, qu'il était en mon pouvoir de faire quelque chose. Dans un élan d'une générosité folle, et alors que je n'en avais aucune envie, j'ai demandé à Colin :

– Dis Coco, qu'est-ce que tu fais dimanche ?

Arnaud a objecté :

– Dimanche, je nous avais prévu un petit chantier, mec.

Mais la mère de Colin nous a adressé un regard si éperdument reconnaissant qu'il a enchaîné :

– J'aurai donc deux manœuvres ! J'espère que vous êtes prêts à bosser les gars ! Tu pourras être là dans la matinée Colin ?

Ce dernier n'a pas eu l'air franchement ravi mais sa maman a acquiescé avec enthousiasme.

– Ça te fera du bien mon chéri, de bouger un peu ce popotin.

Il a eu l'air outré qu'elle ose évoquer publiquement et en des termes aussi peu élogieux cette partie de son anatomie, mais le temps qu'il retrouve son souffle et les mots pour lui dire tout ce qu'il pensait de son popotin à elle, elle avait dit au revoir et entamé un demi-tour sportif entre la dépanneuse d'Arnaud et les poubelles. Nous avons regardé les feux arrière de sa voiture s'éloigner.

– Je sais que je n'arrête pas de te le dire, mais tu es un mec vraiment bien, mec, m'a dit mon beau-père.

– Une journée, c'est rien, ai-je répondu. Au moins, ça l'aérera. Et puis ça fera toujours quelques heures de vacances à sa mère.

Arnaud m'a regardé soudain fixement. Son visage est devenu grave. Il a posé sa main sur mon épaule, l'a serrée, et m'a dit, de cette voix prudente avec laquelle on vous annonce les catastrophes :

– Et maintenant, je suis désolé Lauris, je ne voulais pas te l'annoncer devant tout le monde, mais il s'est passé quelque chose. La soirée risque de ne pas être très gaie. Tu sais que Lali n'était pas rentrée chez elle depuis mercredi. Tu sais que Nicole avait prévenu les gendarmes...

Soudain, j'ai senti que c'était grave. J'ai senti qu'il allait m'annoncer quelque chose qui allait bouleverser ma vie. Je me suis mis à fixer la poubelle jaune du recyclage, à me raccrocher à elle comme si elle incarnait le réel dans ce qu'il avait de plus prosaïque et de plus rassurant, me disant que c'était impossible, que c'était absurde, que le réel ne permettrait pas, dans ce monde où il régnait et où on triait consciencieusement les ordures, que des choses horribles puissent arriver à des jeunes filles gentilles et douces.

– Ils viennent de la retrouver, a dit Arnaud d'une voix blanche.

Et il m'a pris dans ses bras.

7.

Dans mon rêve, il y avait de la neige. Tous les animaux étaient là, plus que je n'aurais jamais osé l'imaginer, des bêtes disparues depuis longtemps, des espèces anciennes. Je marchais parmi eux. Ils n'avaient pas peur de moi mais cela ne m'étonnait pas. J'étais des leurs. Je cherche Lali, leur disais-je. Mais les animaux secouaient la tête d'un air désolé et je voyais leur fourrure douce faire des sortes de vagues sur leur encolure et chasser les flocons. Je continuais d'avancer. Tout était si blanc. C'était beau comme la montagne dans les films un peu niais que l'on voit à la télé à Noël. Mon grand-père marchait à mes côtés. Il souriait, disait qu'il aimait la neige et qu'il fallait se dépêcher : j'allais rater le cerf de 8 h 15. Je voulais l'interroger à propos de ce cerf, savoir comment il le connaissait et puis lui parler de mon père. J'avais tellement de questions à lui poser. Tellement de questions. Je ne savais pas par laquelle commencer. Et puis il marchait vite. Il me tirait par la main. Je commençais à m'inquiéter. Je voulais savoir où était Lali et en même temps je ne le voulais pas. Tout à coup, les animaux se sont mis à courir, quelque chose les affolait, leurs yeux étaient révulsés, remplis de peur, comme ceux des animaux qui approchent de l'abattoir. Moi, je ne voulais pas aller à l'abattoir. Je résistais de toutes mes forces.

– Regarde, a dit mon grand-père en désignant le sol. On y est presque.

C'est alors que j'ai vu les gouttes de sang dans la neige. Il suffisait de les suivre. J'ai eu peur et je me suis aussitôt réveillé, en larmes. Il faisait presque nuit. On était samedi. J'ai essuyé mon visage et je me suis levé pour m'habiller pour la soirée d'hommage. Il était quasiment 18 heures. J'avais dormi presque tout l'après-midi.

Quand on perd quelqu'un, on perd aussi, d'une certaine manière, tous ceux qui l'aimaient. Lali était morte et quelque chose de nous était mort en même temps qu'elle. Le bilan des pertes n'était pas mesurable tout de suite mais je savais déjà que Nicole, telle que je la connaissais, n'existait plus.

Je ne savais pas si j'entendrais à nouveau son rire, même dans longtemps, son rire tonitruant, qui vous vrillait les tympans. Le beau rire était sans doute mort. Lui aussi avait été tué. Le meurtre de Lali était une bombe à neutrons qui n'allait pas modifier grand-chose en apparence mais nous avait explosé le cœur. Et tous ceux qui, à des degrés divers, étaient confrontés à ce deuil, en seraient profondément, intimement et à jamais changés.

Notre joie ne serait plus jamais la même. Cet événement allait marquer durablement notre communauté, même ceux qui n'étaient pas encore là, c'est-à-dire tous les enfants à naître. L'histoire de Lali serait racontée sur plusieurs générations. Il se passerait longtemps avant que les enfants traînent à nouveau seuls à vélo sur les petites routes de Grand-Passage. J'étais sûr de cela.

Je regardais les gens qui discutaient à voix basse tout en trempant mes lèvres dans une sorte de mousseux – mon premier apéro public officiel. Personne ne me l'avait interdit, c'était même le secrétaire de mairie qui me l'avait servi dans un gobelet en plastique. Dans la salle, il y avait beaucoup de vieux et quelques jeunes, des collégiens. Mais la majorité avait aux alentours de la quarantaine. L'âge moyen des parents d'adolescents. Qui avait eu l'idée de ce rassemblement dans la salle des fêtes de la mairie ? Je ne savais pas si c'était une bonne chose. Il s'agissait d'une initiative en vue de soutenir la famille, mais Nicole n'était pas venue. C'était bien sûr au-dessus de ses forces. Pour l'heure, il n'était pas question d'enterrement – puisqu'il devait d'abord y avoir autopsie –, mais la maire avait décidé de réunir tout le village pour que nous puissions partager ensemble l'émotion et le choc, évoquer la tragédie, parler de l'enquête, dire l'horreur. Car l'horreur s'était abattue ici, à Grand-Passage.

Dans la nuit du jeudi au vendredi, vers 2 heures du matin, sur l'aire d'autoroute où travaillent Nicole et ma mère, cette aire qui avait si mauvaise réputation, un homme s'était arrêté à la station-service pour faire le plein. Il en avait profité pour fumer une cigarette et boire un café. Il avait prévu de se rendre dans la matinée au chevet de sa mère hospitalisée depuis la veille pour un problème cardiaque. La cigarette et le café n'avaient pas eu l'effet escompté. L'homme avait travaillé toute la journée et il « n'arrivait plus à garder les yeux en face des trous ». Il avait donc décidé de dormir un peu et était allé garer sa voiture sur le périmètre dédié, un peu à l'écart, à l'abri d'un bosquet. Il s'était assoupi pendant presque une heure. Au réveil, il avait voulu se rendre aux toilettes, mais celles-ci n'avaient pas été nettoyées. C'étaient de vieilles chiottes à la turque qui, même propres, donnaient envie de vomir (Nicole disait que c'était l'endroit idéal pour se vider des deux côtés). Il avait fait quelques pas dans le bosquet et s'était longuement soulagé contre un tronc d'arbre. C'est là qu'il avait aperçu quelque chose sur le sol, dans le noir, à une vingtaine de mètres.

Quelque chose qui l'avait intrigué. Il avait failli laisser tomber et avait même fait demi-tour vers sa voiture, mais quand même, cette chose lui avait fait une impression bizarre. Il était revenu sur ses pas, l'avait retrouvée, s'était penché sur elle. À partir de là, tout le monde avait son mot à dire, les versions se multipliaient, et personne n'était d'accord : ni sur ce qu'avait vu l'homme, ni sur ce qui était arrivé à Lali, ni sur l'état du corps. Une seule chose était sûre : le type avait dégueulé. À ce moment de l'histoire, j'arrêtais d'écouter. C'est comme si les gens n'en finissaient pas d'assassiner Lali, encore et encore. D'ailleurs, je savais parfaitement ce que l'homme avait vu. Personne ne m'en avait parlé, bien sûr. Il avait fallu que j'aille chercher l'info tout seul : une semaine plus tôt, l'oreille collée à la porte du garage, écoutant la discussion chuchotée de ma mère et d'Arnaud, pour essayer de choper des détails, les yeux agrandis d'effroi, ne pouvant y croire. Depuis, je vivais avec l'image du corps outragé de Lali et je luttais de toutes mes forces pour la faire disparaître, ou pour que la douleur s'anesthésie. Force m'était d'admettre que jusqu'à présent, c'était le mousseux qui m'y aidait le mieux. Quelle belle découverte je venais de faire avec l'alcool.

– Elle était gentille, ai-je dit tranquillement à une dame que je ne connaissais pas. Elle était douce. Elle se disputait avec sa mère, c'est vrai, mais tous les ados font ça. Vous connaissez le motif numéro un des disputes entre les parents et les adolescents ?

– Euh, non, m'a répondu la dame, étonnée.

– Elle lui reprochait d'être née. Classique. Moi, c'est une chose que je ne reproche jamais à ma mère.

Au regard que m'a adressé la dame avant de s'éloigner, j'ai deviné que je n'étais pas dans les clous, que quelque chose dans mes propos était incorrect, ou inapproprié. Pourtant, c'était la première fois depuis des jours que je n'avais plus ce poids écrasant sur la poitrine, que je respirais enfin, que j'étais presque joyeux. J'étais persuadé qu'en insistant un peu – juste un ou deux verres de plus – je pourrais même passer une bonne soirée et dormir enfin comme un bébé.

– Elle était gentille, ai-je affirmé à nouveau, à voix haute, pour personne.

Arnaud et ma mère discutaient avec la maire. Ils devaient faire partie des quelques initiés que l'on tenait au courant du déroulement de l'enquête. Ma mère était pâle et fatiguée. Je lui ai souri avec tendresse. J'ai souri également à Arnaud. Comme je les aimais ! Que ces personnes étaient belles ! J'en étais bouleversé. L'amour irradiait par tous mes pores. Loin de partager mon émotion, tous les deux se sont mis à me fixer avec inquiétude, à m'interroger du regard d'un air un peu mauvais. Devant cette hostilité que je ne m'expliquais pas, j'ai battu en retraite et estimé plus sage de me fondre dans la foule qui s'était agglutinée au bar. Le secrétaire de mairie a rempli encore une fois mon verre. *Pace è Salute*, mon ami !

– Hé, Lauris !

On m'appelait mais il y avait beaucoup de bruit autour du bar et tout le monde me bousculait. Je n'arrêtais pas de heurter des gens. J'ai fini par me caler contre le mur. Quelqu'un me tirait par la manche.

– Hé, Lauris !

C'était Colin. Et – effet inattendu qu'il fallait à n'en pas douter attribuer encore une fois au mousseux – j'étais extrêmement content de le voir.

– Hey mon poooote ! Tu vas bien ? lui ai-je demandé.

– Je suis détruit, mais je suppose que ça ira. Je n'imagine même pas dans quel état tu dois être. Après tout, toi tu la connaissais.

– Je suis détruit moi aussi, lui ai-je dit en souriant.

Et, lui désignant mon gobelet :

– Tu veux boire quelque chose ?

– Non, mais si tu pouvais m'attraper des cacahuètes...

J'ai fait avec la main ce geste apaisant qui disait que j'allais gérer ce problème à la manière d'un grand frère. Il était vrai qu'il était trop petit pour percer à travers la masse compacte des corps doublés de manteaux qui formaient une barrière devant les victuailles. Mais moi, j'étais grand et j'avais, selon ma mère, des bras de singe qui me descendaient jusqu'aux genoux (il fallait toujours qu'elle exagère). Avec un aplomb incroyable, j'ai pesé de tout mon poids contre une gabardine grise violemment parfumée et surmontée d'une nuque grisonnante et j'ai réussi à la bouger. Lorsque le bar a été enfin accessible, il m'a suffi de plonger la main derrière et de tâtonner effrontément : j'ai réussi à remonter un paquet de chips et un bol de cacahuètes.

– Ne vous gênez pas, jeune homme, m'a dit la vieille gabardine grise côté face.

J'ai choisi de l'ignorer et je suis allé retrouver Colin qui m'a accueilli avec reconnaissance.

– Oh, super. Merci. À midi, j'ai boudé et j'ai sauté le repas. Et comme à 16 heures je faisais toujours la gueule, impossible de descendre prendre un goûter.

– Mais pourquoi, Colin ? Pourquoi tu fais ça ? lui ai-je demandé d'une voix un peu pâteuse.

– Parce que personne ne me prendrait au sérieux si je craquais sur du Nutella en plein conflit.

– Je ne te comprends pas, Colin. Tu as tout pour être heureux. Ta mère est super gentille. Pourquoi tu lui fais la guerre ?

– Ce n'est pas ma mère, a répondu Colin.

– Oh, allez !

– Ce n'est pas ma mère, a répété Colin avec obstination.

Il a désigné la porte et a proposé :

– Et si on sortait ? On étouffe ici.

Nous sommes allés nous asseoir sur le banc devant l'épicerie. La lumière jaune des réverbères nous donnait l'air malade. Colin portait aux pieds ses Crocs couleur de marécage ou de flaque boueuse mais qui avaient dû être blanches à l'origine et il était vêtu d'un pyjama, ou alors d'un survêtement qui y ressemblait drôlement. La coquetterie de l'ensemble résidait dans le détail du col de chemise soigneusement fermé qu'il portait dessous. Le tout se déclinait dans les couleurs bleu roi, marron et rouge puissant que les petits garçons affectionnaient. Il n'avait pas l'air trop sale mais sentait quand même un peu mauvais. Je me suis penché discrètement vers lui : il me semblait que ça venait de ses cheveux.

– Je ne voulais pas venir à ton chantier parce que ça leur faisait plaisir, a déclaré Colin, mais quand tu as appelé pour annuler, j'ai été super déçu. Je sais, je suis inconséquent, paradoxal, irrationnel.

– On n'était pas très en forme, ai-je répondu. On a préféré reporter.

– J'imagine.

– Mais je vais t'inviter le week-end prochain.

– Ne te sens pas obligé. Je suis sûr que tu fais ça par pitié. Pas par amitié.

Il était redoutablement lucide pour quelqu'un qui n'avait pas bu. Je ne voulais pas lui mentir, je me serais fait gauler. Je ne voulais pas non plus lui dire la vérité. J'ai donc ouvert une troisième voie.

– Nous sommes en deuil tous les deux, ai-je déclaré en passant ma main autour de ses épaules. Nous devons être solidaires. Nous devons nous serrer les coudes.

Réconforté, il m'a souri avec gratitude puis il m'a demandé :

– Lauris, dis-moi, qu'est-ce qui est vraiment arrivé à Lali ? Tout le monde dit des trucs horribles.

Encore une fois, j'ai revu la scène telle que ma mère l'avait décrite à Arnaud l'autre soir. Avait-elle vu le corps ? Était-ce Nicole qui lui avait donné tous ces détails ? Lali était allongée dans l'herbe. De longues traînées de sang coulaient de son cuir chevelu et séchaient doucement sur son front. Ses pieds étaient nus et abîmés. Entre les deux, c'était indescriptible. Une véritable boucherie. Mais malgré tout, elle souriait dans mon esprit. Je ne pouvais pas l'imaginer ne pas me sourire. Je lui ai souri aussi.

– Elle est morte, ai-je balbutié. Lali est morte.

Colin n'a pas insisté. J'ai terminé mon verre de mousseux. Sous le banc, un pigeon picorait du gravier. J'étais quasiment sûr que moi seul pouvais le voir. Pour vérifier, j'ai envoyé mon pied dans sa direction pour voir s'il s'envolait. Gagné. Con de pigeon mort.

– Tu crois qu'ils vont l'attraper, celui qui a fait ça ?

C'était l'autre source d'émotion et de spéculation des habitants du village. Le corps ayant été retrouvé sur l'aire d'autoroute, l'hypothèse la plus probable était qu'il s'agissait d'un « estranger », d'un type de passage, d'un camé, d'un cassos, d'un meurtrier opportuniste ou même pire, d'un « rastaquouère ». Cette hypothèse sous-entendait deux choses : un, on ne l'attraperait jamais, et deux, on pouvait dormir tranquilles. En effet, il était peu probable qu'il revienne dans le coin pour nous faire un coucou.

– J'ai pensé qu'on pourrait essayer de fumer, a proposé Colin en sortant une cigarette de la poche de son blouson. Il me semble que c'est le moment ou jamais. Qu'est-ce que tu en penses ?

Cette idée m'a plu.

– Tu as du feu ? ai-je demandé.

Il avait pensé à tout. Bientôt, nous nous sommes mis à aspirer la fumée comme des malades.

– Je crois qu'on crapote, a dit Colin.

– C'est pas grave, lui ai-je répondu. Ce qui compte, c'est le symbole.

– Le symbole de quoi ?

– Qu'on est des rebelles ? ai-je proposé.

– Bof...

– Que c'est la fin de l'enfance ?

– Bof...

Il y a eu un silence.

– Je préfère voir ça comme un voyage baudelairien..., a déclaré Colin en soufflant longuement la fumée par les naseaux.

– Ah, quand même ! ai-je bredouillé.

Mais nous avons été interrompus avant d'avoir pu échanger davantage sur cette brillante référence.

– Lauris ? appelait ma mère. Lauris ?

Colin a aussitôt jeté ce qui restait de la cigarette. Ma mère criait mon prénom devant la salle des fêtes. Elle devait penser que je m'étais perdu dans le champ d'en face. Puis je l'ai entendue dire à Arnaud :

– Je suis sûre qu'il est bourré !

– C'est vrai, tu es bourré ? s'est esclaffé Colin.

Je n'ai pas souhaité m'exprimer sur ce point.

– Mamaaan ! ai-je braillé. T'inquiète pas ! Je suis lààà !

Elle a déboulé comme une furie, s'est dirigée vers moi et a scruté mes yeux torves et mes lèvres toutes molles.

– Mâman... ai-je dit avec cette voix bizarre que je n'arrivais pas à corriger. Tu fais quoâ là...

– LÈVE-TOI ! m'a-t-elle ordonné. ON RENTRE TOUT DE SUITE !

Et elle m'a attrapé plutôt rudement par la manche de mon blouson.

– Mais… ! a protesté Colin, stupéfait.

– Tu viendras à la maison, lui ai-je promis, tandis que ma mère me traînait derrière elle. On jouera ! On fera plein de trucs avec Arnaud, tu verras !

Ma mère me poussait sur le siège de la vieille C15, attachait ma ceinture, courait se mettre au volant comme une enragée. J'ai baissé la vitre :

– TU RESTERAS DORMIR ! ai-je braillé à l'adresse de Colin.

– NOM D'UN CHIEN, LAURIS ! BORDEL DE MERDE ! a gueulé ma mère.

Furieuse, elle a démarré la voiture, a passé la marche arrière, est sortie du parking. Nous sommes passés devant Colin, tétanisé sur son banc. Le pouce levé, je lui ai fait signe que tout était OK. Je ne sais pas s'il m'a cru. Ma mère a hurlé :

– TU CROIS VRAIMENT QU'ON A BESOIN DE ÇA EN CE MOMENT ?

Je comprenais ce qu'elle voulait dire. En même temps, on pouvait aussi en discuter calmement. Pas la peine de s'énerver. Je ne me sentais même pas ivre. Juste léger et bienheureux. Était-ce un mal étant donné les circonstances ? Je ne croyais pas, non. Je ne savais pas trop comment engager la conversation sur un mode plus serein. Il valait mieux attendre qu'elle se calme.

– BIZARRE ! vociférait ma mère. GOTHIQUE ! DIABÉTIQUE ! ET MAINTENANT ALCOOLIQUE ! UN SACRÉ BOULET, HEIN !

Heureusement qu'elle ne m'avait pas vu fumer.

– Je sais, je sais, ai-je bafouillé sur un ton que je voulais conciliant. Je sais que l'alcool c'est pas bien. Mais d'abord, je ne suis pas saoul, et ensuite je me sens bien. C'est sûr que les alcooliques ont tort. Ils boivent trop. Il faudrait peut-être leur dire d'envisager l'alcool pas comme un loisir, tu sais, avec les bars, la musique, la fête, tout ça, mais comme... (j'ai réfléchi afin de bien préciser ma pensée), mais comme un médicament (j'étais fier de ma trouvaille) ! Parce que ça détend vachement quand même. Je me sens bien. Si bien si tu savais. Par exemple tu gueules et ça me fait rien. Je ne suis pas stressé ou tendu, rien. Toi aussi tu devrais boire quelque chose. Ça te détendrait.

J'étais bavard, bavard, bavard. Je ne pouvais pas m'arrêter de parler. Ma mère fulminait.

– Non mais je rêve ! Tais-toi ! Tais-toi ! Tais-toi !

La vieille C15 me secouait rudement. Beaucoup plus que d'habitude. J'ai soupçonné ma mère de prendre exprès toutes les ornières. Bientôt, je n'ai pas pu m'empêcher de roter. À ma grande surprise, mon rot n'était pas que gazeux. On aurait dit que le mousseux et toutes ses bulles annonçaient leur grand retour. J'en avais plein la gorge. J'ai ravalé le plus discrètement possible ce liquide qui me brûlait.

– Arnaud ne rentre pas ? ai-je demandé sur le ton pétillant et léger d'une conversation mondaine.

– Ne vomis pas dans la voiture, merci, a rétorqué ma mère à qui mes déglutitions furtives n'avaient pas échappé. Non, il reste discuter avec ses collègues.

Elle parlait froidement et avait l'air dur et fermé au-dessus de son volant. Elle m'en voulait bien sûr, mais je savais que c'était aussi parce qu'elle n'aimait pas conduire la nuit, qu'elle y voyait mal.

J'avais envie qu'elle me parle. Je me sentais seul au monde quand elle était fâchée. Je préférais qu'elle me crie dessus plutôt que ce silence.

– Est-ce que tu crois aux fantômes ? ai-je demandé d'une voix légèrement enrouée. Est-ce que tu crois que les morts peuvent revenir nous voir ? Moi, au début, je pensais que seuls les animaux le pouvaient. Parce qu'ils ont une âme plus simple peut-être.

Je n'avais jamais été aussi près de faire la révélation du siècle, mais je voulais attirer son attention.

– Tais-toi, Lauris. Tu es bourré, a répondu ma mère avec lassitude.

J'aurais pu protester mais la nausée commençait à monter par vagues, anéantissant mes velléités de conversation. J'ai lâché l'affaire. La révélation du siècle n'aurait pas lieu. De toute façon, nous arrivions. Ma mère m'a hissé hors de la voiture.

– Allez, bouge-toi un peu. Aide-moi. Je te mets direct au lit.

J'ai voulu résister :

– Oh, euh, je...

Elle a détourné la tête avec dégoût :

– Oh ! Seigneur ! Mais tu pues !

J'étais un sac de pommes de terre ballottant entre les bras de ma mère. J'exagérais mon ivresse, je traînais les pieds, j'en profitais un peu. Ça faisait si longtemps qu'elle ne m'avait pas porté, soutenu, comme un gros bébé. Elle m'a laissé tomber plus qu'elle ne m'a couché sur mon lit, m'a ôté mes chaussures et m'a recouvert entièrement avec ma couette, comme si elle ne voulait plus me voir. J'ai risqué un œil vers l'extérieur et j'ai chouiné :

– Maman !

– Dors, m'a-t-elle ordonné.

– Pardon !

– Dors..., a-t-elle répété un peu plus doucement.

Elle a refermé la porte et l'obscurité a envahi la pièce. Je me suis assoupi, tout habillé, mon visage enfoncé dans l'oreiller. Mon blouson gisait sur le sol, pas très loin de ma tête, et je sentais l'odeur qui collait à ses fibres, une odeur d'extérieur, de voiture et de froid. Très vite, j'ai sombré dans un sommeil lourd, le corps comme une pierre, la respiration ralentie, et peut-être aussi le rythme cardiaque – une sorte d'état intermédiaire entre le sommeil et je ne sais pas trop quoi. À nouveau, j'ai fait un rêve de neige. La nuit était bleue et les étoiles brillaient. Lali était nue mais elle n'avait pas froid. Derrière elle s'étalait un paysage de Noël idéal, blanc, avec des sapins aux formes parfaites, et un chalet aux fenêtres éclairées à l'arrière-plan. La neige tombait doucement. Je marchais vers elle.

– Tout le monde te cherche, ai-je dit.

– Mais je suis morte, a-t-elle répondu.

J'avais oublié.

– Qu'est-ce qu'on fait là ? lui ai-je demandé.

– Je ne sais pas, s'est-elle étonnée.

Elle essayait d'attraper des flocons de neige. J'étais près d'elle à présent. J'ai voulu jouer avec elle. Moi aussi, je tendais la main vers les flocons. Mais ils étaient bizarres. Finalement, je me suis rendu compte qu'il s'agissait de paillettes en plastique, comme dans les boules à neige.

– C'est un décor, a dit Lali. Tout est faux ici. Regarde les fleurs.

Elle m'a montré une couronne mortuaire posée contre une barrière. Les roses roses étaient en porcelaine. Les flocons en plastique glissaient dessus sans accrocher.

– Il ne faut pas lire ce qui est écrit sur la couronne, ai-je déclaré. C'est peut-être une mauvaise nouvelle.

Lali est allée voir quand même. Elle levait haut les jambes pour pouvoir marcher dans la neige synthétique. Je suis resté à ma place, inquiet. Et si c'était mon nom qui était inscrit ?

– Ce n'est pas pour toi, a-t-elle crié.

Et elle m'a souri comme autrefois quand je la croisais par hasard devant le lycée avec ses copines, de ce sourire très grand et incroyablement sincère et que j'adorais. J'étais tellement ému que je ne lui ai pas demandé pour qui était cette couronne. Je voulais juste profiter au maximum de ce sourire. Je ne savais pas si j'allais le revoir un jour. Elle l'a sans doute compris car elle n'a plus bougé. Les paillettes tombaient dans tous les sens devant son visage et s'accrochaient à ses longs cils. Elle ne clignait même pas des yeux, restait immobile comme une image. Tout à coup, les lumières du chalet en plastique se sont éteintes, le bleu de la nuit est devenu noir, les étoiles ont disparu et je me suis réveillé en gémissant, effrayé à l'idée d'être tout seul et perdu. Mais je n'étais ni l'un ni l'autre.

Simplement, un autre cauchemar se mettait en placc :

– Tout va bien, m'a dit d'un ton rassurant mon fantôme de grand-père, penché au-dessus de mon lit. Tu as dû faire un mauvais rêve.

Et puis il s'est assis sur une chaise à côté de moi, dans une attitude bienveillante, comme s'il allait me raconter une histoire. Je me suis retenu de hurler. J'ai mis mes mains devant mon visage et je l'ai regardé entre mes doigts croisés. Il était toujours là. J'ai vu qu'il avait posé mon blouson sur le dossier de la chaise et que mes chaussures étaient rangées côte à côte près de la porte.

– Salut toi, a-t-il dit avec gentillesse. Tu vas mieux ?

– Je... oui... je..., ai-je balbutié.

Puis, retrouvant mes esprits :

– Tu m'as entendu, c'est ça ? Tu m'as entendu au cimetière ? Alors tu es venu ?

Il a eu l'air étonné :

– Tu m'as parlé au cimetière ? Mais pourquoi ?

– Je… je sais pas.

– Il n'y a rien là-bas, m'a dit mon grand-père. Il n'y a rien du tout.

– Alors pourquoi es-tu là ? lui ai-je demandé.

Il a haussé les épaules :

– Si tu crois que je contrôle tout, a-t-il répondu.

Je ne comprenais rien à ce qu'il voulait dire.

– Comment ça se passe après la mort ? lui ai-je demandé. Comment ça marche ? Pourquoi est-ce que tu viens me voir ?

Sa réponse a été tout aussi énigmatique.

– Parfois il y a des règles et parfois il n'y en a pas, a-t-il dit. Parfois il y a des portes et parfois il n'y en a pas. Tout ce que je peux te dire, c'est que ça prend du temps pour faire le moindre geste, pour dire la moindre phrase. Je suis obligé de les penser longtemps à l'avance. Et je ne suis pas toujours sûr que ce soit accepté et qu'ils te parviennent. Tu dois le sentir, non ? Tu dois avoir une sorte d'impression de différé ?

Il semblait maîtriser le sujet. Moi en revanche j'étais largué. Soudain nous avons entendu la porte d'entrée s'ouvrir et se refermer, et puis les pas d'Arnaud qui montait les marches. Mon grand-père n'a pas bougé de sa chaise. Attentif, il écoutait. Ma mère ne dormait pas. Ils ont commencé à discuter tous les deux. Ma mère râlait toujours. Je reconnaissais sa voix d'orage. Arnaud lui répondait avec calme. Il était question d'adolescence, de traumatisme, de rituel de passage. Mon grand-père tendait toujours l'oreille, me faisait signe de ne pas bouger, de ne pas faire de bruit. J'ai vu ses lèvres articuler des mots que je n'ai pas compris. Puis le ton a changé dans la chambre au fond du couloir. Ma mère a pris la voix douce et très particulière qu'elle avait parfois lorsqu'elle était avec Arnaud. Lui aussi a changé de ton. Tout à coup on l'a entendu prononcer son prénom : « Laure, Laure. » Et sa voix était émerveillée, comme celle d'un homme qui découvre un gisement, un trésor. L'or, l'or.

– On dirait qu'il l'aime, a dit mon grand-père du ton uni de celui qui établit un constat.

Soudain j'ai été gêné qu'il écoute ma mère comme ça, qu'il entende son roucoulement d'amoureuse. Cela m'a paru une atteinte intolérable à son intimité et j'ai eu envie de lui dire que ça ne le regardait pas, que notre vie ne le concernait en rien, qu'il n'avait jamais voulu en faire partie, et qu'il s'occupe plutôt de sa mort, qui me paraissait une entreprise bien foireuse. Mais comme à chaque fois que ma pensée se précisait, que je sortais de l'état de stupéfaction dans lequel son apparition me plongeait, il s'est volatilisé, me laissant furieux, frustré. Je n'avais jamais le temps de le coincer suffisamment longtemps pour l'engueuler, ni lui poser mes questions. Je ne comprenais rien à ce type, aux fantômes, à mes rêves ou à la mort. Je ne comprenais rien à mon existence et l'identité de mon père était toujours une énigme permanente suspendue au-dessus de ma tête. Et Lali était morte. Lali était morte. Qu'allait-elle devenir ? Dans un sanglot, je me suis enfoui sous les couvertures et j'ai prié pour m'endormir et que ce sommeil soit sans rêves. C'était sans doute trop demander. Je n'ai pas fermé l'œil de la nuit, et c'est parfaitement conscient que j'ai pu explorer de long en large, et pendant des heures, tous les cauchemars de ma vie, tous ses mystères.

8.

L'enterrement avait eu lieu la veille. Ma mère n'avait pas voulu que j'y assiste. J'avais protesté mais elle avait tenu bon. Elle craignait que, dans ce contexte émotionnel violent, l'événement ne donne lieu à des débordements imprévisibles et peut-être traumatisants. Elle ne s'était pas trompée. C'était bien ce qui s'était passé. Une foule impressionnante s'était rassemblée devant le cimetière. La circulation avait été bloquée. Tout le monde n'avait pas pu rentrer à l'intérieur. Ma mère avait été scandalisée de voir des téléphones tendus à bout de bras pour filmer la manifestation. Dès que le cercueil avait été sorti du corbillard, Nicole n'avait pu retenir un petit cri, entre le gémissement et le sanglot, et des bonnes âmes s'étaient aussitôt précipitées sur cette étincelle pour l'alimenter de leurs propres cris. Le désespoir s'était mis à flamber avec une belle violence, et avec lui la colère.

L'hystérie avait gagné les rangs du cortège. Il avait fallu appeler un médecin pour Nicole. La maire, avec l'aide du conseil municipal et de quelques employés de mairie, avait constitué un semblant de service d'ordre pour évacuer le cimetière, faire taire les appels au meurtre ainsi que les discours réclamant le rétablissement de la peine de mort et contenir un début d'émeute. Ma mère n'avait pas versé une larme durant tout le temps qu'avait duré la cérémonie funèbre. Elle n'avait pas non plus flanché face à l'effondrement de Nicole. Cela ne m'étonnait pas, je la connaissais, c'était un brave petit soldat, digne face aux coups du sort et aux tragédies – quand mon indéniable côté *drama queen* m'aurait plutôt incité à pousser des hurlements hystériques. Mais elle s'était mise au lit dès qu'elle était rentrée à la maison, comme si elle était épuisée ou malade. Je lui avais apporté un bol de soupe que j'avais posé sur sa table de nuit, puis je m'étais allongé à côté d'elle et nous étions restés là, sous la couverture blanche, sans rien dire, tandis que la soupe refroidissait. « J'espère qu'ils vont l'attraper », avait-elle fini par déclarer avec violence. « J'espère qu'il résistera et qu'ils seront obligés de l'abattre. » Lové bien au chaud contre elle, j'approuvais. Moi aussi je désirais un meurtre pour me consoler.

Arnaud avait promis de m'emmener au cimetière ce dimanche matin. C'était aussi le jour où j'avais invité Colin à passer la journée à la maison pour participer à ce chantier secret pour lequel Arnaud nous avait embauchés. J'ignorais toujours de quoi il s'agissait mais j'étais content à l'idée de transporter des planches, de planter des clous ou de tenir les outils, prêt à les passer à l'appel de leur nom, comme un infirmier instrumentiste au bloc opératoire. J'avais prévenu Colin de venir plus tard, étant donné que je devais d'abord me rendre au cimetière. Mais il m'avait demandé de l'attendre. Il voulait y aller aussi.

Il n'y avait pas de pierre tombale, pas de croix, pas d'ange pour marquer l'emplacement où reposait Lali. Juste un rectangle de terre dessiné dans le gravier et recouvert de fleurs mouillées par la rosée, déjà un peu fanées et que le vent remuait doucement. Il faisait frais. Ça sentait bon. Ça sentait le matin, quand la terre se réveille et que tout peut recommencer. Il me paraissait impensable que Lali soit là, juste au-dessous, allongée dans une boîte fermée, dans le noir, alors qu'au-dessus de ma tête le soleil brillait.

– Crois-tu que les morts puissent revenir parfois ? ai-je demandé à Colin.

Il a haussé les épaules. Aujourd'hui il avait fait l'effort d'enfiler un jean, mais il portait toujours ses Crocs blanches qui me faisaient penser à de vieux sanitaires dans une gare routière, et on aurait dit qu'il s'était versé de l'huile sur les cheveux :

– Pour quoi faire ? a-t-il répondu, et il a désigné d'un geste circulaire les fleurs, les autres tombes, les Jésus crucifiés et les statues éplorées. Et puis à quoi servirait tout ce chagrin ? Non, quand on est mort, on est mort. Pas de triche possible. Il faut faire avec. Avec l'absence. Avec le néant. Avec le jamais plus.

Je suis resté un moment silencieux. Quand on est mort on est mort. Dans quel monde paisible vivait Colin !

– Ouais ben moi, j'avoue, j'ai du mal. J'espère qu'il y a un après.

Je fixais le tapis de fleurs agonisantes. Je ne savais pas trop ce que j'attendais. Peut-être un miracle. Encore une fois, c'était tellement inconcevable, ce rectangle de terre nue fraîchement remuée sous la caresse du vent, le chant des oiseaux et le bruissement des arbres. Il allait se passer quelque chose. Il allait forcément se passer quelque chose. Je ne bougeais pas. Je me concentrais. Parfois il y avait des règles et parfois il n'y en avait pas. Parfois il y avait des portes et parfois il n'y en avait pas. Je voulais que Lali revienne. Mal à l'aise, Colin s'est mis à me tirer par la manche. « Allez, il faut y aller, on va pas rester là toute la journée », a-t-il dit. « Ton beau-père nous attend. » Il a fini par carrément me pousser vers la sortie. Marchant comme un somnambule, je n'arrêtais pas de regarder en arrière les fleurs qui jetaient leurs derniers feux sous le soleil et ne voulaient pas mourir. Colin râlait : « Arrête. On dirait que tu as vu un fantôme. Tu fous la trouille tu sais. »

Arnaud nous attendait au volant de sa vieille dépanneuse qu'il avait garée comme il avait pu le long du fossé, au bord de la route. Quand il nous a vus, il a replié rapidement le journal. Depuis quelques jours, la presse était interdite à la maison. « Épargnons-nous au moins ça », grommelait ma mère. Elle n'avait pas pris la mesure des sites d'information en ligne qui ne parlaient que de l'affaire. Je n'avais qu'à allumer mon téléphone. Je connaissais tous les détails publics de l'enquête, j'avais même vu passer une photo floue de l'enterrement où on ne reconnaissait personne. « *Les cris déchirants d'une mère* », titrait l'article.

– Et si on allait se prendre un vrai petit déjeuner, les mecs ? a demandé Arnaud tandis que nous nous installions à bord de la dépanneuse – nous étions tous les trois assis côte à côte dans la cabine, un peu serrés, j'aimais bien ça.

Il était 10 heures du matin. J'avais pris un bol de céréales à 8 heures et n'avais pas vraiment faim, mais je voyais où il voulait en venir avec son « vrai » petit déjeuner. Il n'était pas question de refuser.

– Okay ! ai-je répondu avec enthousiasme.

– Okay ! a acquiescé Colin d'un air ravi.

Il avait l'air vraiment heureux d'être assis avec nous à l'avant de la dépanneuse. Il n'arrêtait pas de se retourner pour regarder la potence, le crochet qui cliquetait, le grand plateau taché d'huile et de rouille qui sursautait. Nous étions haut perchés sur la vieille banquette crevée. Nous surplombions la route. Les voitures paraissaient minuscules. À notre approche, elles tenaient bien leur droite, mordaient même un peu sur l'herbe. La vieille dépanneuse était si imposante qu'elle semblait prendre plus de la moitié de la chaussée.

Arnaud est sorti de Grand-Passage et s'est dirigé vers la bretelle pour prendre l'autoroute en direction de Clermont. Je savais où nous allions. Lorsqu'il est arrivé en vue de l'aire du Mammouth, il a mis le clignotant à droite. C'était une aire importante où se trouvaient un hôtel, un magasin de souvenirs et de spécialités régionales, et aussi le snack le plus cool de la région. Le bâtiment, en forme d'éléphant et habillé de bois, était déjà en soi une œuvre d'art. L'endroit s'appelait « Le Montana », et si le gérant n'était pas américain, il était toutefois habillé en cow-boy des pieds à la tête, des santiags au Stetson. Et la serveuse portait une couverture sur les épaules ainsi que de longs cheveux noirs séparés en deux tresses – une vraie princesse pawnee.

Sur le parking il y avait des pick-up, des 4 × 4, des véhicules conduits par des gens qui « descendaient du froid ». Gros pneus, grosses doudounes, grosses bottes. Quand je voyais ce genre de bottes aux pieds des hommes, je savais que la neige n'était pas loin, qu'elle allait bientôt venir. En général, je m'en réjouissais. Elle annonçait Noël, la période des fêtes. Mais cette année, c'était différent. La vue de ces bottes me procurait une sorte d'inquiétude. Peut-être à cause des rêves, ou de ce qui était arrivé à Lali, je n'avais pas envie de voir la neige recouvrir l'horizon. Et même, je craignais sa venue. Soudain, j'ai redouté l'enfermement futur qu'allait bientôt nous apporter l'hiver, ce grand nivellement par le blanc vers lequel nous glissions inexorablement. J'aurais aimé pouvoir retenir le temps et rester dans l'humidité de l'automne, avec son eau grise suspendue au-dessus de nos têtes et les couleurs de fourrures que prenaient les arbres. Le printemps me semblait à jamais inaccessible – une sorte de pays perdu. Arnaud a ouvert sa portière, a sauté du marche-pied et a désigné le bâtiment d'un grand geste :

– Et voilà la cantine des vrais mecs, les mecs !

Bien sûr, comme dans un saloon, l'entrée était une porte à battants qu'on s'amusait à faire claquer et dont le bois était traumatisé par cette gifle répétée contre les murs. Nous avons fait quelques pas dans la salle. Toutes les tables étaient pleines. Arnaud nous a conduits vers le comptoir avec l'assurance d'un habitué.

– Venez par là. Étienne va nous sortir des tabourets.

Étienne, c'était le patron. Bientôt, nous nous sommes retrouvés perchés sur de confortables sellettes, hautes comme des échasses et garnies d'un coussin en peau de vache.

– Comment vont tes parents, Colin ? a demandé Arnaud en consultant la carte.

C'était le père qui, ce matin, avait déposé Colin devant la maison. Furtivement, d'après ma mère. Sans arrêter le moteur, sans baisser la vitre pour saluer. Il avait fait demi-tour très vite, comme s'il craignait que nous changions d'avis et qu'il soit obligé de repartir avec son colis.

– Vous savez, ce ne sont pas vraiment mes parents, a répondu Colin.

Arnaud m'a lancé un coup d'œil surpris. J'ai haussé les épaules. Je ne comprenais pas cette idée fixe, qu'il remâchait sans cesse. Je subodorais assez logiquement qu'elle devait avoir un lien avec son absence d'hygiène, son look survêt/pyjama et l'image sublimée qu'il avait de sa nounou morte, mais ma lecture de l'esprit tourmenté de Colin s'arrêtait là. Après tout, je n'étais pas psy.

– Okay mec, a dit Arnaud, pas contrariant. Et maintenant, on commande.

Arnaud et moi avons pris le Grand Slam, avec la cuisson des œufs « *over easy* », les petites saucisses aux herbes, le bacon et les pancakes. Colin a hésité un moment puis il a commandé le poulet pané au fromage accompagné de brocolis. Il mangeait délicatement, par petites bouchées, tout en regardant partout autour de lui. Cet endroit l'intriguait.

– Tu n'étais jamais venu ? lui ai-je demandé.

Je mangeais comme un porc, j'avais déjà pratiquement terminé mon assiette.

– Si, il me semble, a répondu Colin. Mais il y a longtemps. Je devais être petit. Je crois qu'on m'avait emmené là pour mon anniversaire. Je demanderai à Hélène.

Il ne disait même plus « maman ». Soudain les battants de la porte d'entrée se sont ouverts avec violence et sont allés mettre une sacrée baffe aux murs. Je me suis retourné et j'ai vu un groupe s'avancer. Parmi eux j'ai reconnu Éric, le marchand de bois du supermarché, et aussi des collègues d'Arnaud qui travaillaient sur l'autoroute. D'ailleurs, quand ils l'ont vu, ils ont levé les bras et l'ont interpellé. Ils étaient grands, massifs et joyeux comme des bûcherons ayant terminé leur campagne d'abattage. Ils se sont installés à côté d'Arnaud avec force bourrades et accolades viriles et ont commandé à boire. Ils faisaient plus de bruit qu'une classe de collégiens en voyage scolaire visitant une cathédrale. Colin en était si fasciné qu'il en oubliait de manger. L'un d'eux a ouvert le journal du coin, un pauvre papier de douze pages qui ne cassait pas trois pattes à un canard, et sa « une », qu'Arnaud avait sans doute voulu nous épargner, nous a sauté au visage.

Grand-Passage : la chasse à l'homme s'organise.

– T'as vu ça ? a demandé l'un des types à Arnaud. Ça serait bien que tu viennes. Tu commences à connaître le coin. Tu pourrais être utile.

– Oui, pourquoi pas ? a répondu Arnaud avec réserve. Mais vous faites quoi exactement ?

– T'as pas lu le journal ? On a créé un groupe de surveillance et d'autodéfense. On patrouille sur l'autoroute, sur les aires. On signale aux flics les trucs suspects. On a trop laissé faire. On a toléré que des mecs louches fassent leurs petits trafics chez nous. Résultat, ça attire les tarés. Et une petite est morte. Plus que morte même. Elle a été mise en pièces.

– Et vous croyez que vous allez l'attraper ? a demandé Arnaud en nous regardant à la dérobée, pour voir si nous avions entendu. Vous pensez que le mec est resté là à vous attendre ?

– De toute façon, la question, c'est qu'il y a trop de types dangereux qui traînent sur ces aires, est intervenu Éric. Demande à Étienne. L'autre soir, il a failli se faire braquer.

Deux mecs l'attendaient sur le parking, sans doute pour la caisse. Il a senti venir le coup. Il s'est barricadé à l'intérieur du resto et il a appelé les flics. Les types ont déguerpi dès qu'ils ont vu les gyros. Ça peut plus durer. On n'est plus tranquilles.

– C'est vrai, a reconnu Arnaud. Il y a de plus en plus d'insécurité. Je veux bien faire partie de votre truc, les gars. Ça sera peut-être dissuasif.

Il a désigné le titre du journal :

– Mais cette histoire de chasse à l'homme... Vous ne savez même pas à quoi il ressemble, ni s'il a agi seul.

– Ouais, bon, tu sais, c'est un truc de journaliste. Il a choisi un titre qui accroche.

– Les flics semblent penser qu'il était seul, est intervenu un des gars.

– Il y a du nouveau ? a demandé Arnaud.

– Mon beau-frère est flic à Lyon mais il a un pote ici. Bon, motus, hein ? Mais oui, ils disent qu'il était seul. Je sais aussi qu'ils ont interrogé les gamins du lycée mais que ça n'a rien donné.

– C'est pas quelqu'un d'ici, a dit Éric en secouant la tête. C'est pas logique. Quelqu'un d'ici l'aurait pas mise là. Y a plein d'endroits dans le coin où faire disparaître un corps.

Ils se sont mis à parler de la forêt des Combattants, une zone qui n'était pas couverte par le réseau, et où chaque année des touristes se perdaient, parfois pendant plusieurs jours, et ne survivaient qu'en lapant l'eau des sources qui affleuraient au sol. Puis la conversation est devenue générale et ils ont abordé la question de la sécheresse et de l'absence des champignons dans les sous-bois.

– Le type devait pas savoir quoi en faire. Il a eu peur de la garder dans sa voiture, a repris Éric, parlant pour lui-même, le nez dans sa bière. Elle était mignonne, cette petite.

Arnaud s'est levé. Ça faisait un moment qu'on avait terminé nos assiettes.

– Bon, les gars, on va devoir vous laisser. Traînez pas trop ici. La pause est bientôt terminée.

– On peut compter sur toi alors ? a demandé celui qui avait un beau-frère flic à Lyon. Tu viens patrouiller avec nous cette semaine ? Prends ton fusil de chasse si t'en as un. Après tout, c'est la saison. On nous embêtera pas trop.

– Bien sûr, a répondu Arnaud. Sauf en cas de dépannage d'urgence, je viens avec vous. Appelez-moi pour me dire où et quand je vous retrouve.

Ils ont levé leur verre pour saluer notre départ. Avec leur bouille joviale, leur bonnet en laine et leur nez rouge, ils ressemblaient à ces lutins en plastique que l'on trouve sur les bûches de Noël.

– Tu iras ? ai-je demandé à Arnaud tandis qu'il démarrait et quittait l'aire du Mammouth. Tu es pour les groupes d'autodéfense ? Même s'ils sont armés ? Tu vas aller te balader avec eux ?

– Je n'aime pas trop ça, a dit Arnaud. Mais les gens ont peur. Cette initiative ne servira pas à grand-chose à mon avis, mais ça peut les rassurer. Et puis dans quelques semaines, tu verras, ça se tassera.

– Tu crois qu'on ne trouvera jamais celui qui a fait ça à Lali ? lui ai-je demandé, la gorge un peu serrée.

Il a attendu quelques secondes avant de répondre.

– Il faut faire confiance à la police, a-t-il déclaré. Je suis sûr qu'ils font tout ce qu'ils peuvent.

– Mais si le type est pas d'ici, ils y arriveront jamais, me suis-je écrié. Comment veux-tu ?

– Ils l'attraperont plus tard, ailleurs, sur une autre affaire. Un meurtrier ne s'arrête pas de tuer comme ça, a-t-il dit. Il recommencera. Il finira par commettre une erreur.

– Mais quel genre d'humain est-ce ? a demandé Colin. Qui peut faire un truc pareil ? Prendre la vie de quelqu'un, lui faire mal. Recommencer. C'est horrible. J'en fais des cauchemars.

Nous sommes sortis de l'autoroute et avons pris la route vers Grand-Passage. Arnaud a fini par dire :

– Un humain raté, mon petit Colin. Un individu qui n'est pas fait pour vivre parmi les hommes. Une sorte de monstre.

Nous sommes arrivés devant la maison. Il a ouvert sa portière et a sauté sur le gravier :

– Et maintenant, au boulot, a-t-il déclaré. J'espère que vous serez à la hauteur. Je ne tolérerai pas la moindre faiblesse. Première étape, les planches. Vous allez les décharger de la dépanneuse et les entreposer dans le garage.

– Qu'est-ce qu'on va faire exactement ? ai-je demandé.

– J'espérais que tu le devinerais, a répliqué Arnaud.

Nous avons transporté les planches à l'intérieur du garage. Arnaud les posait contre le mur. Cela a pris une grosse demi-heure. Puis nous avons installé des tréteaux au milieu de la pièce afin qu'il puisse les poncer. Les planches étaient déjà prédécoupées selon des formes particulières. Il n'y aurait plus qu'à les assembler. Je les regardais et j'essayais de reconstituer le puzzle, de trouver un indice.

– Qu'est-ce qu'il va foutre avec tout ça ? s'est demandé Colin.

– J'en sais rien, lui ai-je répondu. Une cabane de jardin, peut-être. Le mois dernier, quelqu'un est venu pour couler une dalle. Et un type est venu pour prendre des mesures. Ça a l'air d'un projet d'envergure.

– Ils vont te faire une chambre à l'extérieur, pour que tu leur foutes la paix pendant qu'ils baisent. Hahahaha !

– Idiot.

Maman a passé la tête par la porte du garage et nous a dit bonjour du haut de l'escalier d'une voix ensommeillée. Elle n'avait pas quitté son pyjama. Je me demandais si elle avait déjeuné.

Probablement pas. Depuis hier, elle était à peine sortie de son lit.

– Tu nous en dis plus sur ce projet mystérieux ? ai-je demandé à Arnaud tandis qu'il défaisait les courroies qui retenaient les planches entre elles.

– Toujours pas trouvé ?

– C'est un abri de jardin ?

– Non.

– Un chenil ?

– Ta mère déteste les chiens.

J'avais cru discerner dans le tas quelque chose qui m'avait fait vaguement penser à une mangeoire.

– Un box ? me suis-je étonné. On va avoir un cheval ?

– Perdu, a répondu Arnaud.

Il a commencé à poncer et Colin s'est mis à inspecter les outils dans l'atelier. Il était très curieux. Il regardait tout. Soudain il est revenu avec un grand sourire.

– Je crois que je sais, a-t-il dit.

– Alors dis-le, trouduc, ai-je répondu.

– C'est mieux si tu trouves tout seul, a-t-il lâché d'un air moqueur.

Comme des gamins, nous avons commencé à nous poursuivre dans le garage, sautant par-dessus les planches et les vieux pots de peinture. Arnaud a fini par s'énerver :

– OK les mecs, c'est la pause. Allez courir dehors, vous voulez bien ? Je vous appelle tout à l'heure pour les vernis.

À peine avions-nous fait quelques pas sous le ciel gris et écrasant que l'envie de courir avait quitté nos jambes. En quelques mètres, nous sommes redevenus des ados lymphatiques et maussades.

– Je te propose d'aller en fumer une, a dit Colin, qui décidément avait décidé de devenir le plus jeune fumeur de la région Centre.

Nous avons traversé le champ et pris la direction de l'autoroute.

– On n'est pas très loin de l'aire, si ? a demandé Colin.

– Un peu plus d'un kilomètre, je crois. Je sais pas trop.

– Nous, on est encore plus près. De ma chambre, j'entends les voitures.

– Moi aussi, quand le vent vient de l'est.

– Lali est morte juste à côté de nous.

– C'est vrai.

Mais je ne voulais pas penser à Lali. La buse tournait toujours autour de sa proie invisible, comme un cerf-volant mécanique retenu par un fil et qui ne pourrait jamais dévier de sa trajectoire. Je me demandais quand prendrait fin cette sombre blague.

– Je crois que c'est bon. Personne ne peut nous voir de la maison, ai-je déclaré.

Nous nous sommes assis à l'abri d'un buisson, à une centaine de mètres à peine de l'autoroute. Colin a allumé la cigarette et a commencé à fumer. Il m'a semblé qu'il s'en sortait mieux que la première fois, qu'il avalait vraiment, et ça m'a inquiété. Ce truc devenait sérieux. Et puis j'étais un peu vexé aussi. Après tout, c'était moi l'aîné. C'était à moi de lui montrer comment se ruiner les poumons avec désinvolture. Il m'a tendu la clope.

– Tu prends la fumée dans ta bouche et tu respires, m'a-t-il conseillé.

J'ai haussé les épaules comme si je connaissais tout ça par cœur et j'ai procédé exactement comme il me l'avait dit. En sus de l'humiliation de me voir initié à la fumette par un gamin attardé, j'ai subi celle de cracher devant lui mes poumons par mes trous de nez. Colin a hurlé de rire. Dès que j'ai eu repris mon souffle, j'ai jeté la cigarette le plus loin que je pouvais.

– Le tabac, c'est le mal, ai-je décrété.

Colin a continué de glousser doucement. J'ai résisté à l'envie de lui mettre une grande baffe sur la tête, mais je dois avouer que cela m'a été facilité par le dégoût que ses cheveux m'inspiraient.

Seigneur ! Ce type ne se lavait jamais !

– Tu sais pourquoi ça s'appelle Grand-Passage ici ? m'a demandé Colin.

Je n'y avais jamais réfléchi.

– Pas vraiment. C'est parce qu'il y a l'autoroute, non ?

Il a ricané.

– Ça s'appelait Grand-Passage bien avant la construction de l'autoroute, tu sais.

Évidemment. Il avait raison. Je me suis senti con.

– On est dans une vallée coincée entre deux chaînes de moyennes montagnes, a poursuivi Colin. Géographiquement, Grand-Passage est une voie de communication, de passage si tu préfères. Avec une rivière formée en grande partie par la fonte des neiges et le ruissellement. Il y a toujours eu une route ici. Même au Moyen Âge. Même au temps des Romains. Et même avant que soit construite la première route, pendant la préhistoire, les animaux passaient par là. C'était un itinéraire de migration. Avec des plaines où se nourrir et une rivière pour boire. Les aurochs, les bisons, les rennes, les cerfs, les sangliers, les rhinocéros. Pour les hommes préhistoriques, c'était un lieu idéal de chasse.

Il a ajouté pour me vanner :

– Tu sais, s'il existe une aire du Mammouth dans le coin, c'est pas parce qu'il y a un restaurant en forme d'éléphant, hein.

Je n'ai pas relevé :

– Où tu as appris tout ça ? lui ai-je demandé, impressionné par les images qu'il évoquait.

– Il y a un site de fouilles archéologiques aux grottes de La Malène. Ils ont d'abord trouvé des peintures, des scènes de chasse, des silhouettes de bovidés, de cervidés, d'équidés. Et puis plus loin des ossements fossilisés de plein d'espèces d'animaux, entassés, comme un charnier. Ce sont les premiers humains qui les ont mis là. Ils tuaient les animaux avec des harpons, des lances, et puis ils apportaient les carcasses près de la rivière. C'était une sorte de boucherie. Sur les os, il y a des traces de coups, des éclats qui ont sauté, des marques. Avec des pierres taillées, ils découpaient la viande, ils raclaient les peaux, ils cassaient les os pour manger la moelle. Et puis quand ils avaient fini, hop, ils balançaient les restes dans un fossé. Comme dans une poubelle. C'est ça que les archéologues ont trouvé. Ils étudient tout ça. Cet endroit, mon vieux, c'était une vaste zone de chasse et d'abattage.

Il a baissé la voix.

– Il y avait des restes humains aussi. Un fémur brisé dont on avait récupéré la moelle.

– Tu déconnes. Ils l'ont bouffé ?

– Quand quelqu'un était blessé, fatigué, malade ou simplement faible, ils s'emmerdaient pas avec les sentiments tu sais, ils l'achevaient. Il ne fallait pas ralentir la horde, ou la tribu, ou je sais pas. Et puis, à l'époque, ils ne gâchaient pas la nourriture. Ils ont trouvé des dents de lait aussi.

– Eh ben…

Un peu mal à l'aise, je me suis levé, j'ai épousseté mon jean plein de terre, de cette terre qui apparemment avait bu tellement de sang – ô mes lointains et tendres ancêtres primitifs !

– Je me les gèle, ai-je dit. On rentre ?

Il a acquiescé :

– Tu crois qu'il va encore nous faire bosser, Charles Ingalls ?

Charles Ingalls. *La petite maison dans la prairie.* J'ai rigolé. Parfois c'était exactement ça.

– T'inquiète. On va monter dans ma chambre sans se faire repérer. Au fait, tu m'as pas dit, tu as compris ce qu'il voulait faire ?

Colin a hésité puis il a lâché :

– Il y a une sorte de pompe dans ton garage. C'est un truc qu'on utilise dans les bassins. Ou les piscines. Pour filtrer.

– Une piscine !

J'ai crié de joie. La piscine, c'était vraiment le signe que j'entrais résolument dans l'ère de l'abondance et du luxe.

– Oui, ou un bassin, a modéré Colin.

– Tais-toi, ça peut être qu'une piscine. Oh mon Dieu, quel été je vais passer ! Ce sera Hollywood ici ! Des palmiers ! Il nous faut des palmiers !

Je délirais de joie tandis que nous rentrions vers la maison. Tout à coup, je me suis arrêté net :

– Mais ça va servir à quoi toutes ces planches ?

– À construire un *pool house* sans doute, a répondu Colin d'un air résigné. Par moments, t'es vraiment pas futé, tu sais.

– Un *pool house* ! me suis-je extasié. Oh mon Dieu ! Avec un bar ! Ce sera Las Vegas ! Ce sera Rome ! Je suis tellement heureux ! J'inviterai tout le monde ! Même toi tu pourras venir, tu sais ! Colin ! Colin de l'Alaska ! Au fait, c'est vrai, dis-moi, pourquoi tu portes un nom de poisson ?

Il s'est mis à me poursuivre tandis que, pris d'un grand fou rire, je zigzaguais comme un sprinteur ivre dans le champ. Essoufflés, nous avons déboulé dans la cuisine où ma mère, pyjama et pantoufles lapin, se préparait un plateau-goûter gigantesque. J'ai foncé vers elle, je me suis mis à genoux et je me suis lové contre son ventre accueillant, en entourant sa taille avec mes bras. Elle me manquait depuis hier. Je m'inquiétais pour elle.

– Hé, les mecs, vous venez ou quoi ? a crié Arnaud dans le couloir. On n'a pas fini !

Ma mère caressait mes cheveux avec sa main libre, l'autre étant occupée à tenir une tartine de Nutella.

– Laisse-les tranquilles ! Ils sont fatigués, ces petits ! a-t-elle lancé à Arnaud la bouche pleine.

Arnaud a rigolé, puis on a entendu la porte se fermer et le bruit de la ponceuse électrique a repris.

– Ça va être comme ça tous les week-ends jusqu'à la fin des travaux, a soupiré ma mère. On n'aura plus jamais un dimanche calme et tranquille, comme je les aime.

– Oui, mais on va avoir une piscine, ai-je chuchoté, la joue contre son pyjama chaud. Merci maman !

– Tu remercieras Arnaud, a-t-elle répondu. Moi, j'étais plutôt contre.

– Mais tu es folle ? Pourquoi ? me suis-je exclamé.

– Je sais pas. Ça fait tellement prétentieux, une piscine, non ? Je me demande ce que vont dire les gens. Ils vont croire qu'on est riches. Bon, allez, lève-toi, on va pas rester comme ça toute la vie, s'est-elle énervée. Et occupe-toi de Colin. Emmène-le dans ta chambre. Prenez des biscuits.

Elle a soupiré :

– Je ne peux même pas écouter ma musique !

Colin et moi sommes montés à l'étage. Colin voulait ôter ses Crocs mais j'ai insisté pour qu'il les garde – je ne tenais pas à rencontrer ses chaussettes. Je me suis mis au lit et lui s'est assis par terre. Je lui avais fait comprendre que mon lit était un lieu très intime et personnel, voire sacré, qui ne supporterait aucune souillure extérieure. J'ai allumé mon ordinateur et nous avons paresseusement regardé défiler les épisodes d'une série que nous adorions tous les deux et que nous avions déjà vue, dans cette sorte de repos de l'esprit et du corps que l'on peut ressentir lorsqu'on se retrouve en terrain connu, dans un rêve mille fois arpenté, dans une histoire où les personnages vous sont aussi proches que les membres de votre famille. Colin bâillait toutes les minutes. Il était 16 heures. Le soir n'allait pas tarder à tomber.

– Tes parents viennent te chercher à quelle heure ?

– C'est pas mes parents, a-t-il répondu.

– Seigneur que t'es lourd avec ça.

Il m'énervait.

– Je suis un enfant adopté, a-t-il dit avec hauteur, comme s'il m'annonçait qu'il avait du sang bleu dans les veines.

– Oh ! ai-je lâché, le temps de digérer cette nouvelle information.

– Ouais...

– Et alors ? ai-je poursuivi.

Ce n'était pas anodin, certes, mais je ne voyais pas où était le problème.

– Et alors rien. Juste que maintenant, Hélène est enceinte.

– Ah...

D'accord. Cette grossesse devait être terriblement vexante pour lui.

– Eh ouais, a-t-il répété.

J'ai avancé avec prudence :

– Bon, tu vas être grand frère. C'est cool.

Il m'a regardé avec mépris.

– Grand frère ? Et puis quoi encore ?

– Tu vas voir, ça va être chouette.

– Arrête, j'ai envie de vomir.

Ce que personne ne souhaitait.

– Ce n'est pas comme ça que ça va se jouer, a-t-il repris d'un ton exagérément patient. Pas comme dans une série télé où tout le monde s'aime. La réalité de la situation, je vais te la dire : je suis foutu. J'ai perdu ma place, mon job, mon statut d'invité spécial. Il y aura un vrai fils et il y aura un faux, c'est tout. Un qui aura le sang de ses parents, et l'autre non.

– Ah ? Ce sera un garçon ? Vous le savez déjà ? Hélène n'est même pas grosse.

Il a eu l'air surpris. Cet idiot n'avait pas envisagé que sa mère puisse attendre une fille.

– Ce sera sans doute un garçon, a-t-il affirmé, péremptoire.

Mais il avait l'air moins sûr de lui tout à coup. J'avais ouvert une brèche dans sa petite théorie personnelle du grand remplacement.

– Ce sera peut-être une fille, ai-je insisté.

– Tu ne vois pas ce que ça change ! a-t-il râlé. Il y aura un enfant légitime et l'autre non ! Je serai un sous-enfant ! Un enfant de seconde zone !

– Et moi, je suis sûr que tu adoreras avoir une petite sœur…

Il m'a lancé un livre au visage. J'ai paré le coup avec mon oreiller.

– Je préfère encore aller dans une famille d'accueil, a-t-il dit. Ça ne me dérange pas du tout. Celle-là ou une autre, hein...

– Tu es vraiment un con.

– Tu ne comprends rien à la situation, a-t-il répliqué.

– Le roi des cons...

L'espace d'un éclair, pourtant, j'ai pensé que peut-être il souffrait. Et je l'ai regardé. Froissé, chiffonné, sale, il était l'image même de l'abandon – sans doute celui, plus ancien, qu'il croyait revivre. Peut-être une vieille peur de bébé laissé tout seul à la maternité qui lui revenait dans la gueule comme un boomerang. Cela n'a duré qu'un instant, cette impression d'entrevoir l'éclat du désespoir sous son vernis craquelé. Tout de suite après, nous avons entendu une voiture rouler dans l'allée et Arnaud a cessé de poncer. C'était Hélène qui venait chercher Colin. Sans rien dire, il s'est levé et a enfilé son blouson, le visage belliqueux, prêt à remonter sur le ring. Il lui en voulait terriblement.

– Attends, je descends avec toi, ai-je déclaré.

Je n'ai pas pu m'empêcher de lui ébouriffer les cheveux, geste que j'ai regretté aussitôt tellement la sensation était désagréable. Trop longue, grasse, collante, la chevelure de Colin aurait pu être une alternative au papier tue-mouche. Nous sommes passés par le garage. Hélène attendait dans la voiture, vitre baissée. En nous voyant, elle s'est dépêchée d'écraser sa cigarette. J'ai froncé les sourcils. Je devenais intransigeant sur les questions de santé.

– Tu as passé une bonne journée ? a-t-elle demandé à Colin d'un air las.

Ce dernier a grommelé quelque chose d'incompréhensible et a grimpé sur le siège arrière. Elle a dit quelques mots à propos de la ceinture de sécurité mais je n'ai pas pu entendre la suite parce qu'il a claqué violemment la porte.

– On s'est régalés, ai-je déclaré. On aimerait bien remettre ça le week-end prochain.

Hélène m'a adressé un regard qui voulait dire merci.

– Pourquoi pas ? a-t-elle répondu.

Elle a remonté la vitre et a commencé à manœuvrer pour faire demi-tour. Colin, à l'intérieur du véhicule, a appuyé sa main ouverte contre sa vitre, les doigts écartés, dans un geste qui ressemblait à la fois à un salut martial et à l'appel de détresse de quelqu'un en train de se noyer. J'ai regardé un moment les deux petits points rouges des feux arrière s'éloigner dans la nuit jusqu'à ce qu'Hélène tourne à l'angle du chemin et qu'ils disparaissent.

– On dirait que c'est pas la joie, a lancé ma mère juste dans mon dos, me faisant sursauter.

– Oh, vous êtes là.

Arnaud et ma mère se tenaient sur le seuil du garage, main dans la main, comme deux amoureux. Je leur ai souri.

– Colin est un peu con mais je l'aime bien, ai-je déclaré.

Ma mère n'a pas cherché à en savoir davantage. Elle m'a pris dans ses bras et m'a embrassé sur la tempe, dans un élan de tendresse spontanée.

– Mon chou…, a-t-elle commencé en me berçant.

Mais soudain elle s'est tue, son câlin s'est figé, et le temps a été comme suspendu. Elle m'a repoussé et m'a tenu à bout de bras, comme si j'étais une chose immonde. J'ai tout de suite compris. Ma mère avait ce qu'on appelle du flair, grâce à un nez incroyable qui, à l'instar des chiens ou des cochons, devait être tapissé de milliards de cellules olfactives. Je crois sincèrement que si elle avait voulu, elle aurait pu trouver des truffes.

– Il a fumé !

Incrédule, elle me dévisageait. J'aurais adoré la détromper mais je n'arrivais même pas à soutenir son regard.

– Mais non ! est intervenu Arnaud.

Il essayait de me défendre – ou tout du moins de sauver sa soirée.

– Je te dis qu'il a fumé !

Ma mère m'a lâché – j'ai failli perdre l'équilibre – et s'est précipitée dans la maison.

– J'en ai marre ! a-t-elle hurlé avant de claquer la porte.

– J'arrive même pas à avaler la fumée, ai-je dit, penaud, à Arnaud.

Ce dernier a soupiré, puis il m'a pris par les épaules.

– Allez viens. Ne t'inquiète pas. On va aller s'expliquer.

Mais à peine avons-nous posé un pied à l'intérieur que nous avons compris que toute tentative de discussion serait immanquablement vouée à l'échec. Ma mère s'était enfermée dans le salon – nous pouvions la voir à travers la grande porte vitrée – et, assise en tailleur sur le canapé, enveloppée dans son épaisse et moelleuse robe de chambre blanche qui aurait pu absorber toutes les angoisses du monde, elle triait ses disques en buvant une bière. Ceux qu'elle sélectionnait commençaient à former une pile considérable sur le sol. Déjà Sting chantait *Roxanne* sur la platine vinyle dont le volume était poussé à fond. Nous connaissions la suite. Il y aurait aussi A-ha, Chris de Burgh, Voulzy, Souchon, U2, Sheller, F.R. David, Billy Joel, Sanson, Michael Jackson, Balavoine, Caroline Loeb et tant d'autres. Toute la pile allait y passer, plusieurs fois, jusqu'à tard ce soir. Ma mère s'apprêtait, par la grâce des sons acidulés des synthés et des bons vieux tchak-tchak-boum des boîtes à rythmes, à retrouver ce temps idéal où elle n'avait pas de soucis, pas d'enfant, pas de contraintes – tout ce monde merveilleux auquel Arnaud et moi n'appartenions pas encore.

Nous avons jugé plus prudent de ne pas la déranger dans son voyage.

9.

Lali était une jeune fille populaire de son vivant mais elle n'avait jamais connu l'espèce de culte que lui vouait désormais la majeure partie des adolescents de Gaillardon. Il y avait le deuil officiel, organisé par les autorités compétentes, c'est-à-dire le proviseur, les infirmières formées dans l'urgence et les psys, dont les bureaux restaient ouverts jusqu'à tard dans l'après-midi pour encourager et recueillir la parole, et qui donnait lieu à nombre de rencontres, réunions, échanges – sortes de grandes messes laïques qui ne se déroulaient jamais sans que quelqu'un, à bout de nerfs, éclate en sanglots ou se fasse conduire à l'infirmerie, et qui se terminaient en général par une ode collective à la vie. Il y avait aussi un mouvement plus secret, plus sombre, qui s'était formé sur les réseaux sociaux et avait dédié un site entier à Lali. Tout le monde pouvait y publier des photos, des souvenirs, des poèmes. Ses membres prétendaient ne pas vouloir guérir de ce deuil, s'attachaient à cultiver la douleur, promettaient d'en souffrir éternellement. *Ne plus te pleurer, c'est te trahir, Lali*, avait proclamé l'un d'eux sous le pseudo de Wolf. *Nous nous rejoindrons dans la mort*, renchérissait un certain Helmut34. Certains affirmaient qu'elle avait été l'amour de leur vie, leur meilleure amie, la fille la plus sympa de l'école maternelle. On lui attribuait des paroles pleines d'esprit, des actes généreux et même héroïques, comme un sauvetage à la piscine municipale au péril de sa vie. Il y avait des rendez-vous secrets auprès de sa tombe, des bougies noires consumées collées autour de son nom, des soirées privées où l'alcool coulait et où certains initiés échangeaient leur sang par de fines déchirures qu'ils se faisaient aux poignets. J'entendais parler de tout cela sans jamais être invité, bien sûr. Les élèves du collège n'avaient accès qu'à la partie visible du deuil, ceux du lycée officiaient dans l'occulte. Et s'il était difficile de deviner qui précisément était à l'origine de ces débordements, il ne faisait aucun doute, à une certaine esthétique et pour qui savait décrypter les signes, que c'étaient les gothiques qui étaient à la manœuvre. Il y avait une grande sincérité dans cette douleur, même s'il était évident que ces gens-là saisissaient toutes les occasions de souffrir. J'ignore ce que Lali aurait pensé de tous ces rassemblements dépressifs, officiels ou clandestins – je me refuse à parler pour elle, trop de gens le faisaient déjà bien assez –, mais il me semble qu'elle les aurait trouvés ridicules. Et surtout, excessivement longs. En effet, nous étions fin novembre, cela allait faire trois semaines qu'elle était morte, et les réunions à visées thérapeutiques, loin de s'essouffler, continuaient de s'enchaîner. Je venais d'apprendre que mon cours d'anglais était annulé au profit d'une invitation de dernière minute, lancée à tous les élèves du collège, à se rassembler pour discuter dans le petit amphithéâtre. Sujet : les scarifications. Ce phénomène, qui ne concernait au départ que quelques cas isolés au lycée, s'était répandu chez les plus jeunes, et certains professeurs avaient remarqué avec horreur que plusieurs élèves portaient le prénom de Lali à même leur peau, gravé à la pointe d'un compas ou au cutter. J'étais fatigué de ces conneries. J'en avais marre d'entendre parler tous les jours de Lali, marre du spectacle donné par ses adorateurs et marre des groupes de parole. Je me demandais comment éviter celle-là. Quelqu'un ferait-il l'appel ? J'ai suivi nonchalamment le mouvement des élèves se dirigeant vers l'amphithéâtre. Le proviseur était à l'entrée et souriait à chacun avec bienveillance. Il était probable que ce soit le seul contrôle mis en place par l'administration. Soudain, j'ai fait demi-tour et je me suis dirigé vers les toilettes. Je n'étais pas le seul, comme je le croyais, à vouloir échapper ce matin-là aux réjouissances mises au point par l'équipe pédagogique. Quelqu'un d'autre se planquait derrière le muret qui formait paravent devant les toilettes des filles.

– Salut, m'a dit Géraldine d'un air maussade, en nouant le cordon de son pantalon de survêt.

Puis elle a sorti un paquet de tabac de sa poche et a entrepris de rouler une cigarette toute tordue qu'elle s'est mise à fumer en râlant.

– Putain, c'est dégueulasse ce truc.

Elle a continué tout de même, bravement, surmontant son dégoût, crachant des fibres de tabac mouillé et soufflant la fumée par les naseaux. Je n'aurais pas été plus fasciné si j'avais rencontré un dragon.

– Tu veux ? m'a-t-elle proposé en me tendant le mégot.

– J'ai arrêté, ai-je répondu, la main levée.

Elle a souri et a rejeté ses cheveux en arrière.

– Qu'est-ce que tu fais là ? m'a-t-elle demandé. Pourquoi tu n'es pas avec les autres, à pleurer, gémir, parler de la mort et attendre l'heure du déjeuner ?

Je me suis adossé au mur, à côté d'elle.

– Je sais pas trop, ai-je avoué. En fait, j'en ai marre. J'adorais Lali. Je suis furieux et triste de ce qui lui est arrivé. Mais je crois que j'aimerais bien avoir du chagrin tranquillement dans mon coin, sans que personne me dise ce que je dois ressentir.

– Pareil, a-t-elle dit pensivement. Sauf que moi, en plus, je n'ai pas tellement de chagrin. Je ne la connaissais même pas.

– Apparemment, ça n'empêche pas certains de se répandre sur Facebook comme s'ils avaient été de la famille.

– Je sais. C'est lourd. On dirait qu'ils s'inquiètent de ne jamais avoir l'occasion de pleurer quelqu'un. Ils n'ont qu'à attendre. Ils finiront bien par perdre un proche, eux aussi.

Elle a jeté sa clope, a commencé à s'en rouler une autre :

– Bon, a-t-elle lâché en crachant la fumée. On va passer la matinée aux chiottes, tu crois ?

– Tu veux faire quoi ?

– On pourrait sortir. Aller au café. Traîner. De toute façon, c'est mort, les cours pour aujourd'hui.

Elle avait raison. Nous étions mercredi et le collège fermait à midi, même la cantine.

– Et puis comme ça, je pourrai choper le bus de 11 h 30, a-t-elle ajouté. Allez, viens, on se casse.

Nous sommes sortis sans être importunés le moins du monde, malgré les mesures de sécurité qui s'étaient renforcées cette année. Nous sommes allés boire un chocolat au snack le plus proche.

– C'est qui le coupable à ton avis ? a demandé Géraldine.

J'ai fait la grimace.

– Quelqu'un de passage apparemment. Je ne sais pas s'ils l'attraperont un jour.

Géraldine a secoué la tête :

– Moi, je suis sûre que c'est quelqu'un d'ici. Peut-être même quelqu'un qui était proche d'elle.

– Pourquoi tu dis ça ? ai-je demandé avec curiosité.

– Pourquoi ce serait davantage un étranger qu'un meurtrier local ? Après, c'est sûr, c'est pas une idée agréable. Personne n'a envie de se dire que c'est peut-être un voisin, un cousin, un copain.

– Elle a été retrouvée sur l'aire d'autoroute…

– Et alors ? Ça prouve quoi ? a rétorqué Géraldine.

– J'en sais rien. Mais j'imagine que la police possède des éléments que nous ignorons pour privilégier la thèse de l'inconnu de passage.

Elle a écarté cet argument d'un haussement d'épaules :

– La police ne possède ni ne privilégie rien à mon avis. Et moi, je suis sûre que c'est un mec d'ici. Je te parie même qu'il fait partie de ces fameuses brigades de surveillance et qu'il se répand partout à propos de l'insécurité de notre monde moderne.

– Peut-être…, ai-je concédé sur un ton évasif.

– En tout cas, c'est comme ça que ça se passerait dans un film, a-t-elle conclu.

Et elle m'a souri avant de porter sa tasse à ses lèvres. Je n'avais jamais rien vu d'aussi joli et frais de toute ma vie.

– Mon père fait des rondes avec tous les blaireaux du coin, a-t-elle poursuivi. Il se sent un peu obligé. Il dit qu'il n'a jamais vu des mecs aussi cons.

– Mon beau-père y va aussi, ai-je répliqué.

– Je sais. Il est très bien d'ailleurs. Mon père a été plutôt agréablement surpris.

Les gens s'imaginaient quoi ? Que ma mère ne pouvait prétendre qu'aux blaireaux misogynes locaux susdits ou aux cas sociaux ?

– Lui non plus, il n'aime pas trop ces brigades. Mais il pense que ça peut aider à rassurer les gens.

– Tu connaissais vraiment bien Lali alors ? Sa mère travaille avec la tienne sur l'aire, c'est ça ? Elle aussi l'élevait seule, non ?

Décidément, on y revenait toujours. J'étais l'enfant sans père d'une fille-mère. Je me suis demandé s'il n'y avait pas dans cette remarque une manière de m'indiquer que certaines situations familiales évoquaient plus le ratage qu'autre chose. Ou alors j'étais complètement parano. J'ai regardé ses yeux couleur de Coca clair et j'ai décidé que j'étais complètement parano.

– Nicole n'a pas repris le boulot. Elle vient à la maison de temps en temps pour voir ma mère. Sa famille est venue la soutenir mais ils sont tous repartis. Oui, c'est dur.

– Je me demande comment on se remet d'un truc pareil, a dit Géraldine à voix basse.

Elle a regardé l'heure affichée sur son portable :

– Tu m'accompagnes au bus ?

Nous avons marché lentement jusqu'à la gare routière cachée derrière une allée de platanes nus. Géraldine ne parlait pas et j'étais intimidé par ce silence. Quand je me risquais à la regarder, elle se contentait de me sourire, et c'était un sourire spécial selon moi, avec une lumière différente, qui remontait loin dans les yeux et ne devait rien à la politesse. Je me suis dit que peut-être ce serait bien qu'on s'embrasse une fois arrivés au bout de l'allée déserte et j'ai commencé à compter mes pas. Mais je n'ai pas eu le temps d'aller jusqu'au bout. Géraldine, de façon surprenante, avait pris ma main et, tournant son visage vers moi, tout en se penchant, avait posé ses lèvres sur les miennes.

– Voilà, ça, c'est fait, a-t-elle dit.

À mon tour je l'ai embrassée, mais de façon beaucoup plus passionnée et sans doute plus maladroite. Elle a mis ses bras autour de mon cou et elle a eu la gentillesse de répondre à mon baiser avec ardeur. Je sentais ses mains dans mes cheveux. Je trouvais tout ça génial. Il me semblait que je ne m'en sortais pas trop mal et j'aurais volontiers poursuivi l'exercice si la réalité ne s'était pas bientôt manifestée sous la forme d'un gros bus vert.

– Je dois y aller, a-t-elle dit.

– Et si tu venais chez moi ? ai-je proposé. Ma mère te ramènera.

Elle a ri.

– Vas-y mollo, mec.

J'ai trouvé de bon augure qu'elle utilise le mot « mec ». Puis elle m'a fait la bise, ce que j'ai trouvé de très mauvais augure et qui m'a complètement déconcerté. Enfin elle a tourné les talons et a rejoint le bus, avec son sac nonchalamment accroché à son épaule et ses cheveux longs qui lui faisaient comme une cape. Je l'ai regardée grimper les marches, montrer sa carte de transport et disparaître derrière les vitres aveugles.

– Alors ça, c'est du scoop, a dit derrière moi une voix que je connaissais bien.

C'était le Colin, blouson en lambeaux, cheveux gras dans les yeux, Crocs blanches immondes de rigueur.

J'ai su que je n'avais pas fini d'entendre parler de cette histoire.

– Tu prends le bus toi maintenant ? lui ai-je demandé avec humeur.

– Ma chute suit son cours. Je dégringole dans les sondages. Plus personne n'a le temps de venir me chercher le mercredi. Je dois rentrer par mes propres moyens, a-t-il dit sur un ton sarcastique.

– En même temps, t'as douze ans, tu peux composter un ticket de bus, hein ?

– Voilà, et puis si j'y arrive pas, tu m'aideras. Tu me sembles doué pour le compost.

Il a évité mon coup de pied dans les chevilles et nous sommes allés nous asseoir sur un banc libre sous les platanes.

– Comment elle s'appelle ? Elles sont bien, les filles du public, tu vois. Elles ont pas peur d'embrasser sur la bouche devant tout le monde. À Sainte-Marthe, c'est la misère, ils sont tous planqués dans les chiottes, comme des rats. Quand ils se font choper, c'est toute une histoire.

– Elle s'appelle Géraldine mais bon, écoute, on est potes mais je vais pas te raconter ma vie.

Il ne s'est pas vexé.

– C'est toujours OK pour ce week-end ? a-t-il demandé. Je viens ?

– Mais oui, tu viens. Comme tous les dimanches maintenant, ai-je soupiré d'un air résigné.

C'était réglé comme du papier à musique. Les parents de Colin venaient chaque dimanche à tour de rôle déposer leur fils devant la maison. Je n'avais pas prévu de le revoir à une telle fréquence mais, je ne sais pas comment il se débrouillait, il ne repartait jamais sans être invité à revenir la semaine suivante, que ce soit par ma mère, Arnaud ou moi. Nous en avions un peu marre de lui et pourtant, pour une raison qui nous échappait, nous étions incapables de lui résister. C'était un sacré manipulateur, qui savait actionner précisément certaines cordes sensibles. Et puis surtout nous étions heureux, et apparemment lui ne l'était pas. Nous avons toujours une dette envers ceux qui n'ont pas autant de chance que nous. En tout cas, c'était comme ça que nous ressentions les choses.

Colin a donc pris le bus pour la première fois de sa vie et a réussi à acheter son ticket avec l'air blasé d'un étudiant en troisième année qui connaît bien la vie et les transports en commun, ce qui n'a pas impressionné le chauffeur qui lui a hurlé de penser à faire la monnaie la prochaine fois.

Goguenard, je l'ai regardé vaciller dans le couloir jusqu'à la banquette du fond, où j'étais assis, et se poser lourdement à côté de moi. Il avait le front moite.

– Bienvenue dans le monde réel, lui ai-je dit aimablement, tandis que le bus pétaradait et cahotait sur la petite route de Grand-Passage.

– C'est encore plus terrible que ce que je croyais, mec, a-t-il répliqué. Je sais pas si je suis fait pour ça.

Nous sommes descendus ensemble à l'arrêt qui se situait à peu près entre nos deux maisons et nous nous sommes séparés là. Je l'ai regardé partir, me retournant plusieurs fois. En le voyant s'éloigner le long de la route, tout seul, sa silhouette minuscule, son allure toujours un peu de traviole comme s'il marchait en crabe, je n'ai pas pu m'empêcher de ressentir une crainte diffuse, une sorte d'angoisse indéfinissable, mais très forte. Elle m'a coupé le souffle. Je l'ai rattrapé en courant.

– Je t'accompagne, lui ai-je dit.

Il m'a regardé d'un air sagace. Il avait compris. Cct enfoiré comprenait toujours tout. Voilà aussi pourquoi c'était un sacré manipulateur.

– Tu as peur qu'on m'assassine ?

– J'ai peur qu'on te rate, ai-je répliqué. Je veux être là pour te tenir si quelqu'un vient te massacrer.

– S'il faut que je te raccompagne à mon tour parce que tu as peur, on n'est pas rentrés, a-t-il remarqué.

– Je passerai par le chemin de l'autoroute.

– Très bien. Tout ceci est très idiot, mais comme ça tu vas pouvoir me raconter un peu Géraldine.

– Même pas en rêve.

– Qu'est-ce que tu ressens pour elle ? C'est une histoire pour une nuit ou pour la vie ? Elle est formée ? On ne voit rien l'hiver avec ces doudounes.

Il a continué à parler tout seul, évoquant Géraldine dans un mélange de lyrisme et de grossièreté – ses longs cheveux lisses, ses fesses musclées, sa peau crémeuse (sa peau crémeuse !) –, épiant ma réaction, mais je restais impassible. Ce n'était pas un grand effort de ma part. J'étais vraiment ailleurs. Je surveillais les voitures, je regardais le visage des chauffeurs, je scrutais les plaques d'immatriculation, m'entraînant à les retenir par cœur, pour voir si j'en étais capable. J'étais aux aguets, inquiet, tendu. C'était peut-être ma conversation de ce matin avec Géraldine qui était à l'origine de cette nervosité, je ne sais pas, mais tous les automobilistes m'apparaissaient comme des assassins potentiels. Après tout, elle avait peut-être raison. Jusque-là, je ne l'avais jamais envisagé, mais le tueur était peut-être quelqu'un d'ici. Colin a fini par remarquer quelque chose.

– Tu es sinistre, mec. C'est l'amour qui te plombe ou quoi ? Tu as peur d'en avoir une trop petite ?

Nous avons pris le chemin qui conduisait chez lui. Plus nous approchions de sa maison, plus il devenait morose. J'observais cette transformation avec intérêt. Je n'arrivais pas à savoir si Colin jouait à l'enfant unique dont le règne est en train de s'achever et qui en faisait des caisses pour qu'on s'occupe de lui, ou s'il souffrait de problèmes psychologiques aigus. N'importe qui, de prime abord, en le voyant, aurait penché pour la deuxième solution. Mais moi, je voulais lui donner une chance d'être juste un petit con. Jacques, le père de Colin, était en train de rentrer du bois dans le garage. Sans interrompre sa tâche, il nous a adressé un grand salut accompagné d'un sourire éblouissant. Lui aussi aurait pu postuler pour remplacer Charles

Ingalls. Parfois j'avais l'impression que la vallée n'était peuplée que de bonhommes débonnaires et souriant de toutes leurs dents, du genre à vous taper dans le dos ou à vous prodiguer des bourrades affectueuses, dans un esprit de bienveillance paternelle absolue.

– C'est bon, tu peux y aller, a grogné Colin. Je ne risque plus rien de la part de prédateurs inconnus. À moi de gérer mes tortionnaires domestiques quotidiens.

J'ai levé les yeux au ciel en soupirant. Un nuage bas et blanc passait juste au-dessus de nous, et une goutte de pluie est tombée pile entre mes deux yeux. Pas vraiment de la pluie, plutôt de la neige fondue. J'ai pincé l'épaule de Colin, je lui ai fait un croche-pied en guise d'au revoir et il a trébuché en grommelant « connard ». Il a claqué la porte, son père a refermé le garage, et je me suis retrouvé seul, sous un ciel de plus en plus gris, dans un silence de fin du monde. Un cafard affreux s'est abattu sur moi, avec des pensées de mort, que j'ai attribué à l'ambiance générale depuis un mois à Grand-Passage, et à l'arrivée de l'hiver. Cafard que j'ai eu tout le temps de ruminer durant mon retour le long du chemin de l'autoroute, dans le fracas des camions et des voitures, indifférent à l'éternel manège de la buse et à l'apparition d'un nouveau renard, fraîchement écrasé, qui promenait dans les champs sa stupéfaction toute neuve et son bassin déboîté, et dont certains ossements dépassaient de sa fourrure orange vif, comme d'un pull mal lavé et rétréci. J'ai eu une pensée pour le grand-père, que je n'avais pas revu depuis mon soir de cuite. Où était-il passé ? Il m'arrivait parfois de mettre en doute nos rencontres, de penser qu'il ne s'agissait que d'un rêve.

Était-il possible que je me sois raconté des histoires ? Mais, à la réflexion, cette idée n'avait rien de très réjouissant. Il fallait être sacrément tordu pour s'inventer un truc pareil. Qu'est-ce que je préférais ? Être cinglé ou avoir des relations privilégiées avec le fantôme de mon aïeul ? Et la vie normale ? Quand est-ce qu'elle commençait ?

Heureusement, en arrivant à la maison, j'ai eu la joie de voir que le trou de la piscine était pratiquement creusé et qu'il ne manquait que le toit au petit chalet qui allait servir de *pool house*. Arnaud était rentré du travail pour déjeuner avec nous, ce qui n'arrivait plus que très rarement. Ma mère avait mis un disque de Gainsbourg et de Birkin et ça sentait les frites, le poulet et le bonheur. Mes idées noires se sont envolées d'un seul coup et je me suis souvenu que j'avais embrassé Géraldine.

– Oh Seigneur, quel sourire niais ! Qu'est-ce que tu as encore fait ? s'est inquiétée ma mère.

Elle avait travaillé tôt ce matin-là pour remplacer Nicole et portait encore sa blouse un peu tachée et son pantalon noir, mais elle avait ôté les horribles godasses d'infirmière qui lui permettaient de tenir debout plus de six heures sans avoir mal aux pieds. En entrant dans la cuisine, j'ai shooté dedans. Je détestais ces pompes. Elles me rappelaient les Crocs de Colin.

– J'ai invité Nicole à déjeuner. J'aimerais que ça se passe bien. En gros, j'espère que tu n'es pas bourré ou que tu ne sens pas la fumette.

Elle était horriblement vexante et même injuste avec ces histoires. Excepté ces deux écarts, ma conduite avait toujours été irréprochable. J'ai décidé d'ignorer ses remarques.

– Comment va Nicole ? ai-je demandé.

– Je ne sais pas. Mieux j'espère, mais je n'y crois pas trop. C'est compliqué. Peut-être que ça lui fera du bien de sortir de chez elle.

– Je ne sais pas ce que je vais lui dire, ai-je avoué. Ça me met mal à l'aise de la voir.

Ma mère a soupiré :

– Tu n'es pas le seul, figure-toi. Mais ce serait bien qu'on essaie d'avoir avec elle une attitude normale, décontractée. D'ailleurs je pense qu'elle devrait reprendre le boulot. Je vais essayer de le lui dire. Voir des gens, parler, ça la ferait revenir un peu à la vie normale.

J'étais dubitatif mais décidé à coopérer :

– OK, ai-je acquiescé. Je ferai de mon mieux.

Bien sûr, cela ne serait pas suffisant. Rien ne pourrait jamais l'être. Les mots, les gestes, tout a semblé artificiel. Le poulet avait l'air d'être en plastique et les rires sonnaient faux. Parce qu'il y a eu des rires, du moins au début. Comment cela a-t-il été possible ? Comment avons-nous pu nous sentir autorisés à rire quand Arnaud a sorti une vanne à deux balles en croyant détendre l'atmosphère ? Nicole ne riait pas, elle ne rirait peut-être jamais plus. Elle ne parlait pas non plus, et ne mangeait pas davantage. Bien évidemment. Pour la première fois de ma vie, j'ai trouvé ma mère très conne, avec ses frites et son poulet, son air enjoué, ses efforts inutiles et sa bonne volonté complètement à côté de la plaque. Nicole ne voulait rien de nous. Elle ne voulait pas retrouver la vie normale, ou plutôt, la vie normale lui était désormais inaccessible. Nicole voulait Lali. Elle voulait sa fille. Son bébé. Ce n'était pas bien compliqué à comprendre, sauf pour ma mère et Arnaud qui avaient décidé de porter des œillères et de se mettre à table comme si de rien n'était.

– Passe-moi le pain, mon chéri...

– Reprends du poulet, Nicole. Tu ne manges rien.

L'air autour de cette table était irrespirable. Très vite, je n'ai plus réussi à avaler quoi que ce soit.

– Toutes ces frites, a dit ma mère d'un ton désolé en regardant le plat à moitié plein. Quel gâchis...

Elle était folle ou quoi ?

– Je m'en fous, si tu veux savoir, a dit Nicole.

– Quoi ?

– Je m'en fous. De tes frites. De ton poulet. De ta piscine.

– Nicole !

– Et puis je m'en fous de toi. De ton mec parfait. De ton petit couple. De ton con de môme.

Arnaud allait réagir mais maman l'a retenu d'un geste. Elle a commencé à pleurer. Nicole s'est levée de sa chaise et a jeté sa serviette sur la table.

– Merci pour le très beau spectacle de ta vie, Laure, a-t-elle dit d'une voix unie. Et désolée d'être un si mauvais public. Je suis un peu préoccupée. Dernièrement j'ai eu quelques soucis.

Elle est sortie de la pièce par la porte-fenêtre, sans même prendre son manteau. Complètement sonnés, nous l'avons vue traverser le terrain et partir toute seule à pied, ses cheveux trop noirs et trop longs soulevés par le vent, sa silhouette amincie qui avait quelque chose de vaguement maléfique sous le soleil éclatant.

– Oh mon Dieu, a pleuré ma mère. Mon Dieu ! Nicole...

Elle commençait déjà à enfiler sa veste, à prendre le manteau de Nicole et s'apprêtait à s'élancer derrière elle, mais Arnaud l'a arrêtée :

– Laisse-la, a-t-il dit. On ne peut rien.

Il avait l'air sombre.

– Elle nous en veut, a-t-il déclaré. Elle nous en veut d'être une famille heureuse. Et c'est injuste.

– Je sais bien, a sangloté ma mère. Mais je la plains tellement ! C'est affreux tout ça ! Mais qu'est-ce que je peux y faire ? Qu'est-ce que je peux y faire ? Pauvre Lali ! Je n'arrête pas de penser à elle ! Je n'en dors plus !

Elle était recroquevillée sur sa chaise et ses larmes coulaient sans discontinuer. Ses sanglots se transformaient peu à peu en une sorte de râle. J'étais horrifié par la scène que je venais de vivre mais voir ma mère dans cet état me terrifiait encore plus. De telles crises étaient déjà survenues auparavant, deux ou trois fois, lorsque nous vivions juste tous les deux. C'était à la suite d'une dispute, ou en réponse à une trop grande fatigue, une angoisse face à sa solitude, un moment où la peur de la vie se faisait trop forte. Je crois que toutes les familles les traversent, ces épisodes terribles, ces secousses nerveuses qui vous laissent anéantis. Je me suis précipité vers elle, je me suis agenouillé et j'ai entouré son corps avec mes bras, comme j'ai pu, la suppliant d'arrêter, en essayant de la bercer, de la calmer, en lui chuchotant des mots tendres. Arnaud ne bougeait pas. Il avait le visage fermé et semblait tétanisé. Il ne l'avait jamais vue ainsi et ne savait sans doute pas quelle attitude adopter. Tout à coup, il est sorti de la pièce, très vite. Je me demandais ce qu'il fabriquait. Il est revenu avec un verre d'eau parfaitement inutile et a attendu là, sans faire un geste, que ma mère veuille bien boire. Au bout d'un long moment, les spasmes se sont calmés, mais les larmes ont continué de couler, silencieuses. Ma mère a fini par indiquer par gestes qu'elle voulait se lever. J'ai compris qu'elle allait se coucher. Je suis monté avec elle, mon bras autour de ses épaules, la portant un peu, et je l'ai amenée jusqu'à son lit où elle s'est allongée et roulée en boule sans rien dire. J'ai tiré la couverture sur elle et je suis resté à ses côtés le temps de m'assurer qu'elle n'avait besoin de rien. Arnaud nous avait suivis, son verre d'eau à la main. Il était complètement démuni. Finalement, il a posé le verre d'eau sur la table de nuit et a maladroitement caressé l'épaule de ma mère à travers la couverture.

– On va la laisser dormir, a-t-il dit, comme si elle n'était pas là.

J'ai regagné ma chambre, épuisé, et je me suis écroulé sur mon lit, me demandant comment nous allions surmonter cette crise. J'entendais Arnaud en bas qui empilait les assiettes, rangeait les chaises, lançait le lave-vaisselle. Puis la porte du garage s'est refermée, émettant un petit claquement sec. Bientôt le ronronnement assourdi de la ponceuse s'est élevé dans la maison.

Arnaud était sur son chantier. Peu à peu, la routine reprenait ses droits, et la maison ses esprits. C'était un petit moment de paix, le calme après la tempête, et je l'ai savouré juste avant qu'une gigantesque vague de fatigue s'abatte sur moi. Mes yeux se sont irrésistiblement fermés et j'ai plongé dans un sommeil lourd, un rêve déserté, sans rien ni personne, que des lambeaux de phrases, d'images, de lumière, et puis du noir, du noir, du noir, et rien d'autre.

Il devait être un peu plus de 16 heures quand je me suis réveillé. Je ne me suis pas souvenu tout de suite de la scène qui avait eu lieu pendant le repas. Derrière les rideaux tirés, la lumière déclinante du jour ressemblait à l'aube, et pendant quelques secondes j'ai été désorienté, ne sachant plus à quel moment de la journée on pouvait bien être.

– Hey, mec, ça va ? m'a demandé doucement Arnaud.

Il portait sa doudoune comme s'il était sur le point de sortir. Soudain, tout m'est revenu d'un coup, la scène avec

Nicole et la crise de nerfs de ma mère, et cela m'a fait un choc. L'air soucieux, Arnaud a posé sa main sur mon front pour vérifier que je n'avais pas de fièvre.

– Ça va, a-t-il dit. Tu es chaud mais c'est parce que tu es resté tout habillé sous la couette, espèce de marmotte.

– Et maman ? ai-je coassé.

– Elle ne va pas trop mal mais elle préfère rester au lit. Elle a raison, il vaut mieux qu'elle se repose. Ce soir je reste à la maison. Les patrouilles se feront sans moi. Tu vas voir, nous deux, on va se faire un bon morceau de viande.

– Et là tu sors ? ai-je demandé.

– J'ai du bois en trop, je vais le ramener où je l'ai pris. Je n'aime pas quand il y a trop de choses qui traînent au garage.

J'étais bien là, au chaud, mais la perspective de rester seul avec maman dans la maison silencieuse ne m'a pas enchanté.

– Ah ! OK. Je viens t'aider si tu veux.

Il a souri :

– Merci, mec.

Je me suis assis au bord du lit et j'ai enfilé mes baskets. Arnaud est sorti en me disant :

– Habille-toi bien. Tu sais que le chauffage de la dépanneuse met du temps à se mettre en route.

J'ai passé deux pulls et, avant de descendre, j'ai jeté un œil dans la chambre de ma mère. Là aussi les rideaux étaient tirés et la pièce était plongée dans la pénombre. J'ai aperçu sa silhouette dessinée sous les couvertures et ses cheveux étalés sur l'oreiller. Elle dormait sur le ventre et sa respiration faisait un bruit ample et irrégulier. Elle devait être épuisée. J'ai refermé la porte sans faire de bruit et j'ai rejoint Arnaud en bas. Il était déjà dehors, au volant de la dépanneuse chargée de planches.

Quand il m'a vu, il a mis le moteur en marche et allumé les phares. J'ai remarqué que le chien Raclette était toujours à sa place préférée pour la sieste, sous les buissons – en général il repartait plus tôt dans l'après-midi – et je l'ai entendu gémir, ce qui m'a étonné et navré. Se pouvait-il que ce pauvre vieux chien mort connaisse les mêmes tourments que lorsqu'il était en vie ? Il n'y avait hélas rien que je puisse faire pour lui, je le savais pour l'avoir expérimenté depuis longtemps, les animaux morts étaient absolument insensibles aux soins et aux caresses. Je suis donc monté dans le camion et Arnaud a démarré. Nous avons roulé un moment en silence.

– Ça va ? a fini par demander Arnaud. Pas trop dur tout ça ?

– Je suis sonné, ai-je avoué. J'ai l'impression d'avoir fait un cauchemar.

– Il ne faut pas en vouloir à Nicole, a dit Arnaud. Elle est malheureuse. Et elle était désolée.

– Tu lui as parlé ?

– Je l'ai appelée, bien sûr, a dit Arnaud. J'étais inquiet pour elle. Je voulais être sûr qu'elle ne ferait pas de connerie.

Comme se suicider, ai-je pensé. Mais je n'ai pas voulu le dire à voix haute.

– Arnaud, quel genre d'être humain peut faire ça ? ai-je demandé. Quel genre de type a pu tuer Lali ?

Arnaud a soupiré.

– Je n'arrête pas de me poser la question. Comme tout le monde, je crois. Apparemment il existe des êtres qui ont besoin de commettre des actes terribles, hors-normes, on ignore pourquoi. Peut-être existe-t-il en eux quelque chose qui ne peut pas se contenter d'une vie normale. Quelque chose qui réclame sa part. Ce quelque chose, peut-être qu'ils le chérissent, peut-être qu'ils ne peuvent l'ignorer, le maîtriser ou l'éliminer. C'est peut-être un instinct ancien, semblable à l'instinct de prédation chez les bêtes. C'est peut-être un appétit féroce de ce que possédait Lali : la beauté, l'innocence, la jeunesse. Une sorte de pureté. Bon, je te dis tout ça, mais je ne suis pas psy. Je fais des suppositions. Je n'ai pas d'explication.

Moi, je trouvais son avis assez pertinent.

– Ce que tu dis semble assez vrai, ai-je déclaré. En tout cas, ça sonne juste.

– C'est parce qu'on est humains et que ce type l'est aussi. Au fond, il n'y a pas grand-chose qui nous différencie de lui. Il dort, il mange, il a chaud, il a froid, le soleil lui fait fermer les yeux et quand un moustique le pique il se gratte. Mais pourquoi bascule-t-il dans la sauvagerie et pas nous ? Pour ça, je n'ai pas de réponse. Il a dû y avoir un ratage quelque part. Dans l'enfance peut-être. Un endroit en lui où tout est obscur, une zone où nos règles n'ont pas cours. C'est peut-être quelqu'un à qui on a fait du mal, qui sait.

Nous venions de dépasser le chemin qui menait à la maison de Colin.

– Comment va ton copain ? m'a demandé Arnaud.

– Je l'ai raccompagné chez lui aujourd'hui. Il était comme d'habitude. Chiant.

– Tu l'as raccompagné ? a répété Arnaud.

Son visage était devenu grave.

– Oui, ça va te faire rigoler mais j'ai eu peur de le laisser rentrer tout seul.

– Ça ne me fait pas du tout rigoler, a dit Arnaud sèchement. Et je t'interdis de marcher au bord de la route, seul ou avec Colin. Ta mère ou moi, nous devons toujours savoir exactement où tu es.

– Mais arrête, c'est pas grave. Je ne voulais pas le laisser tout seul. J'avais une mauvaise sensation, c'est tout.

– Fie-toi davantage à tes sensations et ne traîne pas au bord de la route. Si ça doit se reproduire, je préfère que tu le ramènes à la maison et que quelqu'un vienne le chercher ou qu'on le raccompagne en voiture.

Je l'ai regardé. Il était très sérieux.

– Tu crois que l'assassin est toujours ici ? Tu crois qu'il est du coin ?

Arnaud a soupiré :

– Je crois qu'il y a des fous partout, mec. Et qu'il faut faire attention partout, tout le temps.

Nous avons traversé Grand-Passage et pris la petite route de montagne qui passait devant le cimetière. J'ai regardé les silhouettes des croix posées comme les pièces d'un échiquier géant et inconnu et je me suis souvenu de ce qu'avait dit mon grand-père : « Il n'y a rien au cimetière. »

Je me suis demandé s'il n'avait pas voulu dire par là que les corps des morts n'y restaient pas, et puis je me suis obligé à chasser très vite cette pensée. Nous entrions dans la forêt. La petite route commençait à monter et à faire des lacets. Arnaud ne parlait plus. Toute son attention était mobilisée par la difficulté à conduire la dépanneuse sur cette voie étroite. Nous avions tous les deux les yeux fixés sur la chaussée. Je savais que, quelques kilomètres plus loin à peine, la route s'élargissait, devenait un peu plus droite. Elle retrouvait la plaine et quittait la forêt, laissant la montagne sur le côté. Autrefois je venais ici ramasser des châtaignes avec ma mère.

– C'est encore loin ? ai-je demandé.

– On y est presque…

Au bord de la route, les troncs des arbres surgissaient à la lumière des phares et disparaissaient presque tout de suite. Les frondaisons cachaient le ciel. Nous roulions dans une sorte de tunnel interminable, avec la nuit au bout. Le premier cerf qui a surgi d'entre les arbres, au détour d'un virage, ne m'a pas dérangé. Ils pullulaient dans le coin. J'étais juste étonné par son calme. Ces animaux-là étaient en cavale perpétuelle. On les voyait traverser la route d'un bond. Mais celui-ci n'a absolument pas bougé au passage de la dépanneuse – j'ai eu tout le loisir de bien l'observer par la vitre côté passager – et j'ai compris qu'il était mort. Un deuxième est apparu, puis un troisième, tout aussi immobiles. Puis j'ai vu les sangliers. À ce moment, j'ai arrêté de compter. Les animaux affluaient sans cesse, de toutes sortes. Des biches, des daims, des renards, ainsi que des animaux plus furtifs, comme des belettes, des fouines, des blaireaux, tous venaient se presser sur les bas-côtés, dans la lumière des phares. Et tous étaient morts. Sabots et pattes griffues se côtoyaient. J'ai vu des oiseaux minuscules bouger dans les feuilles et des têtes de serpents se dresser. Cadavres de bêtes, fantômes d'arbres foudroyés, esprits d'herbes, insectes, interminable et cauchemardesque haie d'honneur : ici c'est Grand-Passage, semblaient-ils dire. J'avais peur de me mettre à gémir sans pouvoir me contrôler et j'ai mis mon poing dans ma bouche. Arnaud ne voyait rien et pourtant il devait sentir quelque chose parce qu'il n'avait pas l'air bien. Soudain il a tourné brutalement à droite, sur un petit chemin que je n'avais pas vu et qui formait un angle presque droit avec la route. J'ai failli crier, croyant que nous foncions dans le troupeau fascinant et macabre. Mais tout a disparu d'un coup. Tout. Les museaux allongés des renards, les gueules des sangliers, les bois des cerfs, les croupes des biches, tous les pelages bruns, dorés, orange, les yeux humides qui brillaient comme du verre, et toutes les bestioles minuscules grouillantes et volantes, les plumes, les becs, les élytres. La place était nette. Il n'y avait plus que les arbres serrés, impénétrables. La dépanneuse a roulé quelques instants sur ce chemin jusqu'à une clairière. Le ciel est revenu au-dessus de nos têtes.

Arnaud s'est arrêté et a coupé le moteur.

– Tu m'aides ? a-t-il demandé.

Il est descendu du camion et a commencé à détacher les planches. J'ai vu qu'il s'était garé auprès d'une sorte de hangar agricole plongé dans l'obscurité.

– On est où ? l'ai-je interrogé d'une voix un peu chevrotante.

Comme après chaque cauchemar, je devais faire un effort pour retrouver la vie normale.

– Qu'est-ce qui t'arrive ? a voulu savoir Arnaud. Ne t'inquiète pas. Il n'y a personne ici. C'est une vieille exploitation forestière, abandonnée depuis longtemps. Personne ne sait à qui c'est. De temps en temps des gens viennent camper ici. En général pour l'été. Des squatteurs, des hippies, des gens qui ne veulent pas vivre en société. Ils sont plutôt gentils. L'hiver ils repartent, parce que sans eau, sans électricité, hein, même si on aime la nature... J'ai mis un cadenas et voilà, c'est à moi. J'y stocke des matériaux, des outils. Ça évite d'encombrer le garage.

J'ai attrapé une petite planche et je l'ai portée jusqu'à l'entrée de la remise.

– Pose-la où tu veux, a dit Arnaud. Je m'en occupe.

La remise était noire comme un four. J'ai laissé la planche appuyée contre le mur, à côté de la porte, où il y en avait d'autres. Mes yeux commençaient à s'habituer à l'obscurité et je distinguais vaguement l'intérieur.

– Le propriétaire est parti et a tout laissé comme ça ?

– On m'a dit qu'il était mort. Ça fait peut-être vingt ans que c'est abandonné.

Nous avons fini de décharger les planches puis nous sommes remontés à l'intérieur de la dépanneuse. Avant de démarrer, Arnaud a consulté son téléphone pour voir si on ne l'avait pas appelé pour une urgence entre-temps. C'est alors que j'ai vu un chalet, plus loin, à l'orée des arbres, en assez bon état. Probablement l'habitation de l'ancien propriétaire qui était régulièrement squattée. Je me suis demandé ce que ça me ferait de vivre là, cerné par la nuit quasiment perpétuelle de la forêt et des hordes d'animaux sauvages et morts. Arnaud a fait demi-tour. Je regardais toujours le chalet. Il paraissait presque bleuté dans la lumière de la lune. On aurait dit une toute petite maison de conte de fées. Aussitôt j'ai pensé à Blanche-Neige vivant dans la nature parmi les animaux, et par association d'idées, aux sept nains. Sauf que mon esprit en faisait des géants, souriants, rougeauds et barbus, des types immenses, comme Éric, le marchand de bois, ou les collègues d'Arnaud, ces mecs baraqués qui travaillaient sur l'autoroute. Ou comme le père de Colin.

Le retour a été calme, sans apparitions, sans rien de notable. Une fois devant la maison, en descendant de la dépanneuse, j'ai senti que le sol était devenu très froid sous mes pieds. L'air était compact. Le temps avait changé soudain. On ne voyait plus la lune. Tous ces signes annonçaient la neige. La vraie. Celle qui allait durer et dans laquelle on allait vivre pendant des semaines. Je me suis souvenu que les vieux de Grand-Passage avaient prédit qu'elle tomberait bas dans la vallée cette année.

Et puis maman est sortie de la maison comme une folle. Elle nous a crié quelque chose. On n'y a rien compris. On a couru vers elle et elle a répété : « Une fille a disparu. Une autre fille a disparu à Grand-Passage. Nicole vient de m'appeler. »

Et elle a ajouté : « C'est affreux, elle était presque contente, elle a dit, maintenant ils vont intensifier les recherches, ils vont le trouver ce salaud. »

10.

Dans mon rêve il y avait des biches. Des milliers de biches. Ils tuaient les biches. Ils aimaient les biches et ils les tuaient. Depuis toujours. Et après ils allaient se laver les mains dans l'eau de la rivière. Des chasseurs, des ogres, des nains de jardin. C'étaient des hommes. Ils se ressemblaient. Ils portaient tous une barbe identique.

Je suis sur l'autoroute, au volant de la vieille C15. Je ne peux pas avancer parce que je ne sais pas passer les vitesses. De toute façon il y a bien trop de neige. Les animaux frôlent le véhicule. On dirait qu'ils murmurent : ici c'est Grand-Passage. Soudain, sans trop savoir comment, je parviens à allumer les phares. Un grand panneau apparaît :

Prochaine sortie : Grand-Passage

Concession-Perpétuelle

– Je suis au point mort, dis-je à mon grand-père.

– Ce n'est pas là que tu sors, me répond-il tranquillement en me désignant le panneau. Alors tu te calmes. Et tu apprends enfin à passer ces fichues vitesses.

Puis il s'est tu et a attendu que je veuille bien avancer, mais la neige s'est mise à tomber si fort qu'elle a commencé à recouvrir le pare-brise et tout est devenu noir. Je me suis réveillé en sueur, le cœur battant. Il faisait très chaud dans ma chambre. J'avais oublié de baisser le chauffage. J'ai regardé autour de moi pour voir si mon grand-père était là, mais non. Personne. J'ignorais quelle heure il était mais il faisait jour. J'ai trouvé que la lumière avait quelque chose de bizarre. Quand j'ai ouvert les rideaux, j'ai vu qu'il avait neigé. C'était une bonne chose. Cela faisait trois jours que le ciel nous en menaçait et que tout le monde l'attendait. Je suis sorti dans le couloir.

C'était dimanche. Il était 10 heures et Colin était déjà arrivé. Je l'entendais parler avec ma mère dans la cuisine. Arnaud dormait. Il avait été appelé au milieu de la nuit pour une urgence et n'était rentré qu'au matin. Ma mère avait mis un disque. Colin parlait mais je savais qu'elle ne l'écoutait qu'à moitié.

En passant devant le salon, j'ai vu que la cheminée ronflait comme une chaudière. Je me suis approché et j'ai tendu les orteils. Arnaud avait dû remettre du bois lorsqu'il était arrivé. Voilà pourquoi la maison était si chaude. J'étais pieds nus sur le tapis. Je savourais sa douceur. Il y avait Billy Joel sur la platine. C'était un dimanche comme les autres. Plus tard, nous irions peut-être déjeuner au Montana. Ça dépendrait d'Arnaud. L'aire du Mammouth devait être recouverte de neige. Je me suis mentalement frotté les mains en me promettant d'en faire bouffer à Colin.

– Ah oui, j'aimerais bien sortir avec une fille, disait tranquillement ce dernier à ma mère. Ce serait normal à mon âge. Mais c'est quand même compliqué. Et puis je ne sais pas si je vais rester ici, à Grand-Passage. Alors je n'ose pas trop m'investir.

Le sujet de leur conversation m'a étonné, et aussi le ton enjoué sur lequel ma mère lui répondait. Ils commençaient à devenir amis, ces deux-là. Je n'aimais pas trop ça. J'ai ouvert la porte de la cuisine et je leur ai demandé avec une certaine contrariété :

– De quoi vous parlez ?

– Ah, Lauris ! a déclaré Colin avec emphase. En tant que spécialiste de la question, ton avis nous intéresse. Comment faire pour sortir avec une fille ? Ta mère s'inquiète pour moi. Elle veut absolument que j'aie une petite amie.

– Lauris est un spécialiste de la question ? Tu en sais plus que moi ! a rigolé ma mère.

Je me suis assis devant mon bol et j'ai versé mes céréales :

– C'est tout un cheminement, ai-je commencé avec le plus grand sérieux. Je pense qu'il faut d'abord en avoir envie. C'est l'étape une. Ensuite, étape deux, il faut se débrouiller pour créer le désir.

Et j'ai adressé à Colin un sourire désolé censé lui signifier que le concernant, le chemin promettait d'être vraiment très loooong... Il n'a pas relevé.

– Voilà, il a tout compris. Et maintenant il sort avec une fille, a déclaré Colin. Ils s'embrassent avec la langue et ils se tripotent les cheveux.

Et il a fait le geste de mélanger une salade russe posée sur la dernière étagère d'un placard, avec les doigts bien écartés. Ma mère a eu un regard amusé qu'elle a essayé de dissimuler du mieux qu'elle a pu, et j'ai senti que ça allait être la fête du sarcasme au moins jusqu'à ma majorité. J'ai haussé les épaules et j'ai commencé à manger, signifiant par là que je ne désirais pas m'étendre sur le sujet. J'avais revu Géraldine au collège mais elle était toujours avec ses potes et, si j'avais surpris quelques regards qu'elle m'avait adressés à la dérobée – elle possédait la technique de l'œil en coin caché derrière la frange –, elle n'était pas venue m'adresser la parole. De mon côté, j'ignorais totalement quoi faire. Fallait-il que j'y aille carrément, que je mette mes bras autour de son cou et que je l'embrasse ? Fallait-il que j'y aille doucement, en me contentant de lui dire bonjour dans un premier temps, puis que je parvienne à m'incruster de plus en plus dans sa bande de potes ? Ils avaient tous au moins un an de plus que moi et Géraldine allait sur ses seize ans. Il n'était pas dans les usages de cette société très hiérarchisée qu'était le collège que les mecs comme moi fréquentent l'aristocratie des filles populaires. Tout le monde allait se foutre de notre gueule et nous serions devenus des Intouchables. Alors je restais avec mes copains, et elle avec les siens. J'avais bien tenté de la voir à l'arrêt de bus, mais apparemment, elle ne le prenait plus. D'ailleurs je n'avais plus vu grand monde à la gare routière. Depuis l'annonce du deuxième enlèvement, un climat d'angoisse régnait sur la région et les parents se relayaient devant les grilles du collège pour déposer ou récupérer leur progéniture. Je ne connaissais pas la fille qui avait disparu. Elle s'appelait Lucie Vauloup, et si sa famille était du coin, elle était interne depuis deux ans au lycée professionnel de Ranjou, à une cinquantaine de kilomètres d'ici. Elle était revenue à Grand-Passage peu après la rentrée, pour une durée indéterminée et des raisons confuses – disputes, drogue, renvoi ? – et n'était pas rentrée après une balade qu'elle avait pris l'habitude de faire le soir avec son chien (les mauvaises langues disaient qu'elle sortait pour fumer des pétards en cachette). Si des doutes subsistaient sur la nature de cette disparition – l'hypothèse de la fugue n'était pas encore officiellement exclue –, le préfet avait ordonné une sorte de couvre-feu et les gendarmes patrouillaient sur l'autoroute et les petites routes tout autour de Grand-Passage. Bref, le climat n'était pas vraiment propice pour se tripoter mutuellement les cheveux, selon la curieuse conception que Colin se faisait de l'élan amoureux.

– On a des nouvelles ? Tu as écouté les infos ? ai-je demandé à ma mère.

– Rien de neuf, a-t-elle répondu. Ils cherchent toujours. Il y a des contrôles partout.

Elle a haussé les épaules :

– C'est peut-être une fugue, a-t-elle dit. Tout ça pour rien peut-être.

Elle l'espérait et moi aussi, comme tout le monde sans doute. Mais quelque chose en nous nous disait que ce n'était pas la raison de cette disparition. Quelque chose de sombre, qui n'avait pas vraiment de nom, qui s'apparentait à l'instinct mais avait l'évidence du savoir – un peu comme on sent venir la neige avant même qu'elle tombe. Lucie Vauloup avait été enlevée à quelques kilomètres d'ici, cela faisait déjà plusieurs jours et elle était peut-être déjà morte.

– Lali a été découverte au bout de trois jours, a remarqué Colin. C'est peut-être bien une fugue cette fois. Et puis elle a pris son chien.

Le chien également avait disparu. C'était le détail qui faisait pencher la balance de l'opinion vers la fugue.

– Vous croyez que vous irez manger au Montana aujourd'hui ? a demandé ma mère. Arnaud est rentré tard, il doit être crevé. Il neige depuis 3 heures du matin et ça vient juste de s'arrêter. Si vous restez là, il faut que je décongèle des steaks hachés. Ça vous ira ?

Elle avait proposé cela sans enthousiasme. Depuis quelque temps, elle passait ses jours de repos en pyjama, chaussée de ses deux fidèles lapins roses défraîchis, à écouter de la musique ou à feuilleter des bouquins ou des magazines. Les autres jours, elle se traînait au boulot où elle devait former une nouvelle employée – Nicole ne travaillait plus, elle avait posé un congé maladie d'un mois, et on pensait qu'elle ne reviendrait pas. Maman était terriblement affectée par cette histoire. Je n'aurais jamais pensé que ma mère soit particulièrement douée de sensibilité ou d'empathie – elle avait d'autres qualités –, mais clairement elle en souffrait plus que nous. Je me demandais si elle n'allait pas faire une sorte de dépression.

– On ira au Montana, a dit soudain Arnaud depuis le couloir.

Puis il est apparu au coin de la porte, les cheveux un peu longs et défaits. Il n'avait pas beaucoup dormi, pourtant il semblait en forme et plein d'énergie, comme d'habitude. Il a souri à ma mère et ce sourire l'a instantanément réconfortée, c'était visible à l'œil nu. Je n'étais pas particulièrement réceptif à la beauté masculine mais Arnaud était un mec à qui j'aurais bien aimé ressembler. Ne serait-ce que parce qu'il savait rendre les gens heureux.

– Tu savais toi que Lauris sortait avec une fille ? lui a dit ma mère. Il paraît qu'elle le recoiffe pendant qu'il l'embrasse.

Et elle a fait elle aussi ce geste ridicule de mélanger une salade russe. Arnaud a éclaté de rire et j'ai plongé le nez dans mon bol, un peu fâché.

– Techniquement, on ne peut pas dire que je sors avec une fille, ai-je déclaré.

Le mot « techniquement » les a mis en joie.

– En tout cas il est amoureux, a dit Colin pour me défendre. Elle s'appelle Géraldine.

Ma mère s'est exclamée :

– Géraldine ? La fille de Virginie ? La cancre ?

– C'est toujours un plaisir de partager des choses intimes avec vous, ai-je grogné en me servant du jus d'orange. D'ouvrir son cœur devant sa famille. Je me sens tellement en confiance. C'est fou. Vous savez quoi ? Tous les jours vous me rendez plus fort. Merci maman.

Ma mère a fondu vers moi et m'a serré dans ses bras :

– Oooh ! Mon gros bébé qui devient un homme !

Je ne savais pas si c'était vraiment de l'attendrissement ou du foutage de gueule. Je penchais plutôt pour le foutage de gueule.

– De toute façon, vous vous excitez tous pour rien. Je ne sors pas avec Géraldine. On s'est embrassés, c'est tout.

– Elle t'allume ? a demandé ma mère d'un air faussement menaçant.

Mais Arnaud, d'un regard, lui a fait signe que ça suffisait. Aussitôt elle s'est tue. En allant déposer mon bol dans le lave-vaisselle, j'ai discrètement effleuré le bras de mon beau-père, pour le remercier. Tous les deux, on n'avait pas besoin de parler. On se comprenait.

À 13 heures, nous sommes montés dans la vieille dépanneuse. Le monde était devenu blanc, à perte de vue. C'était un paysage de conte, presque irréel, sauf que les gendarmes pullulaient au bord de la route.

– Vous partez en dépannage avec vos enfants ? s'est étonné l'un d'eux lors d'un contrôle.

– Non, on va juste manger un morceau au Montana, a répondu Arnaud.

– Alors prenez un Big Slam en pensant à moi, a soupiré le flic. Et peut-être une bière ou deux.

– On y pensera ! a rigolé Arnaud.

– Passez un bon dimanche !

– Il y a du nouveau ? lui a demandé Arnaud en rangeant ses papiers.

– Peux rien vous dire. Mais vous le saurez sans doute ce soir. Allez, circulez maintenant.

L'aire du Mammouth ressemblait à un village de Noël, avec ses sapins enneigés, ses petits chalets et leurs décorations lumineuses. Le patron du Montana avait mis un pull vert à motif de rennes et la serveuse ressemblait à un lutin avec son bonnet rouge qui clignotait. Il y avait du feu dans la cheminée et des chaussettes géantes de toutes les couleurs étaient suspendues des deux côtés. Nous nous sommes installés au bar, comme d'habitude. Nous avons eu à peine besoin de commander :

– Des frites, des saucisses, du lard, des œufs, du gras, et pour le petit mec maigrichon, des brocolis bien cuits avec du ketchup, c'est ça ? a demandé Étienne, le patron.

– C'est ça, a rigolé Arnaud tandis que Colin, vexé, tirait la gueule. Et tu nous mets aussi une bière et deux Coca.

– T'as pas été trop embêté sur la route ? a ajouté Étienne. Entre la neige et les flics, j'ai mis une heure pour venir bosser ce matin. En ce moment t'as pas intérêt à oublier tes papiers.

– Oh bof, ça va, a répondu Arnaud. C'est normal je trouve. Avec ce qui se passe.

– C'est sûr, a répliqué Étienne. Mais enfin, je me demande si faire chier les gens du coin changera grand-chose.

– Ben, un meurtre et une disparition en un mois dans le même secteur, ça commence à faire, non ? On peut peut-être penser que c'est un type d'ici.

– Pas sûr, a dit tranquillement Étienne. Pas sûr. C'est une zone de passage ici. Les gens vont, viennent, prennent des chambres à l'hôtel, font leurs affaires. J'ai des mecs qui sont là toutes les semaines, qui restent quelques jours, sans doute pour bosser, je sais pas, puis qui repartent. D'autres que je vois revenir chaque année. D'autres qui débarquent ici tous les dix ans, parce qu'ils ont de la famille. Y a plein de gens qui reviennent ici, sans cesse, pour une raison ou pour une autre.

Les gens reviennent ici sans cesse... Des gens de passage, il y en avait plein... Soudain j'ai pensé à mon père. Il était arrivé et puis il était parti et ma mère ne l'avait jamais revu. Était-il possible qu'un jour il soit revenu ? Pourquoi ce mystère depuis toujours autour de lui ? Qu'y avait-il de si terrible à cacher ? J'avais toujours pensé qu'un grief très personnel empêchait ma mère de m'en parler – une vexation terrible, une déception amoureuse qu'elle avait eu du mal à surmonter. Mais si je me trompais ? Je commençais à me demander si en fait elle ne cherchait pas tout simplement à me protéger. Cette rencontre avait-elle été vraiment heureuse ? Mon père était-il quelqu'un de bien ?

Ma mère n'avait-elle pas subodoré quelque chose de trouble dans sa personnalité, et mis fin d'elle-même à cette relation ? Lui avait-il fait du mal ? Je n'avais jamais envisagé les choses sous cet angle. D'ailleurs je n'envisageais jamais le côté sombre et obscur des êtres et des choses. Mais qu'est-ce que je savais du monde ? Lali avait été assassinée et un meurtrier était en train d'écumer les routes de Grand-Passage. Était-il possible de relier mon père à tous ces événements ?

– Holà Arnaud !

Éric, le marchand de bois, venait d'entrer avec tous les autres – barbes, doudounes et miettes de neige tombant des semelles des bottes sur le tapis. C'était le rendez-vous du dimanche. Ils se sont embrassés à leur manière, en s'agrippant comme des ours et en faisant crisser le polyamide épais de leurs doudounes.

– Holà Éric !

Ils ont également salué Étienne qui s'est mis aussitôt à tirer des bières. Nous, les enfants, n'existions pas encore suffisamment pour que ces mâles alpha se préoccupent de nous dire bonjour.

– Il est tombé presque un mètre au col des Princes. Antoine est en train de déblayer devant chez lui, a dit l'un d'eux. Il descendra pas aujourd'hui.

– Son téléphone passe ? s'est étonné un autre.

– Non, c'est Gilles qui me l'a dit. Lui aussi est coincé. Mais il est descendu à pied jusqu'à Combes. Il avait plus de clopes.

Ils riaient très fort, buvaient, comparaient leurs barbes pour savoir lequel avait la plus longue, la plus large, la moins grise, la plus sale. J'étais content qu'Arnaud ne cède pas à cette mode et continue à se raser de près.

– On se cherche une table plus loin ? m'a demandé Colin d'un air écœuré, en faisant le geste de se mettre deux doigts dans la gorge et de vomir.

J'ai acquiescé et nous sommes partis de l'autre côté de la salle, en emportant nos plateaux, laissant Arnaud accoudé au bar avec les autres. Alors que nous traversions l'allée centrale, les battants de la porte saloon se sont ouverts, sans sauvagerie pour une fois, et un homme est entré dans le restaurant, accompagné de Géraldine. J'ai failli lâcher mon Grand Slam. Colin les a salués avec enthousiasme :

– Salut ! a-t-il presque déclamé, comme s'il retrouvait des cousins perdus de vue depuis longtemps.

L'homme nous a regardés, surpris, et a marmonné un bonjour. Géraldine est passée devant nous en nous souriant à tous les deux. Elle était adorable avec son bonnet à pompon et ses bottes en peau beige clair. Je l'ai regardée se diriger vers le bar avec celui qui devait être son père et j'ai vu le groupe d'hommes changer soudain d'attitude, parler moins fort et accorder toute leur attention à la nouvelle venue. Les porcs !

– On se met où ? a demandé Colin.

J'ai choisi une table derrière une colonne et un bac rempli de plantes vertes en plastique, d'où je pouvais observer tranquillement le bar. Colin, lui, était obligé de se retourner.

– Arrête ! lui ai-je ordonné. Sérieux ! Tu fais chier !

– Mais je veux la vouaaar ! m'a-t-il rétorqué d'une voix de bébé, la tête dans les plantes.

Il était insupportable. J'avais envie de le frapper. Je lui ai envoyé des grands coups de pied sous la table tout en gardant Géraldine dans ma ligne de mire, mais elle me tournait obstinément le dos, buvant son Coca et riant avec les copains de son père. J'ai attendu en vain qu'elle se retourne. Quand je me suis penché sur mon assiette, mes saucisses étaient froides.

– Elle a l'air de s'amuser, a dit Colin, bien inutilement.

– Ta gueule et mange tes brocolis.

– Tu t'en fous, elle est plus vieille que toi. Pour le moment, ça va pour elle, mais quand elle aura cinquante ans, elle sera bien contente de se trouver un jeune comme toi.

– Mais que tu es con !

On se disputait silencieusement, avalant sans plaisir nos frites durcies et notre Coca éventé. Soudain, Géraldine est passée dans l'allée centrale et s'est dirigée vers les toilettes. Arrivée à la hauteur de notre table, elle m'a glissé un de ses regards dont elle avait le secret, les yeux bas, brillants, cachés à la lisière de la frange. Je l'ai regardée marcher vers la porte ornée d'une silhouette de danseuse de charleston et affichant « *Ladies* », puis bifurquer brusquement vers la sortie. J'ai compris. Je me suis levé immédiatement pour la suivre.

– Mais, mais... a bégayé Colin.

– Si on te demande, tu dis que je suis sorti faire un bonhomme de neige, OK ?

Il a ouvert des yeux ronds.

– C'est vrai ?

Mais j'étais déjà en train de courir sur le tapis fleuri de l'allée centrale et de claquer la porte à la volée. À l'extérieur, le parking était presque désert. La neige à l'entrée s'était transformée en bouillasse dégueulasse. Le ciel était blanc et égal partout. On ne savait pas où était le soleil. J'ai fait le tour du bâtiment et j'ai trouvé Géraldine dans le champ derrière le restaurant. Elle avait fait quelques pas dans la neige restée immaculée et m'attendait en fumant une clope. Dès qu'elle m'a vu, elle l'a jetée. En quelques bonds, j'étais auprès d'elle et je l'embrassais. Son bonnet est tombé mais on s'en foutait. Au bout d'un instant, elle m'a repoussé :

– Il faut que j'y aille, a-t-elle dit, essoufflée. Mon père ne va jamais croire que j'avais autant envie de pisser.

– Bon, ben, tu lui diras que tu fumais une clope, ai-je dit en rigolant.

Mais mon humour, visiblement, ne faisait rire que moi.

– T'inquiète, ai-je repris en l'enlaçant. Il rigole avec ses potes. Il t'a oubliée.

– Tu plaisantes ? Je suis sous haute surveillance. Comme toutes les filles de la région, j'imagine. Si je disparais de son champ de vision pendant plus de dix minutes, il s'affole, il appelle les flics. Je peux plus rien faire.

Et elle a ajouté, suprêmement agacée :

– Ah, il nous fait bien chier, cet assassin !

J'ai ramassé son bonnet et j'en ai épousseté la neige. Mes baskets commençaient à être mouillées et j'avais froid aux pieds.

– Tu la connaissais, Lucie ?

– Oh, merde, parle pas d'elle comme si elle était morte. Elle a peut-être fugué, cette conne. Ce serait bien son genre de se barrer sans rien dire chez un mec, juste en ce moment, histoire que tout le monde flippe, histoire de foutre la merde.

Dans sa bouche, les gros mots semblaient délicieux comme des bonbons acidulés trop forts.

– Probablement, ai-je dit d'un ton convaincu.

Elle marchait vers le restaurant quand tout à coup elle s'est retournée :

– Peut-être que tu pourrais venir à une soirée vendredi prochain ? a-t-elle demandé.

– Une soirée ? Où ça ?

– Chez un copain qui fête son anniversaire. Le fils du toubib de Gaillardon. C'est des bourges alors mes parents me laissent y aller. Ils croient que chez un docteur il ne peut rien m'arriver.

J'étais surpris :

– Mais on dira quoi ?

– Quoi, on dira quoi ?

– Je veux dire, on dira qu'on sort ensemble ?

– Ça on verra, a-t-elle répliqué en me tournant le dos.

Elle a enjambé nonchalamment un cageot tombé de la poubelle du restaurant et a tourné à l'angle du bâtiment en forme de mammouth qui, vu de derrière, ne ressemblait à rien. Je suis resté tout seul, avec un vague blues. J'avais l'impression que, de nous deux, c'était moi le plus amoureux, et ça m'inquiétait un peu pour l'avenir. Soudain un écureuil s'est approché des poubelles et a commencé à grignoter des miettes tombées sur le sol. Je l'ai observé, saisi d'un doute. Il était mort, mais il faisait drôlement bien le vivant. Ses mouvements étaient vifs, spontanés, pas du tout mécaniques. Sa queue formait un joli panache. Puis il a lâché ses miettes et s'est dirigé vers moi. J'étais surpris. Les animaux morts ne cherchaient jamais vraiment le contact. Mais il m'a ignoré et a poursuivi son chemin dans la neige, en direction des sapins, laissant derrière lui des empreintes en forme de fleurs. Un homme est sorti des arbres et s'est penché pour lui caresser la tête. C'était mon grand-père.

Le souffle coupé, j'ai attendu qu'il s'approche. Mais après s'être redressé, il est resté à sa place. Et lorsque j'ai fait mine d'avancer, il m'a fait signe de ne pas bouger.

– Où tu étais passé ? lui ai-je crié. Qu'est-ce que tu fais là ?

– Je suis toujours au même endroit, a-t-il répondu d'une voix forte. C'est toi qui bouges tout le temps et qui me vois chaque fois depuis une place différente.

– J'ai encore fait un rêve cette nuit. Je suis sûr que c'est toi qui m'envoies ces rêves. Tu me les envoies pour me dire des choses. Parce que tu ne peux pas vraiment me parler. Sauf que ça ne marche pas. J'y comprends rien.

Il n'a pas répondu. Il a remonté son col sur ses joues et j'ai remarqué avec un peu de dégoût que la fourrure était vieille et pelée.

– Personne n'arrive jamais vraiment à se parler, a-t-il fini par déclarer. Les mots ne veulent pas dire la même chose selon la personne qui les utilise ou les reçoit.

Puis il s'est tu. Il attendait. J'étais désemparé. Il s'agissait peut-être d'un jeu. Il ne répondait jamais aux questions mais semblait réagir lorsque je formulais des hypothèses.

– Cette nuit je n'arrivais pas à conduire, lui ai-je dit. C'était un problème.

– Savoir conduire, c'est utile dans la vie, a-t-il dit.

– J'étais au point mort. C'est quoi être au point mort ?

À nouveau, il n'a pas répondu.

– Tu veux me dire quelque chose à propos de la mort ? ai-je essayé encore.

– La mort, c'est juste une étape dans un cycle, a-t-il dit en secouant la tête. On le sait tous mais on l'oublie toujours.

– Je vois des animaux morts. Ça fait longtemps. Je ne sais pas pourquoi.

Il a eu l'air surpris :

– Mais parce que ce sont eux qui règnent. Ils sont tellement plus nombreux que nous. Et ils sont tellement tués.

Je n'y aurais jamais pensé.

– Il y a un homme ici qui tue des gens, ai-je poursuivi. Personne ne sait qui c'est.

– Il y a quelqu'un qui sait, a-t-il dit. Qui saura bientôt. Qui a su.

Fébrile, j'ai fait quelques pas en avant, mais il a commencé à reculer :

– Qui ? ai-je crié. Qui saura bientôt ? Qui ?

Il a continué de reculer lentement au milieu des arbres.

– Attends ! ai-je hurlé. Ne pars pas ! Reste !

J'ai marché dans un trou et je suis tombé à genoux dans la neige.

– Tu connaissais mon père ? ai-je demandé, les mains en porte-voix. Tu le connaissais ?

Il a fait encore quelques pas en arrière, toujours en me regardant, puis il a disparu.

– Tu fais chier ! ai-je hurlé.

J'ai scruté les ombres sur la neige, mais il était vraiment parti. Quand je me suis relevé, Colin était là, derrière moi, près de la poubelle du restaurant, comme un petit déchet tombé à côté, avec ses fringues sales, ses cheveux gras et ses Crocs immondes.

– Ben mon vieux. Je crois qu'il va falloir que tu parles de tout ça à quelqu'un. Quelqu'un de super qualifié, je dirais. Fais-toi soigner.

– Ta gueule ! lui ai-je jeté en passant.

À l'intérieur du restaurant, Géraldine était redevenue une étrangère. Elle a mangé son dessert puis elle est partie avec son père, sans me lancer un regard. J'étais même sûr qu'elle m'avait oublié. Le retour à la maison a été tardif et morose. Arnaud avait joué au billard jusqu'à 16 heures.

On avait attendu, regardant la neige qui avait recommencé à tomber, vautrés sur des banquettes en skaï.

Quand on a enfin quitté le Montana, le jour commençait à décliner.

Il y avait beaucoup moins de gendarmes sur les routes. Aucun ne nous a arrêtés. On aurait dit que les barrages étaient terminés. Arnaud a essayé de mettre la radio pour écouter les infos mais il n'y parvenait pas en tenant le volant. Je crois qu'il avait un peu bu. Alors c'est Colin qui s'y est collé.

Assez vite, il a réussi à capter la station d'infos régionales. C'était l'heure du journal et le présentateur disait qu'on avait retrouvé le chien, et que c'était une grande émotion à Grand-Passage.

– Mets plus fort, a dit Arnaud.

Un autre intervenant était venu faire le point sur l'enquête. Après un résumé extrêmement concis de l'affaire, il a fini par parler du chien dont les résultats d'autopsie venaient d'être dévoilés par la police lors d'une conférence de presse : il avait été étranglé.

– Qu'est-ce que ça veut dire ? ai-je balbutié. Et pourquoi ils laissent tomber les contrôles ?

– Ça veut dire que maintenant, ils cherchent un corps, a répondu Arnaud.

11.

Géraldine m'avait donné quelques détails. La fête aurait lieu dans une belle propriété à la périphérie de Gaillardon, chez le docteur Guesdon. C'était l'anniversaire de son fils, Nicolas, qui venait d'avoir dix-sept ans. Je connaissais ce type de vue. Lui et sa sœur étaient au lycée. Ils incarnaient tous les deux une sorte d'idéal d'adolescence dorée, avec leurs vêtements de bon goût, leur corps athlétique, leur chevelure superbe et leurs dents sans défauts. Je ne me sentais pas à la hauteur. Je n'avais pas envie d'y aller. Et puis je ne savais pas quoi me mettre.

– T'es chiant, disait Géraldine.

En une semaine, nous nous étions rapprochés. Maintenant, lorsqu'on se croisait au collège, on se disait bonjour, on se faisait la bise, on se parlait. Notre relation n'était toujours pas officielle. Ses amis devaient supposer qu'on était de bons copains. D'ailleurs, c'était vrai, on était aussi de bons copains.

– Tu veux bien venir me tenir la porte des chiottes ? me demandait-elle.

– Pourquoi ? lui répondais-je, un peu offusqué.

– Parce que je voudrais que tu siffles pour m'aider à pisser. À qui d'autre veux-tu que je demande un truc pareil ?

Je lui tenais la porte des chiottes, je sifflais, je savais tout de ses problèmes de cystite, de peau, de cheveux. J'étais stupéfait que quelqu'un d'aussi joli se mette autant la pression sur son physique.

– Je vais manger un quart, non, un tiers, de cette barre chocolatée. Ensuite je te la donne et toi tu pars en courant très vite, très loin.

– Mange-la. Tu as besoin de ce chocolat.

– Nan, t'es fou. Je suis énorme.

– Tu es belle.

– Oui, pour toi, j'imagine que ça suffit.

– Mais tu veux plaire à qui sinon ?

– Ben, à tout le monde.

– Bon courage alors, lui répondais-je sèchement.

Elle finissait par dévorer entièrement sa barre chocolatée, son croissant, son chausson aux pommes, et ensuite elle se plaignait de ne plus pouvoir glisser la main dans les poches de son jean trop serré, disait que c'était de ma faute, me faisait la gueule, partait brusquement sans un mot, revenait à la récréation suivante comme si de rien n'était. On ne s'embrassait pas en public. On s'embrassait là où personne ne pouvait nous voir, derrière les toilettes publiques, à proximité de l'arrêt de bus où son père venait la chercher. Elle me disait que j'embrassais bien, que lorsque je touchais sa langue avec la mienne, c'était « torride », et je me demandais comment je réussissais à accomplir ce prodige.

– Tu viendras alors ?

– D'accord.

Le fait que la fête se déroule chez un docteur, c'était vrai, mettait les gens en confiance et facilitait les négociations.

– Le docteur Guesdon ? avait dit ma mère, charmée. Tu connais ses enfants ? À quelle heure faut-il t'amener ?

C'est Arnaud qui m'a conduit dans la vieille C15. Pour se rendre chez le docteur Guesdon, il fallait emprunter une longue allée privée bordée de cyprès. La neige avait tenu le coup, s'installait. Chaque jour ajoutait une couche à la précédente. Le monde était blanc, même la nuit. Entre les arbres, je voyais apparaître régulièrement la silhouette d'un cheval, un gris, un bai, un noir, une tête, une croupe, une encolure, jamais la bête entière à cause de la barrière de cyprès plantés serré. Bien sûr, les chevaux étaient morts depuis longtemps. Le domaine devait être un ancien élevage. Arnaud a sifflé en voyant la maison apparaître au loin.

– Eh ben, mec...

Il y avait plusieurs bâtiments : une maison de maître, un petit corps de ferme, des granges. En approchant, nous avons vu que l'une des granges était un atelier. Un mur avait été remplacé par une baie vitrée. L'intérieur était éclairé et des toiles immenses et très colorées arrivaient jusqu'aux poutres apparentes de la toiture. Un petit pont enjambant un fossé y conduisait. Arnaud s'est arrêté au milieu de la cour. Une dizaine de voitures y étaient garées. Il a rigolé :

– Passe une bonne soirée. Moi, je suis bien content de rentrer à la maison et de me poser sur mon vieux canapé, avec ta mère…

J'aurais été bien content aussi.

– Allez, mec. S'il y a quoi que ce soit, si ça va pas, si tu sens comme un malaise, tu appelles et je viens te chercher tout de suite. Les petits bourges, je les connais. C'est pas forcément des enfants de chœur.

Je l'ai rassuré :

– T'inquiète. Je serai avec ma copine.

– Alors dans ce cas, pas besoin de te dire, hein ? Pas de conneries. Je compte sur toi. Et ne bois pas trop. Tu es un gentleman.

Il m'a frappé sur l'épaule et je suis descendu de la voiture. Il a redémarré aussitôt et j'ai regardé ses feux arrière s'éloigner dans la nuit. Des chevaux trottaient sur la route, les uns derrière les autres, mélancoliques et dignes à la lumière de la lune. Je me suis senti seul au monde.

– Ce devait être un haraaaas ici, a dit quelqu'un derrière moi, d'une voix haut perchée et un peu précieuse.

Une jeune fille – presque une jeune femme – était assise sur un banc en pierre, dans la pénombre. Elle tenait un verre à la main. Elle a reniflé avec force :

– Tu ne trouves pââs que ça sent le crottin ? a-t-elle demandé.

J'ai humé l'air. Je ne sentais absolument rien. La fille m'a tendu son verre :

– Tu en veux ?

Je me demandais si elle voyait les mêmes choses que moi. Si c'était le cas, c'était la première fois que je faisais une rencontre de ce type. Je me suis assis à côté d'elle et je lui ai pris le verre des mains. Elle m'a souri en penchant la tête d'un large mouvement, ses cheveux longs lui balayant les joues et les seins. Ivre ou droguée ? Je n'en savais rien.

– Qu'est-ce qui te fait dire ça ? lui ai-je demandé en soulevant une mèche de ses cheveux pour voir son visage.

– Oh, je sais paaaas ! Je trouve que ça sent. J'adôôre cette odeur. Ça me rappelle mon chevaaaal. Quand j'étais petite, j'avais un chevaaaal, tu sais.

– Et je parie que tu jouais du piano, ai-je déclaré en relâchant ses tifs.

– Mais ouiiiii ! Comment tu sais çaaaa ?

– Je suis un peu médium, ai-je dit, le plus sérieusement du monde.

J'ai goûté le contenu de son verre. C'était infect mais sans nul doute efficace.

– Tu les sens, les chevaux ? Ou tu les vois ?

Elle m'a regardé sans comprendre.

– Laisse tomber, ai-je dit.

C'est alors que Géraldine est sortie de la maison par une porte latérale.

– Qu'est-ce que tu fous là, Lauris ? a-t-elle demandé. Avec cette salope de Chloé en plus.

Elle a rigolé et s'est assise entre nous deux. Elle portait une bouteille de mousseux et une flûte et semblait elle aussi un peu éméchée :

– Tu m'en veux pas ma chérie ? Je t'ai traitée de salope. Tiens, bois. Pardon.

Et elle lui a servi un verre.

– Pas grââve, a répondu celle qui s'appelait Chloé. J'ai l'habitude. Dis, il est gentîîl ce mec. Il est arrivé dans une bagnole pourrîîe, mais il est mignon comme tout. Tu nous présentes ?

Géraldine a rigolé :

– C'est Lauris. C'est mon mec. Tu es venu en dépanneuse, mon chéri ?

Elle a repris le verre des mains de Chloé avant que celle-ci ait pu le terminer et l'a rempli à nouveau :

– Tiens, a-t-elle dit en me le tendant. Je ne sais pas ce que tu bois mais laisse tomber. Si c'est le cocktail de Mathieu, ça doit être dégueulasse.

– Ooooh ! Tu sôôrs avec ce mec ? a demandé Chloé. Pardon ma chérie. Et félicitations. Comme c'est courageux de ne pas se laisser abââttre.

– Tu es vraiment une salope ma chérie, a répondu Géraldine, imperturbable.

– Alors je me câââsse, a dit Chloé, rassemblant ses affaires, ses cheveux, ses esprits. J'en ai mââarre de voir vos gueules.

Elle s'est mise debout, a chancelé, a penché la tête sur le côté, comme un oiseau, et ses cheveux ont à nouveau roulé sur son visage et sa poitrine :

– Lauris, je doîîs te dire : tu es nul comme médium. C'est ma sœûûr qui jouait du piano. Môôa c'était le viôôlon.

Et elle s'est dirigée vers la demeure en titubant, a ouvert la grande porte – la musique était à fond, les basses ébranlaient le sol, une lumière rouge et dramatique clignotait en rythme et j'avais une vue sur un lustre à couper le souffle –, et elle a disparu à l'intérieur sans fermer derrière elle.

– Et sinon, c'est comment l'ambiance ici ? ai-je demandé à Géraldine.

– C'est cool, a-t-elle répondu. Comme d'habitude.

– Tu es sûre ?

J'avais comme un doute.

– Oui. Viens. Je vais te montrer.

Elle a pris ma main dans la sienne et je l'ai suivie jusqu'au lieu où se déroulait la fête. Nous avons traversé un premier vestibule, puis un salon sans intérêt où un petit groupe impassible regardait la télé, dans un nuage de fumée de cigarette, malgré le bruit hallucinant. Nous avons suivi un couloir mal éclairé où couraient des fils électriques – cette partie-là de la maison était en chantier – en avançant vers le lieu d'où venait la musique ainsi que cette drôle de lumière d'incendie.

– Attention où tu marches, m'a hurlé Géraldine dans les oreilles.

Il y avait des gravats, des briques, des sacs de plâtre posés contre les murs. Au bout du couloir, une porte ouverte laissait voir des silhouettes raides et pourtant dansantes, et comme agglomérées autour d'un noyau invisible. La scène avait quelque chose d'à la fois barbare et intimidant. La salle était immense, plus longue que large, on voyait à peine le fond plongé dans le noir. Pour y accéder, il fallait descendre quelques marches. J'ai compris que nous nous trouvions dans une ancienne écurie. Géraldine m'a entraîné plus loin encore :

– Viens, on va boire un coup...

Elle m'a conduit jusqu'à une buvette bricolée avec des planches et des tréteaux, posée à côté d'un tas de gravats. C'est là qu'un gyrophare rouge diffusait son message implicite de malheur et d'urgence. Un type jouait au barman d'un air blasé et remplissait des verres. Il portait sur la tête un casque de chantier. Il devait avoir une vingtaine d'années – soit la moyenne d'âge des participants à cette soirée.

– Tu connais tous ces gens ? ai-je demandé à Géraldine. Ils sont du lycée ?

– Du lycée, de la fac, oui...

Du doigt, elle m'a désigné ceux que je pouvais peut-être connaître :

– Là c'est Nicolas, tu l'as déjà vu, et Tess, sa sœur, ma pote. Chloé tu connais. Elliot, Kamel, Ophélie, Joffrey, Paul, Dorothée : ils sont tous du lycée. Ah et puis Antoine. On l'appelle le « veuf » parce qu'il était sorti l'an dernier avec Lucie. Tu sais, la Lucie que tout le monde recherche. Et puis Mathieu qui fait le barman parce qu'il a que ça à foutre, personne veut baiser avec lui.

Elle riait.

– Après y a beaucoup de vieux de la fac. Ils apportent des trucs à sniffer. J'y connais rien mais faut goûter à tout, comme dit ma maman.

Je lui ai souri. J'étais très amoureux d'elle. Cela devait se voir :

– Pourquoi tu me regardes comme ça ? a-t-elle demandé, gênée.

– Je te regarde comme d'habitude.

– Je crois pas, non.

Mathieu m'a tendu un gobelet en plastique. J'ai reconnu le liquide couleur café que j'avais bu dans le verre de Chloé. C'était très mauvais mais je l'ai bu cul sec, sous le regard amusé de Géraldine.

– Pareil, a-t-elle demandé à Mathieu.

Et elle aussi a bu entièrement son verre, en une seule fois, sans respirer.

– Ça va être une très bonne soirée, a-t-elle dit en reprenant son souffle, comme si elle avait plongé très loin, pendant très longtemps.

Ses yeux brillaient comme du Coca dans un verre à pied, ses joues étaient roses et sa bouche légèrement entrouverte sur ses dents irrégulières qui lui faisaient un sourire de loup. C'est vrai qu'elle était légèrement plus grande que moi, mais ça n'avait aucune importance.

Soudain la musique s'est arrêtée et une dispute a éclaté quelque part dans un autre espace-temps. Seul le gyrophare a poursuivi son office, aussi strident qu'un son, tandis qu'une fille accusait un garçon d'avoir mis quelque chose dans son verre. Géraldine a pris ma main :

– Viens…

Nous nous sommes éloignés de la fête pour nous enfoncer dans les profondeurs de l'écurie, trébuchant dans les gravats, longeant des box détruits, serrés tous les deux l'un contre l'autre fort. Je croyais sentir l'haleine des chevaux sur mes joues tandis qu'ils tournaient la tête pour nous regarder passer, leurs naseaux sensibles remplis de gros soupirs. L'obscurité était presque totale quand soudain Géraldine, en tâtonnant, a trouvé l'issue. Une porte s'est ouverte sur la nuit. Le ciel était clair et rempli d'étoiles. Pas de projet de neige dans un futur proche. J'ai refermé derrière moi. Géraldine s'est appuyée contre le mur et m'a attiré à elle :

– Dépêche-toi.

Ses joues étaient glacées et de la buée s'échappait de sa bouche quand elle parlait, mais sous sa doudoune, elle était brûlante. Je l'ai embrassée comme je savais le faire, comme elle m'avait dit qu'elle aimait, allumant du bout de ma langue ce petit bouton qui était au bout de la sienne, mais cette fois ce n'était pas suffisant. Bientôt il a fallu partir en courant pour chercher un endroit plus propice. Nous avons rejoint l'entrée de la maison et sans nous consulter nous sommes montés directement à l'étage.

Là, dès la première pièce, un canapé attendait que l'on se jette sur lui au terme de notre course. Je ne connaissais pas le premier mot du programme mais je l'ai suivi pourtant, guidé par Géraldine, ses soupirs, ses petits cris, ses mains, et d'autres choses, mille signaux subtils et secrets que j'étais soudain capable de percevoir grâce à une sorte d'intelligence nouvelle, ou au contraire une science très ancienne que je redécouvrais.

– J'aimerais que tu m'appelles Gérald, a-t-elle dit, quand tout a été fini et que nous nous sommes retrouvés comme des poupées de chiffon jetées en travers du canapé, l'un sur l'autre. J'ai toujours voulu m'appeler Gérald.

– D'accord, ai-je répondu. Tout ce que tu veux. Je suis très content Gérald. Je t'aime Gérald.

– Et toi je t'appellerai...

Elle a réfléchi puis a articulé d'un air radieux :

– ... Cocon !

– Cocon ? Ah non ! Merde ! Pas cocon !

– Mais pourquoi ? C'est joli, cocon !

Nous avons commencé à nous battre. En bas, très loin, la musique avait repris. Géraldine avait remis son jean mais était restée nue en haut et j'admirais les petits sauts que faisaient ses seins tout en lui assénant de grands coups de coussin à un rythme régulier.

– Cocon ! Cocon ! riait-elle.

Soudain elle s'est arrêtée net et a caché sa poitrine avec son coussin en regardant un point derrière moi. Je me suis retourné. Un type se tenait à l'entrée de la pièce, une bouteille à la main. Il l'a levée comme pour porter un toast :

– Ça va Gégé ? a-t-il demandé d'un ton goguenard.

Inquiet, je me suis rapproché d'elle. J'ai réalisé que j'étais à poil, excepté le fait que j'avais gardé mes chaussettes.

– Ça va, Liam. Comme tu vois, a répondu Géraldine d'une voix neutre.

Il a bu une gorgée en opinant du chef, l'air d'approuver sincèrement tout ça. Puis d'un geste machinal, avant de tourner les talons et de disparaître dans le couloir, il a envoyé voler la bouteille vide dans la pièce. J'ai fermé les yeux. Heureusement, elle ne s'est pas cassée.

– Euh, c'était quoi ? ai-je demandé.

– Mon ex...

– Putain, il fait flipper.

– Oui...

– Il a quel âge ?

– Vingt, vingt et un...

Puis elle m'a donné par surprise un immense coup de coussin qui m'a fait perdre l'équilibre :

– Allez cocon, viens. On s'habille. On va essayer de trouver quelque chose à bouffer. J'ai faim.

La cuisine du docteur Guesdon ressemblait à la fois à une chapelle et à un laboratoire. Chapelle par les matériaux – la pierre apparente, les vitraux qui laissaient filtrer une obscurité d'église, les plans de travail en marbre, les deux bénitiers qui faisaient office de double évier ;

laboratoire par la haute technicité des installations et des ustensiles.

Géraldine a ouvert des placards et a réussi à dénicher plein de bocaux, de conserves aux étiquettes amusantes :

– Mijoté d'oie aux châtaignes. Ça te dit ?

– Moyen...

– Coq au vin de Bergerac ?

– Bof...

– Pieds et paquets, a-t-elle lu d'un air dubitatif. Mais qu'est-ce que c'est cette daube ?

– Y a pas de la bouffe normale ?

– Attends...

Elle a fourragé sur l'étagère :

– J'ai du thon, a-t-elle proposé. On pourrait faire un sandwich si on trouvait du pain.

Celui-ci était caché dans une sorte de boîte en métal au couvercle coulissant. Géraldine a sorti des assiettes et nous avons partagé équitablement le contenu de la boîte que nous avons commencé à dévorer, sans prendre la peine de faire un sandwich. Un mec est entré dans la cuisine et il nous a souri. C'était Nicolas, le fils du docteur Guesdon. Il s'est assis à table avec nous.

– Vous avez bien fait de vous servir. On a déconné. Il y a plus à boire qu'à manger. On va avoir des problèmes. Mais qu'est-ce que je dis ? Des problèmes, on en a déjà.

– C'était quoi la dispute ?

– Élodie est persuadée que Mathieu a mis du PCP dans sa vodka. Du PCP ou du GHB, je sais plus.

– Le PCP, c'est pour voir des licornes chier des arcs-en-ciel. Le GHB, c'est pour faciliter le viol, a dit Géraldine d'un ton docte, le doigt levé et la bouche pleine.

– Voilà, c'est ça. Bon, elle ne veut pas admettre qu'elle est juste bourrée.

Il a déchiré un morceau de la baguette molle et s'est mis à le mâchonner méthodiquement :

– Et à part ça, comment tu vas, toi ? a-t-il demandé à Géraldine.

– Super, a-t-elle répondu. Pourquoi ?

– Parce que je viens de parler à Liam. Méfie-toi. Il peut être con parfois.

– Merci je sais.

– Liam est violent, a insisté Nicolas en regardant le plafond.

Il y a eu un silence, bientôt rompu par l'arrivée d'un type qu'il m'a semblé reconnaître :

– Salut, a-t-il dit.

Lui aussi s'est mis à fouiller dans le placard aux victuailles et a pris la première conserve qui lui tombait sous la main. C'était l'oie aux châtaignes, mais cela ne lui a pas fait peur. Il s'est assis avec nous pour la déguster froide, à même le bocal, avec une cuillère.

– Tu ne veux pas réchauffer ce truc ? a demandé Nicolas.

– Je m'en fous. En ce moment je fais n'importe quoi, a répondu le garçon d'une voix morne. De toute façon rien n'a de goût.

Géraldine m'a souri en articulant silencieusement « le veuf... ».

– Attends, ne mange pas ce truc comme ça, je vais te le réchauffer vite fait, a dit Nicolas avec gentillesse.

Il a pris le bocal et en a rapidement versé le contenu dans une casserole. Il était légèrement ivre et se tenait à la gazinière tout en touillant les morceaux d'oie figés dans la graisse.

– Tu ne vas pas bien, Antoine, a-t-il commenté. Tout le monde le dit. C'est à cause de Lucie ?

– Je sais que vous vous en foutez tous, a dit Antoine d'une voix agressive. De toute façon, vous n'en avez rien à foutre de rien.

– Holà, a répondu Nicolas. C'est pas parce qu'on s'ouvre pas les veines dans la cour du lycée qu'on n'est pas affectés par tout ça. Chialer avec des punks à chien maquillés comme des grosses putes, c'est pas mon truc. Mais je pense à Lucie, bien sûr. J'ai de la peine. J'en ai eu aussi pour Lali. Mais la vie continue. And *life is real*. Tandis que la mort, hein, excuse-moi, mais quelle lose...

– C'est pas des punks, c'est des gothiques, ai-je dit, content de participer.

Personne n'a relevé.

– Tu devrais éviter de dire certains mots ici, a dit le veuf à Nicolas.

– Comme par exemple ?

– Comme par exemple le mot « pute »...

Il n'a pas regardé Géraldine mais j'avais compris. Nicolas s'est exclamé :

– Oh, tu veux parler de Géraldine ? Mais tu n'y es pas du tout. Géraldine ne se vend pas. Elle se donne, elle se donne, elle se donne...

– Nicolas... a dit Géraldine d'une voix lasse.

Il m'a semblé que la soirée entrait dans une phase sombre et incontrôlable, due à l'alcool, aux substances chimiques. Une noire excitation s'était emparée de la fête et poussait tout le monde à faire n'importe quoi. Je n'avais plus envie d'être là. Le veuf a rigolé. Nicolas a transféré le contenu de la casserole dans une assiette qu'il a posée sur la table :

– Monsieur est servi, a-t-il dit.

Puis, alors que le type s'apprêtait à manger, il a appuyé sur sa tête et lui a enfoncé le visage dans le plat cuisiné en éclatant de rire.

– Bon, allez, ça suffit, on se casse, a dit Géraldine, tandis que le veuf levait un visage étonné et maculé de sauce grasse.

– Oh, merde, partez pas, a protesté Nicolas. Le type, il sert à rien, il est pas drôle et il vient chialer sur cette fille qu'il a sautée une fois et qu'il connaissait même pas. À tous les coups, c'est lui qui l'a butée.

Le ton était monté. Le veuf était déjà en train de quitter la pièce, comprenant que l'ambiance était à la casse.

– Tu pètes un plomb, a dit Géraldine. Mais grave.

Nicolas s'est assis lourdement sur la chaise du veuf et a commencé à rire.

– Ça m'apprendra à inviter n'importe qui. De toute façon je vais finir seul. Je vais finir mal. Tu ne veux pas rester un peu avec moi ce soir ? a-t-il demandé d'une voix câline à Géraldine en l'attrapant par la taille. Ton copain peut rester tu sais. Ça ne me dérange pas.

– Je ne sais pas ce que tu as pris, a répliqué Géraldine en l'embrassant. Tu es chiant. Mais je t'aime quand même.

Puis elle s'est arrachée à son étreinte et nous sommes sortis dans la cour.

– Je vais envoyer un SMS à ma sœur, a dit Géraldine. Je dors chez elle ce week-end.

– Tu as une sœur ?

– Oui, une vieille. Elle a vingt-cinq ans. Coline. Elle habite à Gaillardon. Quand je vais à une fête, je préfère dormir chez elle. Elle est plus cool.

– Il est pas un peu bizarre, Nicolas ?

– Oh, Nicolas tu sais, demain il va m'appeler, il va appeler tout le monde, il va s'excuser. Et puis il y aura d'autres soirées, d'autres disputes, et ainsi de suite, jusqu'à la fin des temps.

– Et Liam ?

– Quoi Liam ?

– Parle-moi de lui. Tu crois qu'il est dangereux ?

– Bof, pas plus que tout le monde.

– Et la bouteille ? Nicolas dit qu'il est violent.

– Pas plus que tout le monde.

– Qu'est-ce qui s'est passé avec lui ?

– Rien. On est sortis ensemble et puis on a rompu et puis on est ressortis ensemble et puis à nouveau, bref, jusqu'à la fin des temps... Maintenant il sort avec Chloé. Ça fait plusieurs fois d'ailleurs aussi. Il était sorti avec Lucie et aussi avec Lali je crois.

– Ah bon ?

J'étais étonné.

– Mais bon tu sais, Nicolas aussi était sorti avec ces deux-là. Attends, c'est petit, Gaillardon, Grand-Passage. On se connaît tous depuis la maternelle. Je crois qu'on est tous sortis les uns avec les autres. Enfin à peu près. Sauf les moches. Et encore, certains soirs, ça peut arriver...

Nous marchions le long de l'allée bordée de cyprès et les chevaux nous accompagnaient. Je les avais presque oubliés, ceux-là.

– Attends, il faut que je pisse, s'est excusée Géraldine.

Elle est partie s'abriter derrière un arbre et ça a duré un certain temps. Elle mettait toujours des plombes à uriner. J'ai continué d'avancer pour la laisser tranquille. J'avais l'impression qu'un cheval me suivait. En tout cas, il marchait au même rythme que moi et apparaissait par intermittence de l'autre côté de la rangée de cyprès. Je l'ai regardé plus attentivement. Il était assez impressionnant, très haut, avec une robe d'un gris très pâle, un vrai cheval fantôme. Détail remarquable, il avait un sexe immense qui pendait, absolument mort, entre ses pattes arrière. Il traînait presque sur la neige. Je me suis arrêté et lui aussi a cessé net sa marche tranquille. Dans un geste spontané, presque irrésistible, j'ai tendu la main pour le caresser, en le regrettant presque aussitôt. C'était un contact révoltant, cette chair froide qui tenait encore debout par je ne sais quelle aberration. Tout en moi se hérissait. J'ai néanmoins terminé mon geste, par une sorte de politesse qu'il me semblait lui devoir, que certainement il méritait. *Life is real*, avait dit Nicolas Guesdon. Et toi alors vieux, t'es quoi ? Un rêve ? Une hallucination 3D ?

J'avais parlé à voix haute sans m'en rendre compte.

– Quoi ? a demandé Géraldine, sortant de la rangée d'arbres en reboutonnant son jean.

– Rien...

L'étalon a poursuivi sa balade lente sans un regard pour nous. Géraldine a pris ma main :

– Tu parles seul ?

– Non, oui, parfois...

– Ma sœur m'a répondu. Elle dormait. Elle vient me chercher dans une demi-heure. Il faut que je dessaoule un peu. Dis-moi, je suis comment ? J'ai pas trop la tronche à l'envers ?

– Non, ça va, tu es belle.

Elle a haussé les épaules, comme d'habitude, puis nous sommes retournés vers la maison.

– Quand est-ce que je te revois ? lui ai-je demandé.

– Ben, lundi, au collège.

– Non, c'est pas ça que je voulais dire.

Géraldine a réfléchi :

– Mardi après le bahut, tu peux rester un peu à Gaillardon et prendre le dernier bus ?

– Oui, je crois.

– En principe je vais au code. Mais je peux faire péter pour une fois.

– Tu passes le permis ?

– Ben, je vais le passer, oui. Toi aussi, non ?

– Oui, l'an prochain sans doute.

– L'an prochain ? Merde, j'oublie toujours que tu es un bébé.

– Mais je conduis déjà un peu, me suis-je défendu.

– Moi aussi. D'ailleurs attends, tu vas voir, je vais te montrer ce que je sais faire.

Une délicieuse petite Fiat rouge était garée dans la cour. Comme savais-je que c'était une Fiat ? Eh bien, parce que c'était marqué dessus. Géraldine a ouvert la portière et s'est mise au volant.

– Tu attends quoi ? m'a-t-elle dit.

– Elle est à qui ? ai-je demandé.

– Qu'est-ce qu'on en a à foutre ? Monte.

Les sièges étaient en cuir et sentaient le neuf. L'air devait être irrespirable dans une usine de voitures. Je ne sais pas qui avait été assez idiot pour laisser la clé sur le contact mais bien sûr, Géraldine l'a tournée. Le tableau de bord s'est illuminé. J'avais l'impression que cet engin était doté d'une sophistication et d'une puissance surnaturelles.

– Euh, tu es sûre ?

– T'inquiète. C'est juste pour te montrer. On reste dans la cour. Alors là, je suis au point mort. Je débraye, je passe la première, j'accélère tout douuuucement, je lâche la pédale de débrayage tout douuuucement...

La voiture a fait un bond en avant, puis a calé. Géraldine en a conclu, sans se troubler :

– Houlà, elle est drôlement nerveuse.

– Laisse tomber.

– Attends, tu vas voir.

Elle a recommencé : point mort, pédale de débrayage, levier de vitesse. Elle exécutait ces gestes avec une assurance qui témoignait d'une coordination remarquable et dont j'étais totalement dépourvu. Cette fois la voiture s'est mise en marche à peu près normalement, malgré quelques à-coups.

– Maintenant j'accélère, a décrété Géraldine.

– NON !

– SI ! Et je passe la seconde !

– Tu ne veux pas que je t'aide ? Oh mon Dieu !

La voiture a accéléré et nous avons pris l'allée qui reliait le domaine à la route.

– Tu vois ? a-t-elle dit. Et maintenant on accélère encore et on passe la troisième.

– NON !

– SI !

La voiture allait beaucoup trop vite à mon goût.

– Ralentis ! Arrête-toi ! Fais demi-tour !

– Oh, allez, t'inquiète ! C'est tout droit ! On risque rien !

Mais elle a fini par s'arrêter au bord d'un champ et à manœuvrer pour rentrer :

– Et voilà, a-t-elle déclaré lorsqu'elle a remis la voiture dans le sens du retour. C'est pas compliqué.

Nous étions à l'arrêt, le moteur tournait, le levier de vitesse était au point mort :

– Et comment tu sais que tu dois passer la vitesse supérieure ? lui ai-je demandé.

– Il faut les passer au fur et à mesure que la voiture accélère. C'est tout con. Juste un coup à prendre. Il faut s'entraîner. Tu veux essayer ? Prends ma place !

– Non.

– Oh, allez, prends ma place.

J'ai cédé :

– OK.

J'ai fait le tour de la voiture tandis qu'elle s'installait sur le siège du passager. J'ai tourné la clé. Le moteur s'est mis à ronronner.

– Ben tu fous quoi ? Tu débrayes et tu passes la vitesse !

– Oui...

J'ai appuyé sur la pédale, j'ai posé la main sur le levier et j'ai attendu.

– La première ! Passe la première ! s'énervait Géraldine.

Au prix d'un effort inimaginable, j'ai poussé le levier. Lorsque j'ai ôté doucement mon pied de la pédale de débrayage, la voiture a calé.

– Ça ne marche pas, ai-je dit, sur le ton du constat.

– Parce qu'il faut que tu accélères !

– Je crois que je ne peux pas faire plusieurs choses en même temps.

Géraldine m'a regardé, incrédule.

– Bon, toi tu débrayes et moi je passe les vitesses, OK ? a-t-elle proposé.

C'est comme ça que j'ai ramené la voiture au domaine, avec Géraldine qui fulminait sur le siège passager comme fulminait ma mère quand je conduisais, parce que je restais en première, parce que je refusais d'avancer plus vite, de passer la vitesse, de débrayer. Et je restais figé et moite, les mains collées au volant, tandis qu'elle m'incendiait :

– Oh là là ! Mais c'est pas vrai ! On est même pas à vingt à l'heure ! Je vais descendre ! J'irai plus vite à pied ! Mais vas-y, lâche-toi ! Fonce ! C'est tout droit ! Passe la seconde ! Oh là là ! Le boulet !

On est entrés dans la cour et j'ai arrêté la voiture en plein milieu, me sentant incapable de la ranger correctement au milieu des autres. Géraldine m'a regardé avec commisération :

– Ça va pas du tout. Conduire une voiture, conduire sa vie, passer les vitesses, une étape, à un niveau supérieur, tout ça, c'est la même merde. Il faut que tu apprennes à prendre le pouvoir, Lauris. Ça craint, la façon dont tu conduis. C'est super révélateur. Je crois que tu as un problème.

Un cheval, les naseaux fumants, a frôlé la voiture. J'ai entendu ses flancs frotter contre la carrosserie et le claquement de ses sabots sur les pavés de la cour.

– Oui, ai-je admis. J'ai un problème.

Je n'avais jamais aucun mal à le reconnaître.

– Il faut que tu aies davantage confiance en toi. On dirait que tu bloques.

– Oui, il faut que j'aie davantage confiance en moi. J'en suis conscient, ai-je répété docilement.

La sueur que j'avais produite en abondance était en train de geler sous mes bras, dans mon dos, dans la raie de mes fesses.

– Allez, regarde, je te montre encore une fois, a proposé bravement Géraldine. Tu débrayes, tu passes la première, tu...

Elle a avancé le maudit levier et quelque chose dans les bas-fonds mystérieux de la voiture a émis un crac douloureux de machine blessée à mort.

– Oh putain, c'était quoi ça ? s'est écriée Géraldine.

– J'en sais rien. On dirait que tu as cassé le levier.

– Mais t'as pas débrayé ?

– Mais à aucun moment tu me l'as demandé ! Tu faisais une simulation !

– Bon, allez, on sort de là, a décidé Géraldine. C'est la bagnole à Théo. Il va faire une crise.

Juste à ce moment, sa sœur est arrivée. Elle s'est garée à notre hauteur et a baissé la vitre. Elle avait enfilé une doudoune sur sa robe de chambre.

– Laisse cette voiture, Gé, a-t-elle dit laconiquement. Tu vas la casser.

– Pourquoi dis-tu ça ? a répondu Géraldine avec hauteur.

– Une intuition. Allez viens, on rentre.

Elle m'a désigné :

– Et lui, là, il faut pas le ramener ?

Géraldine a alors répondu quelque chose qui m'a réchauffé le cœur :

– Lui, là, c'est mon mec. Non, quelqu'un vient le chercher.

La sœur de Géraldine m'a fait un salut comme à l'armée, avec un sourire encore plein de sommeil. Géraldine m'a embrassé – pas une de ces pelles terribles que nous nous roulions d'habitude, non. C'était juste un effleurement léger sur les lèvres. Je me suis demandé si elle n'était pas très romantique, au fond.

– À lundi Cocon, a-t-elle soufflé, avec son haleine légèrement alcoolisée.

– À lundi Gérald, ai-je répondu, délicieusement ému.

La voiture a fait demi-tour et a pris la grande allée bordée de cyprès. Quand elle a disparu, je me suis assis sur le banc, n'ayant aucune envie de regagner l'intérieur de la maison où devaient régner la haine et le chaos, dénoncés de façon persistante depuis le début de la soirée par le gyrophare rouge qui martelait encore son alerte contre ma rétine – on a toujours tort d'ignorer les signaux d'alarme. Il faisait froid, la brume se levait. Les chevaux avaient terminé leur tour de piste. Maintenant ils rejoignaient l'écurie. Je les voyais disparaître un par un, en file irrégulière, derrière le bâtiment où ils allaient regagner leur box pour dormir, sans aucune conscience de la nuit, du jour, des fêtes humaines, d'eux-mêmes. Soudain j'ai senti, plus que je n'ai vu ou entendu, une masse immense se dresser près de moi. C'était le cheval gris pâle, le cheval de cendres, le grand étalon mort qui se tenait là avec son sexe élastique traînant par terre, sans émettre le moindre souffle. Je n'ai fait aucun geste, je n'ai pas bougé. Il s'est immobilisé lui aussi. Nous sommes restés là tous les deux, liés d'une façon inexplicable et gênés de l'être, comme les passagers d'un bus assis côte à côte, qui n'ont rien à se dire mais font le même voyage. C'est ainsi qu'Arnaud m'a trouvé, frigorifié, avec les yeux qui papillotaient de fatigue, mais me tenant bien droit.

– Allez, mec, a-t-il dit. Au dodo. On dirait que t'as un peu trop chargé la mule.

La référence équine m'a charmé, même si sa réflexion m'a paru très exagérée. Mais quand je me suis hissé sur le siège de la C15, j'ai pu constater qu'effectivement, la mule avait drôlement morflé. J'avais du mal à trouver la fente où boucler ma ceinture. Le mélange de Mathieu – celui qui servait à boire parce que personne ne voulait baiser avec lui – agissait sur moi comme une bombe à retardement. Il était possible qu'il ait passé la soirée à mettre du PCP dans les verres après tout. Ou du GHB. Ou du coq au vin de Bergerac distillé. J'ai éclaté de rire tout seul. Arnaud m'a regardé, inquiet.

– Il ne faut surtout pas croiser ta mère.

Lui, malgré l'heure tardive, ne semblait pas du tout fatigué. Il me posait des questions sur la soirée auxquelles je ne répondais qu'à moitié. J'étais littéralement effondré. Je n'avais qu'une idée, dormir. Oui, j'avais dû y avoir droit, à la drogue du viol. Ces gens étaient tarés, vraiment. Dans l'obscurité, j'épiais le visage d'Arnaud, son profil que je trouvais beau, viril, avec cette chevelure qu'il gardait un peu longue sur la nuque, un vrai chevalier. Le blanc de son œil rivé sur la route luisait comme de la neige. Je l'aimais. C'était lui mon père. Arrivés à la maison, il a dû me porter à moitié pour m'aider à regagner ma chambre, riant doucement pour ne pas réveiller ma mère. Décidément, rentrer bourré à la maison et me faire transporter comme un sac de patates devenait chez moi une habitude. Des pensées décousues me traversaient tandis qu'il me déshabillait, m'enlevait mes chaussures, des phrases dont j'ignorais si elles avaient été oui ou non prononcées. « Tout le monde est sorti avec tout le monde », avait dit Géraldine. Et aussi « À quoi tu penses ? ». Ou alors « À qui tu parles ? ». Il me semblait que j'avais dit quelques mots à un cheval. J'ai essayé de parler mais aucun mot ne sortait de ma bouche. Ma langue était en plomb. Arnaud a fini par me laisser seul, allongé sur mon lit, dans un drôle d'état de semi-conscience, créant mon propre rêve à partir de lambeaux arrachés à la vie. Une sorte de dialogue s'est mis en place dans mon esprit, auquel j'assistais comme un spectateur suit du regard la balle d'une partie de tennis. Les voix changeaient continuellement au cours de la conversation.

C'était parfois celle d'un enfant, parfois celle d'un adulte. Il me semblait de temps en temps reconnaître celle de mon grand-père.

Liam, Nicolas, le veuf.
Oui.
Le père de Colin. Éric le marchand de bois.
Oui.
Les hommes.
Oui.
Tous les garçons sortent avec toutes les filles.
Oui.
Toutes les filles sortent avec tous les garçons.
Oui.
Et donc ?
N'importe qui à une soirée pourrait être l'assassin.
Oui.
N'importe qui dans le monde pourrait être ton père.
Oui.
Ça veut dire quoi ?
Tu veux dire quoi ?
À quoi tu penses ?
Pour l'instant je ne pense pas, juste j'écoute.
Écoute, oui.
Il était de passage.
OK.
Nous sommes tous de passage.
Oui.

Et maintenant on recherche un corps.
Oui.
Et après je ne sais plus.
Il faut chercher.
OK.
Il faut écouter.
OK
Life is real, comme disait l'autre.
Oui.
Life is real.
Oui.
À quoi tu penses ?
À quelque chose.
À quoi tu penses ?
Au cheval.
Qu'est-ce qu'il a dit ?
Rien.
Qu'est-ce qu'il a dit ?
Rien. Les chevaux ne parlent pas.
Mais dis-le quand même.

Et je me suis rendu compte que c'était moi, moi, qui jouais face à un adversaire invisible, que c'était moi qui répondais aux questions depuis le début. Je me suis redressé sur mon lit, dans un état que je ne saurais exprimer ou décrire, et j'ai réussi à souffler, d'une voix étranglée :

– *Death is real. Death is real. Death is real.* C'est ça qu'il m'a dit le cheval.

Ces quelques mots ont achevé de m'épuiser. Tout de suite après, je suis tombé en arrière, bras en croix, jambes écartées, flottant en apesanteur dans un océan de ténèbres, et je me suis endormi tellement vite que c'était comme si je m'évanouissais. J'ai eu le temps de me dire que c'était peut-être ça, mourir. Et que ce n'était au fond pas si désagréable.

12.

Le lendemain, lorsque j'ai ouvert les yeux, je savais que j'avais quelque chose à faire. J'aurais dû commencer par là. Peut-être allais-je trouver quelques réponses à mes questions. Je me demandais pourquoi je n'y avais pas pensé plus tôt. En bas, ça sentait la friture et maman chantonnait. J'ai vu qu'elle avait posé dans l'escalier le carton de décorations. En entrant dans la cuisine, l'odeur d'huile chaude m'a donné la nausée.

– Je crois que je n'ai pas faim, ai-je déclaré.

– Tu as encore bu hier soir ? m'a-t-elle demandé avec indifférence.

Elle semblait de très bonne humeur. Je lui ai répondu avec prudence :

– J'ai juste un peu mal à la tête.

– Ne bois jamais le ventre vide, ne mélange pas les alcools et ne prends jamais aucune initiative pendant une soirée. Elle sera forcément imbécile, a poursuivi ma mère.

– OK.

– Et ne saute pas sur les filles quand tu as bu. Tu te respectes, tu respectes les autres. Toujours.

– Non, bien sûr que...

– Il y avait ta copine ?

– Oui.

Elle a hésité et j'ai senti que j'allais avoir droit au discours sur le préservatif, et ça m'a fait réaliser que je n'en avais pas mis et qu'à aucun moment d'ailleurs je n'y avais pensé et que j'étais un imbécile.

– Ils étaient comment, ces gens ? a demandé ma mère, estimant sans doute qu'elle m'avait suffisamment fait la leçon. Ils étaient sympas ?

– Quels gens ?

– Ces gens, les enfants du docteur, leurs amis...

J'ai revu Chloé et ses yeux fous qui la trahissaient, Mathieu qui servait à boire parce que personne-ne-voulait-coucher-avec-lui, Liam qui me voulait du mal et Nicolas, le fils du docteur, qui aimait souffler le chaud et le froid, mettre de l'huile sur le feu et déclencher des guerres par simple ennui.

– Des gens super cool dans l'ensemble. Rien à dire. Il y avait beaucoup d'invités, tu sais. Je n'ai pas parlé à tout le monde.

– Et la maison ?

Cette fois, c'est le cheval gris qui m'est apparu, marchant à côté de moi au bord du champ et traçant sur la neige, avec son immense sexe nu et vulnérable, une ligne légère et en pointillés.

– Ils font des travaux dans l'écurie. Mais c'est une jolie maison. Ancienne à l'extérieur et moderne à l'intérieur, avec des tableaux, des meubles design, des objets d'art, tu vois ?

Ma mère a approuvé :

– Oh oui, je vois très bien.

Elle a servi le poulet et les frites. Apparemment nous n'étions que tous les deux pour le déjeuner.

– Arnaud travaille aujourd'hui ?

– Il fait un remplacement mais il m'a dit qu'il ne rentrerait pas trop tard. Tu m'accompagnes tout à l'heure pour aller chercher le sapin ?

– Je veux bien.

J'ai goûté avec précaution une frite. Elle avait la saveur du papier mâché.

– Ne te force pas à manger si tu sens que tu ne vas pas le garder, m'a prévenu ma mère.

– Je vais très bien. J'ai juste mal à la tête, je te dis.

Mais je n'ai pas réussi à finir mon assiette. En revanche, une soif inextinguible me poussait à ingurgiter des baquets d'eau. J'ai dû me lever à plusieurs reprises pour remplir la carafe.

– Encore ! s'est étonnée ma mère alors que je me levais pour la troisième fois. Tu ne serais pas en train de devenir un peu potomane, toi ?

– Potomane ? Encore un vice ? Décidément, je les collectionne.

– C'est une maladie, abruti.

– Oui, c'est ce qu'on dit aussi à propos de l'alcoolisme, mais personne ne le pense.

– Ton grand-père était alcoolique.

J'ai ouvert de grands yeux :

– Quoi ! C'est la première fois que tu m'en parles !

J'étais hanté par un ivrogne, un fantôme complètement bourré, voilà qui expliquait tout.

– Il s'est mis à boire après la mort de ta grand-mère, a poursuivi ma mère. Ça a duré quelques années. Cinq ans environ, je dirais. J'avais treize ans. Et puis ça s'est arrêté d'un coup. Il n'a plus jamais touché une seule goutte d'alcool. Il évitait même le parfum et les déodorants. Par contre il est devenu horriblement chiant. Il ne supportait plus rien, ni personne.

Elle m'a regardé d'un air insistant. J'ai compris que ces confidences soudaines lui avaient été arrachées par une inquiétude profonde et ancienne.

– Ne t'inquiète pas, maman. J'ai bu trois verres et je sais que c'était déjà trop, mais je pense que c'est quand même comme ça que ça se passera quand j'irai à une fête. Je boirai trois verres. Pas un de plus.

– Toute ta vie ? Tu me le promets ?

J'ai un peu hésité mais j'ai promis :

– Toute ma vie.

Je suis resté plus réservé sur la question des drogues que l'on pourrait éventuellement glisser dans mon verre.

– Je te crois, a-t-elle déclaré d'un ton optimiste. Je pense que tu feras ce que tu dis.

– À quelle heure tu veux aller chercher le sapin ? lui ai-je demandé.

– En fin d'après-midi, si ça te va ? Je l'ai réservé, il n'y a qu'à aller le chercher.

– Où ça ?

– Chez Éric, comme d'habitude. On en profitera pour passer au supermarché.

– OK, ai-je dit en me levant. Bon, moi, il faut que je monte au grenier.

– Pourquoi ? s'est-elle écriée en me barrant la route.

J'ai senti une sorte d'alarme dans sa voix. Un peu surpris, je me suis justifié :

– Je veux vendre des trucs. Mes Playmobil, ma vieille Game Boy, mon skate. C'est Noël et j'ai pas un rond pour faire des cadeaux. Je pourrai même pas t'acheter un rond de serviette en bois ou un bol à ton nom à l'épicerie de Grand-Passage.

Mais ma mère était déjà dans le couloir et commençait à monter les marches de l'escalier quatre à quatre.

– Mais où tu vas ? Qu'est-ce qui se passe ?

– J'ai quelque chose à faire là-haut ! a-t-elle crié. Reste en bas ! Reste dans la cuisine ! Ne viens pas !

J'avais compris. Les cadeaux de Noël étaient planqués au grenier. Je me suis précipité à sa suite.

– Qu'est-ce que c'est ? ai-je demandé quand je suis arrivé, essoufflé, au bas de l'échelle. Allez, montre-moi !

– C'est le cadeau d'Arnaud ! Pour toi, j'ai rien trouvé... Attends...

Elle descendait à reculons, les pieds dans ses pantoufles, ses chevilles nues, chargée d'un paquet énorme qu'elle avait du mal à tenir en même temps que les barreaux de l'échelle. La poussière la faisait tousser.

– Donne ! Qu'est-ce que c'est ? Allez ! Tu peux me dire !

Le paquet était lourd et souple. Ce devait être un vêtement.

– Je lui ai pris une veste chaude pour l'hiver. Beaucoup mieux que celle qu'il a. Toi, tu auras une enveloppe. J'ai pensé que tu préférerais avoir de l'argent.

– Sûr, ai-je répondu. J'ai jamais un rond sur moi. Toujours obligé de mendier.

– Ça me plaît pas, cette histoire d'argent de poche. Moi j'en ai pas eu. Je vois pas pourquoi on aurait droit à une allocation quand on n'a rien à payer, aucunes charges, et qu'on est gâté et pourri par sa famille. Estime-toi déjà heureux que je ne te réclame pas un pourcentage sur la vente de tes affaires.

– J'aurai combien ? C'est Noël quand même. Faites un effort.

– Tu verras bien !

Elle a commencé à descendre les marches de l'escalier, embarquant la veste d'Arnaud, à la recherche d'un endroit sûr où la cacher.

– Vas-y ! Tu peux y aller ! m'a-t-elle lancé. Tu vas te régaler. C'est plein de poussière.

– Donne le paquet ! Je le remets là-haut. J'y toucherai pas !

– Monte ! a-t-elle dit d'un ton ferme et définitif. Occupe-toi de tes affaires !

J'en ai déduit que l'enveloppe qui m'était destinée devait être dans la poche de la veste, préparée à l'avance avec un petit message d'amour et de recommandations signé par elle et par Arnaud, et je n'ai pas insisté. À mon tour, j'ai pris l'échelle et je suis monté dans le grenier. J'ai mis du temps à retrouver l'interrupteur qui pendait au bout d'un fil. Je ne venais jamais ici. Quand l'ampoule nue a éclairé la pièce – un drôle d'endroit, avec sa charpente en bois qui faisait penser à une barque renversée –, je me suis souvenu y être monté le premier jour de notre arrivée ici, quelque temps après la mort de mon grand-père. Ses affaires à lui étaient rangées impeccablement dans des cartons étiquetés. Nous y avions déversé les nôtres avec toute l'impatience et la nervosité de gens aux prises avec un déménagement. Délaissant cet amoncellement de vieilles valises, de vêtements, de jouets, de magazines et d'appareils électroménagers hors d'usage qui prenait bien un quart de la pièce, j'ai tiré une chaise vers le fond du grenier et je me suis installé devant les cartons empilés contre le mur. C'était là, dans les archives familiales, que je devais commencer mes recherches.

J'ai procédé avec méthode, je ne voulais rien laisser passer. J'ouvrais les cartons un à un, je sortais tout, je lisais chaque papier, j'examinais les objets, je dépliais les vêtements, fouillais les poches, secouais les chaussures. Je n'avais aucune idée de ce que je cherchais exactement, mais j'espérais trouver, même infime, une trace de mon père. J'étais déterminé à retourner tous les recoins de cette maison, même si la tâche était immense. Il me semblait improbable que mon grand-père n'ait pas conservé quelque chose de lui. La dispute entre ma mère et mon grand-père était liée aux circonstances de ma conception et très certainement à l'identité de mon géniteur. Mystère de ma naissance, meurtre de rôdeur, assassin de passage : mon père était peut-être la clé de tout. Je refermais soigneusement les cartons, je les remettais à leur place, je passais aux suivants. J'ai fini par tomber sur de vieilles photos de famille datant du siècle dernier, des années vingt d'après les dates inscrites au dos de quelques-unes, à l'encre et à la plume. Les Fontaine vivaient dans la région depuis longtemps. J'ai pu voir mes ancêtres dans différentes situations de leur vie, du moins celles qui avaient été jugées dignes d'être photographiées. Des hommes et des femmes – impossible de dire qui ils étaient exactement – posant sur la place du village, devant l'église, devant un garage grand ouvert où se tenait un éventaire de fruits et de légumes, habillés de beaux vêtements ou en blouse de travail, en famille ou accompagnés d'un chien, d'un chat, d'un âne. Ils défilaient sous mes yeux, ces inconnus qui s'étaient succédé dans mon histoire, formant une chaîne humaine à travers le temps qui se terminait ici, aujourd'hui, par moi. Sur l'une des photos, un petit garçon assis par terre fixait l'objectif avec une sorte d'intérêt amusé, surpris. Était-ce mon grand-père ? Son regard m'interpellait. *Encore toi ?* semblait-il dire. *Nous nous connaissons tous les deux. Nous bouclons la boucle.* Cette photo-là, j'ai décidé de la garder. Je l'ai glissée dans ma poche et je suis passé au dossier suivant. Et en l'ouvrant, j'ai fait un petit bond dans le temps. Ici, c'était le début des années quatre-vingt, et après le morne sépia, les couleurs flashy éclataient sur des photos carrées encadrées de blanc et ma mère était un gros bébé joufflu et hébété, assise sur une chaise haute et entourée de ses parents. C'était la première fois que je voyais ma grand-mère. Elle était jolie, elle ressemblait à ma mère et son sourire était radieux. Il ne lui restait pas longtemps à vivre, mais à cet instant précis elle avait l'air très heureux. Soudain, à l'arrière-plan, j'ai reconnu le manteau de la cheminée, tout simple, en pin verni. C'était ici, c'était notre salon, il avait à peine changé. J'ai éprouvé soudain le vertigineux sentiment que le temps était aboli, et que mes grands-parents étaient toujours là, en bas, dans ce salon, entourant la chaise haute, chérissant leur bébé, lui chantant une chanson en titillant ses menottes. Pendant quelques minutes, j'ai pensé que mon grand-père allait surgir de l'obscurité pour venir regarder les photos avec moi. L'instant était propice pour une apparition. Mais, comme à chaque fois que j'espérais sa venue, que je la convoquais mentalement, je me suis heurté au vide et au silence. Mon grand-père ne se manifestait que lorsque je ne pensais pas à lui. Déçu, j'ai continué de sortir les photos du carton. J'ai vu ma mère grandir, marcher en tenant la robe fleurie de sa maman, manger des fraises toute nue dans le jardin avec un chapeau de paille, fêter ses anniversaires, faire du vélo. Il y avait également un cliché pris à l'intérieur de ce qui ressemblait à une menuiserie. Mon grand-père y avait travaillé pendant des années avant de se mettre à son compte. Il posait devant le tour à bois en compagnie de deux inconnus. J'ai scruté leurs traits, attendant une révélation, mais rien n'est venu. Et puis, ils étaient trop vieux. Ils n'avaient rien à faire dans mon histoire. Ils n'étaient que de simples figurants. La dernière photo de la série représentait ma mère et mon grand-père à côté de la C15. Il venait sans doute de l'acheter. Curieusement, elle semblait déjà vieille, c'était une occasion sans doute. Je l'ai regardée avec amitié. Elle était dans ma vie depuis longtemps et elle avait bien tenu la route, fidèle comme un animal domestique. Malgré l'événement heureux que devait constituer cet achat, j'ai remarqué que ma mère boudait et que mon grand-père avait un visage maigre et inquiet. J'ai regardé la date. 1992 : ma grand-mère était déjà morte. Il n'y aurait plus de photos les années suivantes. Personne n'aurait le cœur d'en prendre. Fin de l'iconographie familiale.

La nuit a commencé à tomber. Le soleil avait disparu derrière la montagne. Ma mère avait dû m'oublier. Ici, à partir de 16 heures, l'ombre de la montagne et la neige posaient comme un verrou sur la vallée. Personne n'avait envie de sortir passé cette heure-là. Je savais que ce sentiment disparaîtrait peu à peu à partir de Noël. C'était une chose que j'avais comprise à force de vivre des hivers et de les sentir peser sur nos vies. Après Noël, une porte s'ouvrait quelque part et laissait entrer un peu de lumière. Je n'avais pas prévu de rester aussi longtemps dans le grenier mais je n'arrivais pas à m'arrêter d'ouvrir des cartons. Soudain une souris assez grosse a filé entre mes jambes et a traversé tranquillement toute la longueur de la pièce. J'ai violemment sursauté, mais à la nonchalance de son trot, j'ai compris qu'elle était morte, ce qui paradoxalement m'a rassuré.

Poursuivant mes recherches, je me suis emparé d'un dossier orange vif, assez épais, qui se trouvait au-dessus d'une pile de vieux magazines et sur lequel le prénom *Laure* était marqué au gros feutre noir.

– Ça va mec ? m'a demandé Arnaud, sa tête surgissant soudain de la trappe.

Cette fois, j'ai hurlé.

– Oh merde ! Tu m'as fait peur ! ai-je crié tandis qu'il se hissait sur le plancher du grenier.

Il apportait avec lui un verre d'eau où un cachet effervescent achevait de se dissoudre. Sans trop savoir pourquoi, j'ai glissé prestement le dossier orange vif entre deux cartons.

– Il paraît que tu as mal à la tête, a dit Arnaud en me tendant le verre. Je crois savoir pourquoi.

– Ça va mieux.

Mais je l'ai pris quand même. Ma migraine se tenait tranquille mais j'éprouvais toujours une sorte de malaise général, très léger, avec des vertiges comparables à ceux de l'ivresse qui auraient été presque agréables s'ils n'avaient pas eu un arrière-goût de nausée.

– Qu'est-ce que tu cherches ? m'a demandé Arnaud, inspectant l'intérieur d'un carton.

– Oh, rien. Des trucs.

– Et tu trouves ?

– Des papiers. Des souvenirs.

– Je peux voir ?

Il s'est accroupi à côté de moi et a souri de tendresse devant les photos de ma mère bébé.

– Elle est super mignonne, a-t-il déclaré.

Il est tombé sur un cliché où cette dernière portait une robe, un collier et des escarpins appartenant sans doute à ma grand-mère et tendait vers l'appareil ses mains recouvertes de bagues. Je crois que toutes les petites filles ont fait cela, et peut-être pas mal de petits garçons aussi.

– J'en prends une, si tu permets, m'a-t-il dit.

– Oui, bien sûr.

– Je la mettrai dans une enveloppe et je la lui donnerai pour Noël, en lui disant de deviner quel est son cadeau.

– Oui... ai-je répondu sans comprendre.

Arnaud portait un pantalon large et épais, qu'il ne mettait que pour travailler, avec plein de poches sur la jambe. Il a fouillé dans l'une d'entre elles et en a sorti un petit écrin recouvert de cuir bleu. J'ai compris que c'était important.

– J'espère que ça lui plaira, a dit Arnaud en l'ouvrant.

À l'intérieur de l'écrin se trouvait la plus exquise petite bague que j'avais jamais vue. C'était un fil d'or où était accroché un tout petit diamant brut, fragile et précieux comme un flocon fondu.

– Elle va l'adorer, ai-je affirmé.

Satisfait, Arnaud s'est levé.

– Maintenant, il faut tenir le coup jusqu'à Noël, a-t-il rigolé.

Une pensée m'a traversé l'esprit.

– Vous allez vous marier ? ai-je demandé.

Arnaud a souri et m'a caressé les cheveux.

– Ce serait normal, il me semble, mec… a-t-il déclaré d'un ton badin.

Mais il m'a semblé qu'il était quand même un peu ému.

– Au fait, ta mère t'attend pour aller chercher le sapin. Tu devrais descendre.

– Dis-lui que j'arrive dans cinq minutes, ai-je soufflé. Je range un peu.

– OK.

Mais avant de descendre, il a hésité :

– Écoute, mec, je ne sais pas ce que tu cherches, et je ne te demande pas de me le dire. Sans doute que c'est important pour toi. Mais peut-être que tu cherches quelque chose que tu as déjà. Quelque chose qui est ici. Dans le présent, dans le futur, dans nos gestes de tous les jours, dans les gens qu'on aime bien et puis dans tout le reste. Et peut-être que le passé mérite juste de rester dans ces cartons. Qu'est-ce que tu en penses ?

Il se tenait à côté de la trappe et la lumière du couloir l'éclairait par en dessous. Il disait la vérité et en la disant, il ressemblait à un mage, à un saint, à un ange tels qu'on les voit en statue dans les cathédrales. Je l'ai regardé intensément, comme pour graver cette image dans mon esprit. Qu'est-ce que j'aimais ce type !

– Tu as certainement raison, ai-je affirmé.

Il m'a souri, s'est assis au bord de la trappe et, négligeant l'échelle, se tenant au plancher, il a sauté directement sur le sol, disparaissant d'un coup, comme par magie. Aussitôt, j'ai tendu la main vers le dossier orange et j'ai ôté les élastiques pour l'ouvrir. Il avait raison mais c'était important pour moi de savoir. Même si j'étais parfaitement conscient de tout ce que j'avais, et que je l'aimais. Les élastiques ont claqué sur le carton orange et j'ai découvert plusieurs sous-dossiers en papier plus fin. Le premier contenait le carnet de santé de ma mère, plusieurs ordonnances, des attestations de vaccins, une dispense de plusieurs mois pour le sport, en 1992, un certificat d'aptitude pour le basket. Ces documents couvraient plusieurs années et débutaient en 1991, l'année de la mort de ma grand-mère. Mon grand-père les avait soigneusement classés, certainement soucieux de la santé de sa fille dont il avait seul la charge. Le deuxième contenait son dossier scolaire et tous ses bulletins trimestriels. Là encore, le classement était scrupuleux, tout était photocopié en deux exemplaires attachés ensemble par un trombone. Le troisième et dernier sous-dossier contenait à nouveau des photos.

J'avais eu tort de croire que l'appareil photo familial avait été rangé à tout jamais l'année où ma grand-mère était morte. Ma mère avait dû s'en emparer trois ou quatre ans plus tard pour s'amuser à photographier ses copains et copines de l'époque. Il s'agissait principalement de groupes, pris dans la cour de récréation ou sur la pelouse d'un parc, des jeunes qui chahutaient, vêtus de drôles de survêtements, avec des coupes mulets pour les garçons, des franges hérissées de gel pour les filles. Il y avait également deux photos de classe officielles, les ardoises inclinées posées au sol indiquaient qu'il s'agissait respectivement des années scolaires 92/93 et 93/94, classes de seconde et première. Ma mère avait été placée à chaque fois au fond, à la dernière rangée, debout sur un banc. À sa chemise blanche généreusement ouverte sur sa poitrine, ses lèvres écarlates, ses yeux charbonneux et ses cheveux blond platine et ondulés, on pouvait supposer qu'à cette époque elle était une grande fan de Madonna. D'ailleurs les filles avaient toutes plus ou moins ce look capillaire, réinterprété avec les moyens du bord par la coiffeuse de Grand-Passage, et qui n'était pas toujours très réussi. J'ai trouvé que ma mère parvenait à ne pas être trop minable, sauf pour la coiffure.

D'autres clichés représentaient des filles en pyjama, en train de fumer – sans doute lors d'une pyjama party. Il y avait également des photos très posées, où les copines de ma mère, outrageusement maquillées, portaient des créoles gigantesques qui me faisaient mal aux oreilles rien qu'à les regarder et arboraient des coiffures élaborées – toujours ces franges blondes, brûlées et hérissées.

Il restait encore une dizaine de photos, celles-là avaient été visiblement prises pendant une fête. La qualité était si mauvaise – question de flash sans doute, trop ou pas assez puissant – que j'ai failli ne pas m'y attarder. C'est la date, inscrite au dos de l'une d'elles, qui m'a interpellé : juillet 1995. C'était l'année avant celle de ma naissance. J'étais né en avril. J'avais donc été conçu dans ces eaux-là. Les eaux troubles de juillet 95. Certaines photos étaient si sombres qu'on voyait à peine les visages. Sur les autres au contraire, ceux-ci paraissaient incendiés par une lumière blanche et atomique. J'ai réussi malgré tout à reconnaître ma mère sur l'une d'elles. Elle riait. Un garçon l'enlaçait par-derrière. Leurs yeux étaient rouges et vaguement reptiliens. Je n'arrivais pas bien à distinguer leurs traits. Juillet 95. Ce type était-il mon père ? Ce type était-il mon père ? Ce type...

– Lauris ! Qu'est-ce que tu fous ! Je t'attends !

La voix de ma mère résonnait au loin, quelque part dans la maison. Je l'entendais mais je n'arrivais pas à m'y accrocher. J'étais plongé dans les ombres et les lumières argentiques des photos ratées. Les photos défilaient. Tous ces jeunes. Tous ces jeunes qui s'amusaient. Tous les garçons sur ces photos pouvaient...

Tout le monde sortait avec tout le monde.

Toutes les filles sortaient avec tous les garçons.

Tous les garçons sortaient avec toutes les filles.

Arrête.

Tous les garçons sur ces photos pouvaient être mon père.

Tous les garçons sur la photo pouvaient être un assassin.

Tout le monde finissait par se rencontrer un jour.

Arrête.

Tous.

Arrête.

– Lauris ! Tu es malade ?

Cette fois, la voix de ma mère a réussi à transpercer les ténèbres et m'en a arraché. J'ai dû prendre une grande inspiration, comme si je sortais de l'eau, et j'ai retrouvé avec étonnement l'atmosphère poussiéreuse du grenier.

– Je vais bien ! ai-je lancé. J'arrive !

J'ai glissé dans ma poche la photo de ma mère enlaçant cet inconnu et je suis descendu.

13.

Assis à côté de ma mère, dans la vieille C15, j'éprouvais cette sensation d'irréalité bien connue que l'on appelle le « déjà-vu ». Et d'ailleurs, pourquoi ne l'aurais-je pas ressenti ? J'avais fait un milliard de fois ce trajet avec elle, dans la voiture de mon grand-père, à l'écouter me reprocher de ne pas vouloir conduire le long du chemin qui mène à la route. Ce qui était étonnant, c'était plutôt de ne pas avoir à chaque fois cette pleine conscience d'une situation déjà vécue, tant la vie se montrait répétitive. Et même cette idée, au moment où je me la formulais, m'était familière. C'était quelque chose qui m'avait déjà traversé l'esprit, là, exactement, dans cette voiture, assis à côté de ma mère.

Du déjà-vu, déjà vécu et déjà pensé.

– Lauris, tu rêves ou quoi ? Tu es de plus en plus bizarre toi.

Je lui ai souri sans répondre. Je me demandais à quel moment j'allais lui parler des photos. Pas tout de suite.

Pas encore. Rien ne pressait. Pour l'instant nous roulions dans la nuit vers le supermarché. C'était bientôt Noël. J'aimais ma mère. J'aimais Arnaud. Tout allait bien. Je pouvais retarder le moment des révélations. Les flocons ont commencé à tomber juste au moment où ma mère se garait sur le parking. De vrais flocons, gros comme des plumes de duvet.

– Et allez ! a grommelé ma mère. On en remet une couche.

– C'est notre premier Noël avec Arnaud, ai-je remarqué.

– Oui, exact, et alors ? a demandé ma mère.

– Rien. C'est drôle. J'ai l'impression qu'il a toujours été là.

Ma mère a haussé les épaules et nous sommes allés chercher un caddie. En traversant l'allée des sapins coupés alignés devant l'entrée du magasin, ma mère a fait signe à Éric.

– Coucou ma Laure ! s'est-il écrié en s'approchant.

– Tu as vu cette neige ?

Ils se sont embrassés. Éric, comme à son habitude, m'a à peine regardé.

– Je t'avais dit que ça allait être un sacré hiver, a-t-il répondu. J'ai ton sapin. Il faudra que je t'aide à le charger.

– Il est si gros que ça ?

– Ah, il est assez beau, oui.

– Je fais mes courses et je l'embarque.

– Je t'attends.

À l'intérieur du magasin, Noël scintillait, Noël éclatait et Noël chantait dans les haut-parleurs. Mais ma mère était pressée. Elle marchait vivement derrière son caddie et lui impulsait un tel élan que par moments je n'aurais pu dire si c'était elle qui le poussait ou lui qui la tirait en avant. Je la suivais, les mains dans les poches, attiré par tous les articles qui brillaient.

– Tu peux m'aider ? m'a-t-elle demandé avec agacement au rayon du papier toilette, ne parvenant pas à attraper celui qu'elle désirait.

Elle sautait maladroitement en tendant les mains, comme un attaquant au volley.

– Laisse-moi faire, lui ai-je répondu. À ton âge, tu dois te ménager.

Je suis monté sur un gros carton de bouteilles d'eau de Javel qui n'avaient pas été rangées. Au même instant, une femme au bout du rayon a interpellé ma mère.

– Laure !

Je l'ai reconnue tout de suite. Géraldine se tenait à côté d'elle et ne souriait pas. Il m'a semblé prendre un coup de poing dans le ventre, sauf qu'il venait de l'intérieur.

– Mais oui, a-t-elle dit, sans intonation particulière. C'est Laure avec Lauris.

– Virginie ! s'est exclamée ma mère.

Elles ont commencé à échanger des banalités que je n'ai pas écoutées. Toujours perché sur mon carton, je cherchais le regard de Géraldine, inquiet de ne pas la voir sourire. Elle a fini par lever son visage vers moi. Ses joues étaient roses comme son pull et ses yeux couleur Coca brillaient sous sa frange caramel. J'ai pris mon deuxième coup de poing.

– Et coucou Gérald, ai-je dit d'une voix que j'espérais ferme et assurée. Comment ça va ?

– Bien, a-t-elle répondu posément. Et toi ?

– Ça va...

Je suis descendu, mon paquet à la main. C'était bizarre de l'embrasser sur la joue, une fois, deux fois, trois fois, sans jamais pouvoir accrocher ses lèvres mais en y pensant tout le temps.

– Ah, mais alors vous vous connaissez tous les deux finalement ? s'est écriée Virginie, visiblement au courant de rien.

Ma mère est restée discrète mais j'ai cru entendre son petit rire intérieur.

– Mais enfin, Virginie, tous les jeunes se connaissent.

– Ton fils est plus jeune quand même.

Leur conversation s'est à nouveau fondue dans le brouhaha du magasin, où dominait un chant de Noël particulièrement poignant.

– On a l'air con, non ? a dit Géraldine.

– Pourquoi ? ai-je demandé, affligé.

– Je sais pas.

Je me suis dit que je devais avoir tout du gentil garçon qui fait des courses avec sa maman, avec en prime un teint épouvantable dispensé par l'éclairage brutal du rayon sanitaires. Et pour achever ce portrait romantique du parfait petit séducteur, j'avais un paquet *king size* de PQ à la main.

– Tu as bien dormi ? ai-je demandé un peu stupidement.

– Oui, a-t-elle répondu en soupirant, probablement d'ennui.

Le silence menaçait de s'installer. La situation était grave. Je ne savais pas quoi lui dire. J'ai balbutié :

– Je te vois lundi de toute façon ?

– Ben oui…

Elle commençait à me gonfler avec ses réponses vagues et son air absent d'actrice en train de monter les marches à Cannes. J'aurais aimé avoir le courage de poser fermement mes deux mains sur ses épaules et de lui asséner un peu sévèrement : Dis donc, ma petite cocotte, dis donc… Mais à partir de là, je bloquais. Dis donc quoi ? Je n'en savais rien. Ce n'était pas moi, ce mâle plein d'assurance à la voix grave et profonde. J'ai quand même fini par lui demander avec précaution :

– Je peux te poser une question ?

– Oui ?

Je me suis demandé comment formuler cette question délicate.

– Tu penses qu'on est ensemble ? ai-je fini par lâcher stupidement.

J'ai cru voir à peu près toutes les réponses dans son regard. Je pense qu'elle les passait en revue, qu'elle les testait, l'une après l'autre. Elle hésitait.

– Pourquoi ? m'a-t-elle répondu d'une petite voix précise et grave. C'est si important de le savoir ?

Je suis resté muet. Après coup, j'ai pensé que j'aurais dû gueuler que oui, bordel de merde, c'était important. Que d'une certaine manière j'aurais pu en déduire qu'elle m'aimait par exemple. Que j'aurais eu des indications sur la suite des événements. Mais sur le moment, sidéré par son aplomb, je n'ai rien trouvé à lui dire.

– Géraldine, tu viens ? a demandé sa mère. Ton père nous attend dans la voiture. Oui, il nous accompagne partout, a-t-elle ajouté à l'intention de ma mère.

Et, baissant la voix :

– J'imagine que tout le monde est comme nous et a peur.

– Oui oui, sans doute, a répondu ma mère. C'est terrible toutes ces histoires.

Mais très vite elle a ajouté :

– Nous aussi, Arnaud nous attend. Il est resté à la maison. Il va finir par s'impatienter. J'espère qu'il a pensé à remettre du bois dans la cheminée.

Virginie lui a lancé un clin d'œil ainsi qu'un sourire ravi, approuvant visiblement cette nouvelle félicité conjugale, tandis que Géraldine se remettait tranquillement aux commandes du caddie. Stupéfait, je l'ai regardée s'éloigner.

– Elle est vraiment mimi ta copine, a dit ma mère.

– C'est une bombe, ai-je répliqué, la gorge un peu nouée.

– Oui, une bombe, si tu veux.

Et elle a ajouté perfidement, avec un petit rire :

– Une bombe à retardement alors. Vu qu'elle a redoublé. Hahahaha !

Je n'ai pas daigné relever cette vacherie. Nous sommes allés attendre notre tour à la caisse. La file des clients était longue et avançait lentement. Je regardais partout pour essayer d'apercevoir encore une fois Géraldine. Je ne sais pas trop ce que j'espérais. Peut-être que je voulais juste recevoir un autre coup de poing dans le ventre. Et puis un autre. Et un autre. Et encore un autre. Boxeur maso, je me tenais dressé sur la pointe des pieds, les poings serrés fermement sur le caddie, et mon regard errait par-dessus l'océan des doudounes, des manteaux et des cheveux colorés à la recherche des yeux Coca et percuteurs. Et puis bien sûr, comme à chaque fois que je désirais très fort quelque chose, c'est une autre, radicalement différente, qui s'est produite. Dans la queue près de la boulangerie, presque à la même place que la dernière fois, est apparu celui que je n'attendais jamais, mais qui me revenait toujours. Il était de dos mais impossible de se tromper. J'ai immédiatement reconnu sa vieille veste marron délavée, au col en fourrure terne. Mon grand-père s'est retourné aussitôt, comme averti par un signal silencieux, et à partir de là il ne m'a plus quitté des yeux. Que voulait-il ? Qu'espérait-il ? S'attendait-il à ce que je vienne lui parler ? À ce que je me donne en spectacle au milieu du magasin ? Il commençait prodigieusement à m'agacer. Nous sommes passés à la caisse et nous sommes sortis, toujours accompagnés par son regard, un regard étrange que j'avais du mal à interpréter. Soudain j'ai eu une sorte de révélation. Il était surpris de me voir. J'en ai conclu qu'il devait évoluer dans ce qu'on appelle en langage terrestre une autre « dimension » (ce terme n'avait qu'une signification très vague mais je n'en avais pas d'autre) et que parfois une fenêtre s'ouvrait, pour des raisons inconnues, aléatoires, et nous permettait de communiquer.

C'était donc juste cela, la mort ? Un monde superposé au nôtre ? Avec parfois des possibilités d'ouverture entre les deux ? J'échafaudais ces théories sans grande passion, à cause d'une forme d'incrédulité dont je n'arrivais pas à me défaire. Et puis à quoi bon tout ça ? Je voyais des morts, et alors ? Que faire ? En parler à ma mère ? Oh Seigneur, non ! Jamais ! Il était beaucoup moins risqué de jouer avec ces idées abstraites, d'échafauder des théories, de pousser mes raisonnements aussi loin que je le voulais, bien au-delà de l'absurde et de l'incroyable, là où personne ne me contredirait jamais ni ne me donnerait raison, même si je pressentais que cela allait être une grande solitude pour moi, la solitude de toute ma vie.

Il neigeait beaucoup moins. Éric avait déjà commencé à ranger son stand. Il nous a apporté le sapin jusqu'à la voiture. L'arbre emballé, qu'il portait dans ses bras, avait une silhouette vaguement humaine. On aurait dit qu'ils allaient danser. Maman a ouvert les deux portes arrière de la fourgonnette et il y a installé l'arbuste. Aussitôt, une forte odeur de sève, enivrante, a envahi l'habitacle et a momentanément occulté les relents rances émanant des sièges vieux de presque quarante ans.

– Merci Éric, a commenté ma mère. Tu me diras combien je te dois, a-t-elle ajouté, sans y croire.

– C'est bon ma Laurette. Passe de bonnes fêtes.

J'étais déjà assis, j'avais mis ma ceinture. Je les ai regardés s'embrasser. C'était un exploit quand même de la part d'Éric de m'ignorer à ce point. Grâce à lui, j'avais l'impression de porter une cape d'invisibilité. Quand ma mère s'est mise au volant, je lui ai demandé :

– C'était un bon copain à toi autrefois, non ?

– Éric ? Oh oui. Tu sais, on n'était pas si nombreux quand on était jeunes, à l'époque. On se connaissait tous. On faisait toujours des trucs tous ensemble.

Toutes les filles sortaient avec tous les garçons...

– Ça n'a pas tellement changé, tu sais, ai-je remarqué en pensant à ce que m'avait dit Géraldine.

– Oh si, quand même. C'est énorme la différence, tu ne te rends pas compte. Nous, on était vraiment des petits ruraux. Des sauvages. Vous, vous avez Internet.

– Je te le dis, crois-moi, ça n'a pas tellement changé, ai-je répondu, légèrement impatienté.

Elle n'a pas insisté et a démarré la voiture. Tournant la tête vers le magasin, j'ai vu que mon grand-père se tenait près des portes automatiques. Il était à contre-jour et je ne pouvais pas distinguer ses yeux, mais je savais qu'il me regardait. J'ai fixé sa silhouette tout le temps qu'il a fallu pour quitter le parking, attendant, espérant, me concentrant, essayant de comprendre quelque chose encore à ce mystère. Puis la voiture a pris la route et ça a été fini. Le contact visuel a été rompu.

– Colin vient demain ? a demandé ma mère.

J'ai acquiescé :

– Je suppose. Comme tous les dimanches, non ?

– Il est marrant ce gamin. Je l'aime bien. Au début pas du tout. Je le trouvais insupportable…

Elle parlait de Colin mais je ne l'écoutais plus. La neige s'était remise à tomber de plus belle, tellement abondamment que ma mère a dû ralentir. J'adorais me faire trimbaler en voiture sous la neige, quand les conditions étaient mauvaises, et m'abandonner totalement et avec confiance, sûr d'être conduit à bon port.

– Je n'y vois rien, a déclaré ma mère.

Je n'ai pas répondu. J'étais hypnotisé par les flocons qui se précipitaient follement pour mourir dans la lumière des phares. On aurait dit que le monde tout autour avait disparu, sauf les arbres brièvement éclairés qui dressaient leurs branches chargées de neige, spectrales. Tout à coup, une voiture de police est apparue, gyrophare tournoyant, garée au bord de la route, sur la droite. Un officier nous a fait signe de prendre la file de gauche.

– Ça y est, a dit ma mère d'une voix blanche tout en manœuvrant. Ils l'ont trouvée je te parie.

Et elle a répété :

– Je te parie qu'ils l'ont trouvée…

– C'est peut-être juste à cause de la neige. Un accident.

– Peut-être.

La lumière du gyrophare a tournoyé encore un moment dans les rétroviseurs, éclairant alternativement nos nuques ainsi que le tableau de bord de la voiture. Le reste du trajet s'est déroulé dans un silence glacé et l'odeur de sève du sapin. À la maison, heureusement, Arnaud avait pensé à remettre du bois dans la cheminée. Aussitôt, ma mère a mis les infos.

– Il y avait les gendarmes sur la route, a-t-elle annoncé à Arnaud. Je me demande si c'est pas à cause de cette fille…

– Pourquoi veux-tu qu'elle soit morte ? Les gens disent que c'est une fugue.

– Mais je ne VEUX pas qu'elle soit morte, arrête !

C'est vrai qu'il subsistait encore des doutes au sujet de la disparition de Lucie. Sur les routes, les gendarmes avaient laissé la place aux déblayeuses et aux employés de l'agglo. Si l'enquête se poursuivait, c'était à un niveau invisible du public, et les rumeurs circulaient. Lucie serait quand même partie de chez elle finalement. Elle aurait tué son chien de ses propres mains. Il y aurait eu une histoire avec son beau-père. Il y aurait eu une histoire avec sa mère. Elle aurait été suivie par une psy. Elle aurait été suivie par une assistante sociale. Elle se serait fait avorter trois fois. Elle aurait été sous méthadone. Elle aurait accouché sous X.

Il y avait de l'électricité dans l'air. Arnaud a simplement ouvert ses bras pour que ma mère vienne s'y blottir. Pour une fois, il ne portait pas ses vêtements de travail mais un pantalon en jean assez large, un pull blanc tout neuf et des chaussettes de sport. Maman s'est serrée contre lui. Le journal de 19 heures a commencé mais n'a délivré aucune info supplémentaire sur l'affaire.

– Tu vois ? a dit Arnaud en embrassant ma mère dans le cou. Il ne faut pas toujours croire au pire.

Il allait passer la soirée avec nous à la maison. Ça faisait longtemps que cela n'était pas arrivé. À cause du temps, les incidents se multipliaient le long de l'autoroute et il était souvent appelé en pleine nuit. Mais aucun n'était jamais grave, disait-il. Il arrivait. Les gens étaient là, calmement, ils l'attendaient. Il n'y avait jamais de blessés. Juste de la tôle froissée. Comme si la neige, depuis quelques jours, amortissait toutes choses, dans un silence ouaté.

– Elle serait déjà rentrée chez elle quand même, a insisté ma mère. On l'aurait déjà retrouvée. Je suis sûre qu'elle est morte. Que c'est le même type. J'espère pour lui que c'est les flics qui l'attraperont, et pas les gens d'ici.

– Pourquoi ? a demandé Arnaud, le visage enfoui dans le cou de ma mère.

– Parce qu'ils le tueront, c'est sûr. Ils le tueront.

Il y a eu un silence. Les mots prononcés pesaient lourd dans la pièce. D'ailleurs tout pesait en ce moment.

– J'ai une demande à vous faire, a déclaré soudain Arnaud. Vous me direz si vous êtes d'accord.

– Quoi ? a demandé ma mère.

– Tout va bien, a répondu simplement Arnaud. On se dit que tout va bien. On laisse le malheur dehors. On le tient à distance.

Ma mère a reniflé, l'air un peu perdu.

– Qu'est-ce que tu veux dire ? a-t-elle soufflé.

– Il ne faut pas se laisser atteindre par le chaos du monde. Il existera toujours. Mais le bonheur aussi existera toujours. Il faut juste le vouloir. Et y travailler. Pour qu'il dure.

Ma mère a réfléchi un peu :

– D'accord, a-t-elle fini par lâcher d'une toute petite voix, et on sentait que les larmes n'étaient pas loin. D'accord...

Ils se sont embrassés. Par discrétion, je les ai laissés seuls et je suis monté dans ma chambre. Là, j'ai sorti de ma poche la photo de l'inconnu et je l'ai longuement observée. Le jeune homme éméché qui enlaçait ma mère me regardait avec ses yeux rouges et lumineux de zombie. Je n'arrivais pas à distinguer ses traits. Me ressemblait-il ?

– C'est toi ? lui ai-je demandé.

Quelque chose me mettait mal à l'aise. J'ai rangé la photo dans un tiroir juste pour éteindre ce regard fou.

14.

Arnaud avait raison. Il fallait tenir le malheur à distance. Je m'étais levé aux aurores et cette journée promettait d'être exceptionnelle parce qu'en ouvrant les volets j'avais vu passer sous ma fenêtre, comme dans un rêve, un cerf mort, majestueux sur le tapis royal de la neige. J'avais respiré profondément et l'air glacé avait dégringolé dans mes poumons comme un torrent de montagne.

Puis j'étais descendu à la cuisine où ma mère essayait de mettre au point une sorte de gâteau allemand, avec beaucoup de beurre, beaucoup de sucre, beaucoup de cannelle. J'avais mangé mes céréales en feuilletant distraitement le magazine où elle avait trouvé la recette. Un disque tournait sur la platine, je ne me souviens plus du nom du groupe, mais il s'agissait d'une musique suave d'Amérique du Sud, composée essentiellement pour rythmer le balancement d'un hamac et vous faire vous souvenir d'un été que vous n'aviez jamais vécu. Un bon feu flambait dans le salon, où le sapin nu attendait d'être revêtu de sa parure scintillante. Arnaud dormait encore. Le chaos n'avait pas sa place dans ce minuscule coin du monde. L'instant était si parfait qu'on aurait pu le capturer dans une boule à neige pleine de paillettes d'or. Jusqu'à ce que, comme tous les dimanches, cheveux gras et nez humide, Colin vienne s'abattre sur nous.

– Il y a des gendarmes partout, a-t-il déclaré à bout de souffle, se débarrassant de son écharpe et de ses gants.

J'ai levé les yeux de mon magazine et ma mère a abandonné sa pâtisserie. Colin portait une doudoune inédite, argentée, assez féminine. J'aurais juré que c'était un vêtement qui appartenait à sa mère. On aurait dit du papier alu. Colin en papillote.

– Il y a des gendarmes partout, a-t-il répété. Vous avez vu ?

Puis il a ajouté négligemment :

– Au fait, on sait pour le bébé, c'est une fille…

– Ah, enfin une bonne nouvelle, a déclaré ma mère. J'imagine que tu es content ?

– Je m'en fous, a répliqué Colin.

Et il a continué en soupirant, d'un air sacrément boudeur :

– Le truc, c'est que je suppose qu'il va y avoir du rose partout dans la maison maintenant. Et des rubans. Et des poneys. Et plein d'autres choses désagréables.

L'argument était tellement bidon et minable qu'il aurait pu figurer dans le *Guinness des records* de la mauvaise foi. J'ai compris que le vent était en train de tourner et que

Colin n'était pas si mécontent que du rose vienne colorer sa vie.

– Les gendarmes sont partout sur la route, a-t-il repris. Ils ont des chiens. Ils cherchent toujours ?

– Tu aurais dû nous appeler, on serait venus te chercher, a dit ma mère.

– La route n'a jamais été aussi sûre, a-t-il répliqué. Vous croyez qu'ils vont la trouver ou qu'il faudra attendre que la neige fonde ?

Sans demander la permission, j'ai allumé la radio, ce qui était totalement déconseillé pour quiconque désirant éviter le chaos. Mais le dimanche, la radio locale ne diffusait que de la musique. Il n'y avait de flash info qu'en cas d'actualité brûlante. Pour l'instant, visiblement, tout avait l'air calme. Rien ne filtrait sur l'opération menée en ce moment même par les gendarmes. Ma mère a haussé les épaules.

– Écoutez, a-t-elle dit. On ne sait pas trop ce qui se passe et c'est vrai que le monde ne tourne pas très rond en ce moment. Mais bon, nous on est là, on est au chaud et c'est bientôt Noël. Alors essayons de passer un bon dimanche, d'accord ? Il faut se dire qu'on a de la chance d'être là, ensemble. Beaucoup de chance.

Elle nous tournait le dos et malaxait énergiquement la pâte, et sa voix appuyait avec la même force sur le mot chance.

– Et si tu restais dormir ce soir ? a-t-elle proposé soudain à Colin. Qu'est-ce que tu en penses ? Tu pourras prendre le bus demain matin pour le collège.

Colin est resté stupéfait face à cet élan d'hospitalité qu'il espérait depuis longtemps. De mon côté, j'étais stupéfait aussi, mais pour la bonne raison qu'on ne m'avait pas demandé mon avis et que c'était abusé quand même.

– Il ne dort pas dans ma chambre ! me suis-je écrié, scandalisé.

– J'appelle tout de suite Hélène, a répondu ma mère.

– Tu ne dors pas avec moi, ai-je sifflé à l'adresse de Colin.

– J'irai dormir avec ta mère, a répondu la petite vipère, mais à voix basse quand même, pour ne pas se faire choper.

Nous nous sommes mis à nous disputer mollement, sans beaucoup d'imagination, en nous répétant vingt fois les mêmes insultes, comme les gamins de cinq ans avec leurs duels verbaux interminables, juste pour le plaisir de la querelle (« Connard, non, c'est toi non c'est toi non c'est toi connard, non toi connard... »), en nous envoyant à la gueule des pétales de blé soufflé qui finissaient écrasés par terre. C'est moi le premier qui me suis lassé :

– Allez viens, on sort.

J'ai enfilé mes baskets sur mes pieds nus et un parka par-dessus mon pyjama. À l'extérieur, le soleil brillait tellement sur la neige qu'elle faisait mal aux yeux. Nous avons marché jusqu'au *pool house* dont la construction avait été suspendue jusqu'au retour des beaux jours. Juste à côté béait le trou rectangulaire rempli de neige.

– On n'est pas près de se baigner, a remarqué Colin.

Il s'est assis au pied de ce qui allait être le bar et a sorti une cigarette. Colin était devenu en l'espace de deux mois le plus gros fumeur de Grand-Passage. Lui le tabac et moi l'alcool. Je me demandais jusqu'où nous dégringolerions.

– Alors, ta soirée chez les Guesdon ? Ta copine ? C'était comment ?

– C'était bien, ai-je dit avec prudence.

Depuis tout à l'heure, un oiseau nous survolait. Je voyais son ombre glisser sur la neige. Il décrivait de grands cercles tout autour de la maison et du *pool house*. Il était assez gros mais ce n'était pas une buse. Quelque chose en lui me dégoûtait profondément. Il était mort bien sûr, mais ce n'était pas ça qui me mettait mal à l'aise.

– Vous avez baisé ? a demandé Colin en allumant sa clope, d'un ton extraordinairement blasé alors qu'il était typiquement le genre de mec à pousser de grands cris de chouette si quiconque essayait de lui faire un bisou.

– Un peu, ai-je répondu, préoccupé par l'oiseau.

– Vous sortez ensemble alors ?

– Je sais pas trop. Elle est spéciale tu sais.

L'oiseau avait une aile en mauvais état. Mais son vol n'en était pas du tout affecté. Il glissait impeccablement sur des pistes d'air invisibles. Colin m'a tendu sa cigarette et j'ai eu le tort de la prendre car j'étais toujours aussi incapable d'avaler la fumée. Je la lui ai rendue avant de m'étouffer ou, pourquoi pas, de me mettre à vomir.

– Hélène et Jacques sont en train d'installer la chambre de l'héritière du trône, a déclaré Colin. Du rose, du mauve et des licornes. J'ai compris tout de suite que c'était une fille.

– Vous n'en avez pas parlé ?

– Si…

Il a respiré profondément la fumée, et j'ai suivi mentalement son voyage nocif à travers ses jeunes et tendres poumons.

– C'est moi qui choisis le prénom, m'a-t-il révélé en cachant soigneusement sa fierté.

– Et alors ?

– Et alors j'ai proposé Ginou. Bien sûr ils ont refusé. Alors j'ai fait ma crise.

Je n'ai pas pu m'empêcher d'éclater de rire. Colin a condescendu à sourire.

– Ça fait longtemps que je ne suis pas allé sur la tombe de Nounou Ginou, a-t-il dit soudain. J'avais pris l'habitude de lui raconter ce qui m'arrive. Je ne sais pas pourquoi mais ça m'apaise.

– Parce que tu l'aimais.

Il a semblé dubitatif :

– Ce n'est pas juste ça, a-t-il répondu. Ça m'apaise parce que je me dis qu'elle y est arrivée. Elle a réussi à traverser toute une vie. Elle a travaillé. Elle a eu du courage. Elle a été malade, elle s'est battue jusqu'à la fin. Elle a été dure. Elle a été douce. Et maintenant, elle se repose pour toujours. Et tout ça, c'est bien. C'est normal. C'est juste.

– Tu as raison, ai-je dit fermement.

Le repos éternel après une vie bien remplie. Cela me semblait un idéal inaccessible.

– Elle m'aimait, a-t-il poursuivi. La vie a du sens quand quelqu'un vous aime. Même s'il s'agit de quelqu'un d'aussi improbable que nounou Ginou.

– Nounou Ginou ne devait pas être si improbable que ça. Et tes parents t'aiment, ai-je dit fermement.

– Je n'en serai jamais vraiment sûr, a rétorqué Colin. C'est mon gros problème je crois.

Puis il s'est levé en s'appuyant sur mon épaule.

– Il faut que j'aille pisser...

Je l'ai regardé marcher, hirsute, dérapant un peu sur la neige, dans sa doudoune en alu, l'orphelin du cosmos, le petit Poucet des neiges qui allait mettre des plombes à uriner à cause du froid. L'oiseau continuait de décrire des cercles au-dessus de moi. Décidément, je ne l'aimais pas. Il était bien trop près de la maison. Le bruit de l'autoroute me parvenait faiblement. Cela arrivait les jours de vent d'est ou les jours de neige. Colin avait disparu derrière les buissons. Tout à coup régnait un calme anormal au bord de ce trou dans la terre qui me semblait immense et froid, d'où remontaient des odeurs de boue fraîche, des sons souterrains ténus. Il fallait garder le chaos du monde à distance, mais soudain j'ai eu l'intuition très vive que j'allais peut-être avoir du mal à tenir ce pari toute ma vie. Colin a fini par revenir, rutilant comme une boule disco sous le soleil.

– Je dois trouver un prénom pour cette gamine, a-t-il déclaré d'un ton résolu. C'est un mot que je vais entendre pendant le restant de mes jours. Je veux qu'il soit confortable à mon oreille. Je veux qu'il me fasse plaisir.

J'ai été saisi d'une illumination :

– Comment elle s'appelait, ta nounou Ginou ?

– Geneviève Lopez.

– Geneviève, c'est chaud quand même.

– Elle avait d'autres prénoms, mais je les ai oubliés. Mais je crois qu'ils sont inscrits sur sa tombe, au cimetière.

C'était important pour lui de nommer sa sœur. C'était un lien qu'ils auraient tous les deux. Un lien, ce n'était jamais du luxe. Tout à coup, il était évident que la seule chose cohérente et raisonnable à faire aujourd'hui, c'était d'aller au cimetière, rendre visite à nos tombes préférées et cueillir sur les plaques funéraires des prénoms gravés dans le marbre pour le bébé qui allait naître. En rentrant à la maison, j'ai vu que l'oiseau tournait toujours au-dessus de nos têtes. Je n'arrivais pas à savoir ce que c'était. Trop gros et trop brun pour un corbeau, trop petit pour une buse. J'espérais qu'Arnaud serait levé et pourrait nous conduire à Grand-Passage sans trop poser de questions, mais c'était sans compter sur ma mère.

– Un dimanche ? Pour y faire quoi ?

Elle marmonnait en enfournant ce qui promettait d'être le gâteau du siècle et qui enivrait rien qu'à l'odeur du rhum. J'ai eu le temps de lire au fond de ses yeux son inquiétude et sa pensée profonde, résumées en deux mots et un signe de ponctuation : cérémonie gothique ? J'ai estimé que la vérité n'était pas plus absurde :

– On voudrait se rendre sur la tombe de la nounou de Colin pour relever tous ses prénoms et voir si l'un d'eux pourrait convenir à sa future petite sœur.

C'était une absurdité suffisamment acceptable pour qu'elle ne fasse aucun commentaire.

– Ils ont envie de se balader, est intervenu Arnaud. Ça ne me dérange pas de les prendre. J'ai une commande à récupérer au tabac.

Nous nous sommes donc entassés dans la C15. Colin est monté à l'arrière. La place du chien, a-t-il râlé, mais je savais que ça lui plaisait de se retrouver ballotté en toute illégalité et de regarder le paysage s'enfuir par la petite lucarne étroite. Apparemment, tous les gendarmes étaient partis. Cela a étonné Colin, prêt à s'aplatir sur le sol de la fourgonnette à la moindre alerte, qui a répété que tout à l'heure ils étaient si nombreux qu'ils formaient comme un cordon noir sur la route. À la radio, toujours rien. C'était un peu inquiétant, tous ces mouvements que l'on soupçonnait, ces manœuvres discrètes, et puis ce départ rapide, ce silence, et nous qui ne savions toujours rien.

Arnaud s'est garé devant l'épicerie-bureau-de-tabac-boulangerie-poste du village pour récupérer un colis – des pièces pour la dépanneuse – et il en a profité pour acheter la presse. Cela ne lui posait aucun problème de nous conduire au cimetière. Il nous attendrait dans la voiture en lisant le journal.

– Tu veux bien qu'on passe d'abord voir Lali ? ai-je demandé à Colin en franchissant le portillon de l'entrée.

– Vas-y toi. C'était davantage ta copine. Moi je ne veux pas épuiser tout mon capital tristesse sur sa tombe. Et puis sa mort me révolte trop. Je ne suis pas en état d'être révolté toute la journée.

Nous avons pris chacun notre allée. La tombe de Lali n'avait pas tellement changé, sauf que maintenant son nom était inscrit sur une plaque en marbre juste au-dessous de sa photo et que les fleurs coupées avaient laissé la place à des plantes en pot, plus durables. Cela faisait un peu plus d'un mois maintenant, et même si cette mort était toujours aussi scandaleuse, je devais bien m'avouer que j'avais moins de chagrin, ou plutôt qu'il était moins vif. D'une certaine manière, j'avais accepté. Accepté que l'on puisse faire une mauvaise rencontre, de la même façon injuste que l'on peut tomber mortellement malade. Accepté que la mort fasse partie de la vie. Il n'y a rien ici, m'avait dit mon grand-père en parlant du cimetière. Je voulais bien le croire. Il était possible que cela fût vrai. J'ai quand même caressé le visage de Lali enfermé dans le médaillon fixé sur le marbre, parce que je l'aimais. Ne pouvant faire davantage, j'ai vite tourné les talons.

J'ai retrouvé Colin dans la même position que celle où je l'avais découvert lors de nos retrouvailles quelques semaines plus tôt, assis entre deux tombes. Il portait quasiment les mêmes vêtements, excepté ses Crocs qu'il avait remplacées par des baskets relativement potables. Il avait la main étendue au-dessus de la pierre tombale, juste au niveau de ce qui devait être la tête de la défunte.

Ses yeux étaient fermés et il chuchotait à voix basse. Une prière ? Je lisais une telle tristesse sur son visage que pendant un instant j'ai été à deux doigts de lui dire que tout allait bien, que les choses n'étaient pas forcément telles qu'on les croyait, et que nounou Ginou existait peut-être ailleurs. Mais finalement il m'a semblé que c'était mieux qu'il ait de la peine, que mes révélations n'étaient en aucun cas de nature à soulager qui que ce soit. Je me suis donc tu et j'ai continué de marcher le long de l'allée, avançant parmi les tombes. C'est ainsi que sans vraiment le vouloir, je me suis retrouvé face à celle de mon grand-père. Ce brave vieil Henri Donatien Fontaine, 1937-1996. Le mort le plus remuant de la vallée.

– Coucou Henri, ça roule ? Tu passes à la maison quand tu veux, tu le sais, ai-je lancé par bravade.

Le gravier a crissé derrière moi et, pris de panique, j'ai poussé un petit cri misérable, une sorte de piaulement, persuadé que j'avais été entendu et qu'il venait de se matérialiser là, à l'instant, pour me taper sur l'épaule. Henri Fontaine. Le mort le plus hilarant de la vallée. Mais c'est la voix de Colin qui s'est élevée :

– Qu'est-ce qui t'arrive ? a-t-il demandé, assez perplexe. Je te trouve bien émotif.

– J'ai toujours été extrêmement sensible, mais tout le monde s'en fout, ai-je râlé, une main sur ma poitrine.

– Tu parlais à ton grand-père ou quoi ?

– Oui, non, ai-je balbutié. C'est une sorte de jeu.

– T'as quel âge, merde ? Je ne parle plus aux morts depuis que j'ai au moins cinq ans.

– Ah bon ? Tu as déjà parlé aux morts, toi ? ai-je dit d'une voix faible.

– Ben, comme tout le monde. Je parlais à mes poupées, à Dieu, aux insectes, au père Noël…

J'ai retrouvé mes esprits.

– Eh bien pas moi, ai-je rétorqué avec hauteur. Je n'ai jamais cru à ces conneries.

Nous avons marché à pas lents vers la sortie du cimetière. Colin se baissait parfois pour relever un pot ou arranger une plante.

– Ton grand-père te manque ? m'a-t-il demandé.

J'ai haussé les épaules :

– Je ne l'ai pas connu.

– Ton père non plus, tu ne l'as pas connu, a remarqué Colin.

– Oui et alors ? ai-je demandé, un peu agacé.

– Rien. Mais c'est peut-être normal que tu veuilles communiquer avec ton ancêtre. Tu cherches tes racines.

Il me gonflait avec son petit air docte. Il me gonflait prodigieusement. Et puis surtout, il soulevait un point crucial qui me tourmentait depuis longtemps, depuis toujours, sans que j'ose vraiment me l'avouer : Et si tout cela n'était pas vrai ? Et si les apparitions de mon grand-père et les visions d'animaux morts n'étaient pas réelles ? Et si elles étaient dues uniquement à mon psychisme malade ? Comment ne pas avoir de doutes ?

– Et toi l'orphelin, je te demande si tu cherches quelque chose ? lui ai-je balancé avec humeur.

Méchanceté gratuite, je m'en suis voulu aussitôt.

– Ah moi non, je ne cherche pas mes racines, a répliqué Colin. Je n'ai aucune piste. Je ne peux regarder que vers l'avenir.

– Pardon, me suis-je excusé.

– Carmen, ça te plaît ?

– Beaucoup, ai-je assuré. Colin, je te demande pardon.

– Parfois tu es un gros con, a-t-il déclaré.

– Je sais, ai-je admis.

– Carmen, ça te plaît vraiment ?

– Oui. C'est un prénom valable. Ça sonne espagnol. Et puis ça ressemble à Carmin. C'est une couleur.

Nous avons marché un moment en silence, puis il a posé sa main sur mon épaule :

– Parfois tu es un gros con mais je te pardonne. Bien obligé, tu es mon ami.

À cet instant précis, personne au monde ne se sentait aussi minable que moi. Personne. J'ai éprouvé un immense sentiment de solitude. Devant le cimetière, à l'intérieur de la vieille C15, Arnaud nous attendait en lisant le journal, dans cette attitude que je lui connaissais bien, attentive, les sourcils froncés, pliant soigneusement les pages. Lorsqu'il a levé les yeux et nous a souri en nous voyant arriver, mon malaise s'est aussitôt dissipé et j'ai ressenti une immense gratitude. À mon tour, j'ai posé mon bras sur les épaules de Colin et j'ai serré.

– Je crois que j'ai trouvé une photo de mon père, ai-je articulé. Dans le grenier. Une photo de lui et de ma mère.

Colin m'a regardé d'un air perspicace :

– Et tu es inquiet, a-t-il traduit.

– Je ne sais pas si c'est un mec bien, ai-je répondu. Je ne crois pas.

– Qu'est-ce qui te fait dire ça ?

– Juste une impression. C'est bizarre. Il y a un truc qui ne me revient pas.

– Il faut que tu me montres cette photo, a-t-il déclaré sur un ton impérieux.

Lorsque nous sommes arrivés à la maison, ma mère avait mis le gâteau au four et ça sentait le rhum et la cannelle dans toutes les pièces, même dans le garage. Elle s'était installée dans le salon et triait les décorations de Noël, désemmêlait les guirlandes, jetait les boules cassées, dépoussiérait et branchait les guirlandes électriques pour les tester. Nous avons filé à l'étage tandis qu'Arnaud annonçait qu'il allait passer en cuisine. Colin était peut-être encore plus fébrile que moi au moment où j'ouvrais le tiroir. Sa main s'est glissée à l'intérieur à peine celui-ci entrouvert et s'est emparée de la photo. Longuement, il l'a regardée, puis il me l'a tendue et son verdict est tombé :

– C'est Éric, le type qui vend du bois.

– Quoi ?

– C'est lui, pas de doute. Ma mère adoptive a des photos de cette époque. Tous les jeunes se connaissaient ici. C'est Éric.

Toutes les filles... tous les garçons...

– Mais ça ne veut pas dire que c'est ton père, a-t-il ajouté.

Éric, le marchand de bois. Mon Dieu ! Voilà d'où venait cette impression d'étrangeté face à cette photo. Hypnotisé par ces yeux rouges qui me fixaient, je n'avais pas reconnu le visage. Éric avait toujours fui mon regard.

– Les dates, quand même, c'est troublant, ai-je balbutié. Les photos ont été prises juste neuf mois avant ma naissance.

Colin a haussé les épaules.

– Ça reste un peu ténu comme preuve. Ta mère a peut-être flirté avec plein d'autres mecs au cours de la même soirée.

Et il a ajouté :

– Mais bon, si c'est lui, ce serait si terrible ?

– Je lui ressemble ? ai-je demandé avec inquiétude.

Colin m'a observé longuement.

– Je ne sais pas, a-t-il répondu.

J'avais envie de lui mettre des baffes.

– Tu es moins costaud que lui, a-t-il risqué avec prudence. Après, vous avez les cheveux un peu de la même couleur, je trouve.

– Oh bordel, ai-je gémi. Je suis le fils du marchand de bois. Et merde.

– Tu n'as aucune certitude, a rétorqué Colin. Et puis même, qu'est-ce que ça fait ? C'est plutôt une bonne nouvelle de savoir qui est son père, non ?

Cet imbécile d'orphelin ne pouvait pas comprendre. Moi-même j'avais du mal à me suivre. Là, maintenant, je ne voulais PLUS savoir qui était mon père. Les liens du sang, mes racines, je m'en battais les steaks. Je devais désormais TOUT faire pour tenir ce type à distance de moi et de MA FAMILLE, celle que nous composions avec ma mère et Arnaud, celle que j'aimais. Mon beau-père avait bien raison, j'aurais dû laisser le passé dans ses cartons.

– Pourquoi tu ne demandes pas à ta mère ?

Demander à ma mère ? Mais quelle bonne idée ! Je n'y aurais jamais pensé ! Et le nabot d'en remettre une couche, sans que je puisse savoir si c'était la perfidie qui lui dictait ses paroles :

– Tu auras ton sapin de Noël gratos si c'est lui...

– Il ne nous l'a jamais fait payer ! ai-je gémi.

Ce détail l'a déstabilisé. Tout à coup, il a eu l'air de douter, et rien que pour cela j'aurais pu le tuer.

– Ça ne veut toujours rien dire, a-t-il lâché. Le seul truc qui craint, c'est que tu t'en fais toute une montagne. Au fond, ça n'a aucune importance. Si ce truc te dérange tant, laisse-le de côté, ne t'en occupe plus. Range cette photo, remets-la dans ton grenier, brûle-la, même. Ne la laisse pas bousculer ta vie.

C'étaient des paroles de sagesse. Il avait entièrement raison. Ma colère est aussitôt retombée. J'ai remis la photo dans le tiroir en attendant de lui trouver un sort. Lorsque nous sommes descendus, Arnaud avait mis des pommes de terre à cuire dans la poêle et ma mère avait terminé la décoration du sapin en branchant la guirlande électrique. L'esprit de Noël clignotait de toutes ses forces dans le salon. Le gâteau devait être quasiment cuit. Il n'était pas loin de midi. C'est à peu près à cet instant que la télé et la radio ont dû commencer à diffuser les premières infos concernant la découverte du corps et à annoncer que les gendarmes procédaient à des auditions. Mais nous, à la maison, nous ne savions rien. La radio était éteinte et nous n'allumions jamais la télé le matin. Innocemment, nous respirions un air saturé d'odeurs de nourriture, baignions dans la chaleur dorée d'un feu de cheminée et aidions ma mère à ranger le salon. Ce n'est qu'une demi-heure plus tard environ, tandis que nous nous mettions à table, que le téléphone de ma mère s'est mis à vibrer. Tout le chaos du monde, délivré par les ondes, avait quand même réussi à parvenir jusqu'à nous.

– Ça y est, a dit maman d'une voix ferme après avoir raccroché. C'est fini. J'en étais sûre. Ils l'ont trouvée.

Elle était assise devant son assiette qu'Arnaud venait de remplir de patates fumantes et découvrait tous ses messages. Apparemment il y en avait un paquet.

– Mon Dieu, a-t-elle dit.

Personne n'osait lui poser de question. Arnaud s'est précipité au salon pour allumer la télé. Colin et moi lui avons emboîté le pas. Nous étions tous debout devant les infos, et les images défilaient : c'était bien Grand-Passage, son paysage de neige, ses maisons au bord de la route et ses habitants rassemblés sur la place où nous étions passés trois heures plus tôt. Maman a fini par nous rejoindre. Elle parlait au téléphone. Nous lui avons crié de se taire. Apparemment quelqu'un du village allait s'exprimer.

– C'est Jeannot qui l'a vue d'abord, disait la femme, un micro devant le nez. Je lui avais enlevé sa laisse. Il restait au bord du fossé. Et puis après j'ai vu les pieds.

Lucie venait d'être retrouvée dans un chemin des environs de Gaillardon, pas très loin du centre commercial. La femme qui l'avait découverte n'avait d'abord aperçu que ses pieds « qui faisaient la pâquerette sur la neige ». Voyant mal de quoi il s'agissait, elle s'était approchée de cette fleur étrange que Jeannot, son chien, reniflait. Lucie était à demi enfoncée dans la neige du fossé et sa tête était dissimulée sous un buisson. Elle avait été jetée là « comme un sac de pommes de terre » et son corps avait été ouvert « comme une montre dont on veut admirer le système ». J'ignorais qui était cette femme mais elle maniait la métaphore comme un marteau piqueur.

– Mon Dieu, a répété maman en lâchant son portable.

Puis elle s'est approchée de la télé et l'a éteinte.

– Plus tard, a-t-elle dit.

Bien entendu, nous avons tous hurlé.

– T'es folle ou quoi ? Ils ont retrouvé Lucie ! Y a Grand-Passage à la télé ! ai-je protesté.

– Grand-Passage, on le connaît, on s'en fout de le voir à la télé, a-t-elle répliqué. Allez, tout le monde à table. On mange.

J'ai remarqué qu'elle avait saisi la main d'Arnaud et qu'elle la serrait furtivement. Je n'ai pas insisté. Nous nous sommes mis à table. Entre-temps, les pommes de terre avaient refroidi et perdu tout attrait, et nous nous sommes rendu compte que le gâteau avait été oublié dans le four où il était en train de cramer. Ma mère l'a quand même déposé sur la table.

– Voyons ce que nous pouvons sauver, a-t-elle déclaré.

J'ai mis quelques secondes à comprendre qu'elle parlait du gâteau. En effet, le fond était calciné mais le dessus était juste un peu trop cuit et tout à fait mangeable. Colin a commencé à racler la croûte calcinée en disant que c'était quand même dommage et ma mère s'est mise elle aussi à piocher nerveusement dans le gâteau, arrachant des fragments, à la manière d'un oiseau.

– Ça peut aller, a-t-elle marmonné, comme pour s'encourager elle-même.

Colin et moi nous lancions des regards à la dérobée, conscients qu'il se passait quelque chose de plus que tout ce que nous venions déjà d'apprendre. Aussi, lorsqu'Arnaud s'est levé brusquement pour aller se faire un café dans la cuisine et que ma mère l'a suivi de près en prenant bien soin de fermer derrière elle, je me suis jeté sur la porte pour écouter tandis que Colin s'emparait de son téléphone et consultait frénétiquement le fil des actualités.

– Je n'entends rien, ai-je pesté.

Tous les deux chuchotaient. Je ne saisissais que des sons inarticulés.

– Ils ont arrêté quelqu'un ! s'est exclamé Colin.

– Qui ?

– Je n'en sais rien ! Ils ne le disent pas !

La porte de la cuisine s'est ouverte brutalement sur le visage furieux de ma mère.

– Faites un peu moins de bruit quand vous nous espionnez, d'accord ?

Puis elle a vu le téléphone que Colin tenait dans sa main.

– Ils savent, a-t-elle déclaré à l'intention d'Arnaud.

– Le tueur a été arrêté ? ai-je demandé.

Tout à coup, je ne savais pas pourquoi, il me répugnait de savoir de qui il s'agissait. J'espérais qu'on ne me le dirait pas. Mais à la vue des visages sombres de ma mère et d'Arnaud, j'ai su que cette révélation ne me serait pas épargnée.

– Les gendarmes ont arrêté Éric, a annoncé ma mère. Pour l'instant, ils l'interrogent. Mais ça ne veut strictement rien dire.

– Éric ? Le type des sapins ? Ton copain ? ai-je péniblement articulé.

Et mon père ? Tout à coup, j'avais un goût de résine et d'aiguilles dans la bouche et un froid mortel a envahi mon visage en commençant par mon nez. Je n'ai pas eu le courage de lui poser cette question.

– Oui, Éric, a dit maman. C'est Nicole qui m'a appelée. Naturellement je n'y crois pas.

– Éric ? ai-je répété d'une voix étranglée.

Je voyais flou. J'étais sur le point de m'évanouir mais personne ne s'en rendait compte. Peut-être que si je trouvais la force de crier... ? Je me suis accroché à Colin, mon ami, le seul qui pouvait comprendre.

– Il est en train de tomber dans les pommes, s'est exclamé Colin en se dégageant et en faisant un grand bond en arrière d'un air paniqué.

Je ne pouvais vraiment pas compter sur lui. Je lisais la stupéfaction sur son visage et c'est la dernière chose que j'ai vue. Quand j'ai ouvert à nouveau les yeux, c'était pour admirer de près le motif imprimé du tissu du canapé. Entre ces deux visions, j'avais franchi un ruisseau d'un bond, dans un cadre bucolique et frais, j'en avais la ferme conviction. Et d'ailleurs, j'ai tenu à l'affirmer tout de suite :

– Je viens de sauter un ruisseau...

– Mais oui, m'a répondu ma mère, peu contrariante.

Elle était en train de passer un gant sur mon visage.

– Lauris est très émotif, a déclaré Colin avec commisération, comme un perroquet de mauvais augure perché sur l'accoudoir du canapé où on m'avait installé.

Il fuyait mon regard. Je n'aimais pas qu'on parle de moi à la troisième personne quand j'étais là. Je lui ai décoché un coup de pied, aussi vif et sec qu'un réflexe ostéotendineux, qui l'a envoyé valser. Ma mère m'a collé une baffe. Une vraie. Malgré le gant mouillé qui a amorti le choc, l'intention y était.

– Je crois qu'il va mieux, a-t-elle dit, stupéfiée par son geste.

Et cela faisait encore quelqu'un qui parlait de moi à la troisième personne. On était tous très énervés.

– Ne t'inquiète pas mon chéri, m'a dit ma mère d'une voix qu'elle voulait rassurante, sauf qu'elle venait de me mettre une baffe et que je ne l'aimais pas tellement à cet instant précis. Les choses vont rentrer dans l'ordre. Les vrais coupables seront punis.

– Je suis sûr que ce n'est pas Éric, a déclaré Arnaud. Ça me paraît invraisemblable. Des types, ils en ont interrogé des tas. Ça n'a pas fait autant de foin. C'est juste parce qu'ils ont retrouvé la fille aujourd'hui. Les journalistes veulent vendre du papier et des clics.

– Ils ont interrogé beaucoup de monde ? s'est étonnée ma mère. Tu ne m'en avais pas parlé.

– Deux gars du boulot, et d'autres qu'on m'a dit. Pas la peine de t'inquiéter avec ça.

– Tu vois ? a tenté de me rassurer ma mère. Éric se fait juste interroger, je pense. Tous les hommes qui travaillent dehors, dans les bois ou sur l'autoroute, sont susceptibles d'avoir vu quelque chose. C'est tout. Il leur dit ce qu'il sait et il rentre chez lui. Fin de l'histoire.

Mais toutes ces voix étaient loin. J'étais fatigué et je n'écoutais plus. J'étais parti ailleurs. Je regardais par la fenêtre. Une ombre planait en décrivant des cercles réguliers sur la neige. C'était cet oiseau, presque aussi gros qu'une buse, qui survolait la maison depuis ce matin. Je savais qu'il allait tourner longtemps et je me demandais comment j'allais pouvoir le supporter. Cet oiseau, j'ignorais son espèce, je ne connaissais pas sa famille. Mais au vu des événements passés et de ceux qui s'annonçaient, je pouvais le nommer sans peine : c'était un oiseau de malheur.

– Lauris ! s'est écriée ma mère. Reste avec nous !

– Tais-toi, ai-je gémi, épuisé. Laisse-moi tranquille. Je m'en fous d'Éric. Je voudrais juste me reposer un peu. Juste me reposer.

J'ai fermé les yeux, je me sentais vraiment malade.

– Qu'il dorme, a chuchoté Arnaud à ma mère. On verra plus tard s'il a de la fièvre.

Colin a murmuré à mon oreille de ne pas m'inquiéter. J'ai senti la chaleur du plaid de ma mère posé sur mes épaules, la main d'Arnaud effleurer mon front, et j'ai entendu la porte se refermer doucement. Derrière mes paupières clignotait la guirlande lumineuse du sapin, à un rythme régulier. Intermittence que mon cerveau traduisait par oui, non, oui, non, oui, non. J'ai pensé brièvement au petit ruisseau printanier que j'avais franchi comme un cabri quelques instants plus tôt et je me suis demandé s'il était possible de refaire le même saut à l'envers. Mais je me suis endormi alors que je pliais les genoux afin de prendre mon élan pour sauter en arrière et tout recommencer.

15.

Dans ce rêve, je disais à voix haute que j'en avais marre des rêves, mais personne ne me répondait alors je devais me résoudre à le vivre. J'étais dans une foule et je suivais une ombre. Je suivais une ombre parmi des milliers d'autres. Je marchais dans la neige et j'avais froid aux pieds, mais quelque chose brûlait dans ma poche. Je le sentais contre ma fesse. Tout à coup, la foule est devenue plus compacte. J'avais du mal à avancer. Nous nous pressions à l'entrée d'un tunnel, tout le monde se poussait, il était difficile d'entrer. Par terre la neige était sale, mille fois piétinée, et l'intérieur du tunnel puait. Je ne savais pas où nous allions mais je suivais le mouvement. C'était un rêve différent des autres. Peut-être parce que j'étais seul. Peut-être parce qu'il n'y avait aucun animal. J'étais à l'intérieur du tunnel à présent. Je n'avais pas perdu des yeux l'ombre que je poursuivais. Centimètres après centimètres, je me rapprochais d'elle. La neige avait laissé la place à de la boue. L'odeur était insoutenable, chargée de milliers d'haleines pressées, stressées par la nuit et l'écrasement des corps. Je commençais à m'affoler. J'avais des idées de chevaux que l'on mène à l'abattoir, des images de camions de viande lancés à vive allure sur une route avec des carcasses entières et non identifiées pendues à des crochets et qui se balançaient à chaque virage. C'était un rêve de boucherie. C'était la fin. L'ombre que je poursuivais n'était plus qu'à quelques mètres, j'allais bientôt pouvoir l'atteindre Mais soudain j'ai dit stop et je me suis réveillé en prenant une grande inspiration, comme si j'avais été tout ce temps privé d'air. Je me suis réveillé parce que je venais de comprendre que dans ce rêve j'allais bientôt avoir accès à des choses que je ne pouvais pas, ou ne voulais pas comprendre encore, et c'était à peu près la même sensation que lorsqu'on est dans une voiture qui prend de plus en plus de vitesse. On ne veut pas. On ne maîtrise plus rien. On s'affole. Les jambes se paralysent. On est obligé de se réveiller. Bien sûr, une fois les yeux ouverts, plus rien n'a subsisté de tout cela, sauf quelques gouttes de sueur sous les aisselles et sur le front, un sentiment d'étrangeté et ensuite, très vite, le vide, avec à peine la trace d'un souvenir. Lorsque je me suis mis debout, j'avais le corps d'un vieillard perclus de courbatures, comme si j'avais marché pendant des kilomètres. Je me demandais si mon malaise n'était pas dû à la grippe plutôt qu'à un fort choc émotionnel. Il n'y avait personne dans la cuisine ni dans la salle à manger, mais j'entendais des bruits qui venaient de la salle de bains à l'étage. Les jambes mal assurées, j'ai grimpé les marches une à une, sans faire de bruit. La porte de la salle de bains n'était pas complètement fermée. En passant, j'ai glissé un œil et j'ai vu ma mère qui se préparait pour travailler, ce qui m'a étonné. Elle portait sa blouse de service mais était encore chaussée de ses pantoufles lapin. En silence, j'ai continué vers ma chambre et j'ai avancé jusqu'à mon bureau dont j'ai ouvert le tiroir. Le regard fou s'est rallumé immédiatement et je l'ai soutenu quelques instants avant de le mettre dans ma poche. Aussitôt j'ai ressenti la même brûlure que dans mon rêve.

– Tu devrais lâcher l'affaire et oublier cette photo, a dit Colin.

Il était assis au pied de mon lit, juste vêtu d'un slip, et se tenait adossé au chauffage. Apparemment ma mère avait réussi à lui donner un bain. Ses cheveux commençaient doucement à sécher et déjà ils semblaient plus clairs. Il me semblait même que deux ou trois coups de ciseaux étaient passés par là. En tout cas son front était un peu plus dégagé. Mais son air était réprobateur.

– Et toi tu devrais me lâcher la grappe, ai-je répliqué.

– Je me fais du souci pour toi, a-t-il répondu.

Ma mère avait dû entendre notre bref échange. Elle n'a pas tardé à apparaître dans l'embrasure de la porte.

– Oh, tu es réveillé, a-t-elle constaté. Comment tu te sens ? Tout va bien ?

Et sans attendre la réponse, elle a appliqué sa main à plat sur mon front, et ce à plusieurs reprises.

– Pas de fièvre, a-t-elle estimé. Tu es tout frais.

Puis, sur un ton vaguement accusateur :

– Je me demande ce qui t'a pris.

– Lauris est très sensible, a rappelé Colin, croyant peut-être aider.

Ma mère s'est penchée sur moi, narines aux aguets, et j'ai compris qu'elle auscultait mon haleine pour déceler d'éventuelles traces d'alcool ou de fumée.

– Tu as des problèmes de digestion en ce moment ?

J'ai compris que je ne sentais pas bon.

– Il pue de la gueule ? a demandé Colin.

Il se prélassait contre mon radiateur, utilisait ma baignoire, et avait une fois de trop parlé de moi à la troisième personne en ma présence. Je n'ai pas pu retenir mon bras, qui s'est brusquement détendu pour lui coller une beigne. Mais avant même que j'aie pu l'atteindre, ma mère, qui décidément avait la gâchette facile aujourd'hui, m'en mettait une à nouveau, peut-être la plus forte de sa carrière.

C'était la deuxième de la journée. Beau palmarès. Pour moi, ça commençait à faire beaucoup. Cette fois j'ai été à deux doigts de la lui rendre. Et aussi de lui coller sur la tronche cette image qui brûlait dans ma poche, cette fichue photo où elle et Éric s'enlaçaient pile neuf mois avant ma naissance. C'était de sa faute tout ça. Marre de ses mystères, marre de ses mensonges. Mais quelque chose m'en a empêché. Je savais qu'on ne frappait pas sa mère, sous peine de malédiction éternelle. En revanche, je n'ai pas pu retenir une larme – colère, douleur, tristesse, je ne savais plus, tout se mélangeait. Ma mère a eu tout de suite l'air très coupable et elle a marmonné qu'il fallait que tout le monde se calme, ou un truc dans ce genre. Je savais qu'elle ne s'excuserait pas. Elle ne s'excusait jamais. Ce n'était pas son style. Colin la fermait, les cheveux rabattus sur la tronche. Il n'osait pas bouger un cil. Ma mère a fini par sortir en disant qu'elle devait se préparer et je suis resté seul avec Colin qui faisait le mort, laissant se dissiper les ondes de violence qui irradiaient toujours dans la pièce. Le calme revenu, il a constaté :

– Je vois que c'est la merde chez tout le monde.

On a entendu les pas de ma mère dans l'escalier. Elle partait travailler. Colin m'a regardé. Moi j'étais vidé.

– Vas-y ! m'a-t-il intimé. Explique-toi avec elle. Ne la laisse pas partir fâchée.

Je me suis secoué :

– Tu as raison.

– Essayons quand même de passer une bonne journée, a soupiré le troll.

Elle était dans la cuisine, elle s'était fait un café et soufflait dessus en essayant de se détendre. Je me suis servi un verre d'eau. Elle a jailli, glacée, du robinet. J'ai attendu avant de la boire.

– Arnaud est parti en dépannage ? ai-je demandé avec précaution.

Elle a soupiré :

– Il est sur l'autoroute. Il devrait revenir vite. Mais il est encore de garde cette nuit.

– Et toi tu travailles ?

– Juste pour faire la fermeture. La nouvelle petite collègue ne se sent pas bien. Compliqué, le travail en ce moment, avec tous les curieux qui posent des questions, vont visiter les lieux. Heureusement qu'avec ces travaux de renforcement du remblai, l'aire n'est accessible que dans un sens. Il y a beaucoup moins de monde.

Elle a ajouté :

– Et puis vivement que la police enlève ces bandes de marquage. À chaque fois, c'est comme si on passait devant la tombe de Lali.

Son regard s'est troublé. J'ai eu peur qu'elle ne se mette à pleurer.

– J'ai hâte que ce soit Noël, a-t-elle murmuré d'une petite voix.

– Je comprends…

– Et que cette année s'achève. Et qu'on en recommence une autre. Et que cette horrible période soit loin derrière nous.

– Je sais…

– Je n'arrête pas de penser à Nicole. Elle avait déjà acheté tous les cadeaux de Lali. Je m'imagine à sa place. Des cadeaux cachés dans un placard et personne pour les ouvrir, pour être heureux. C'est atroce.

Une larme a commencé à couler sur sa joue. Je l'ai prise dans mes bras.

– Ça va maman. On sera tous ensemble pour Noël. Ça sera la fête quand même.

– Bien sûr, a-t-elle répondu en reniflant. C'est juste que la vie est tellement bizarre depuis quelque temps. Et je me sens tellement fatiguée.

– Je sais.

– C'est le manque de lumière aussi. On vit au-dessous du niveau de la mer ici, tu le sais ? Et puis il y a cette montagne. Elle nous cache le soleil. On ne produit pas assez de vitamine D. Ça joue sur la sérotonine, ou la dopamine, je ne sais plus. Bref, on aura toujours plus de mal que les autres à être heureux, on restera toujours dans la merde on dirait, a-t-elle conclu.

– Mais non, mais non, la rassurais-je en la berçant dans mes bras. Ça va passer. Tu verras. Ça va passer.

Cela faisait longtemps que je n'avais pas consolé ma mère. En la consolant, souvent, je me consolais moi-même. Avant, ce genre de crises survenaient assez régulièrement, mais c'était la première fois que j'avais à le faire depuis qu'elle avait rencontré Arnaud. Je croyais que ce dernier avait réussi à la guérir de toute tristesse. Apparemment, il en restait encore un peu.

– Tu sais, a-t-elle chuchoté, le visage enfoui dans mon cou, j'en ai eu tellement, des moments terribles dans ma vie. Et je les ai toujours passés. Je suis forte, tu sais.

Je connaissais ce discours : la vie était dure mais nous nous en sortions toujours. Il m'avait toujours un peu inquiété. J'espérais que la vie ne se montrerait pas trop dure avec moi. Je n'avais pas signé pour un séjour en enfer. D'ailleurs, je n'avais rien signé, pour rien du tout. Après tout, j'étais un accident. J'étais arrivé dans ce monde un peu par hasard. Pour cette bonne raison la vie devait me laisser tranquille ou du moins ne me réserver que des malheurs supportables. J'ai essayé de détendre l'atmosphère :

– Tu n'es pas encore enceinte au moins ? Ce serait une catastrophe.

Elle a ri si fort qu'elle m'a vrillé le tympan droit, mais j'ai continué à la serrer contre moi.

– Je t'aime, ma catastrophe, a-t-elle dit. Je t'aime fort mon bébé. J'espère que tu le sais.

Ça aussi, cela faisait très longtemps que je ne l'avais pas entendu. C'étaient des mots qui remontaient aux temps anciens où nous étions tous les deux seuls au monde, et que personne ne voulait de nous. Ce n'était pas un bon signe.

– Tu m'étonnes, ai-je soupiré. Je suis adorable.

Mon tympan a vrillé pour la deuxième fois. Elle riait, des larmes plein les joues. Mon cou était tout mouillé. Elle a fini par me lâcher, disant qu'elle était vraiment nulle des fois, qu'elle avait honte, qu'elle devait y aller, il était déjà tard. Je l'ai suivie jusqu'au garage rien que pour la voir démarrer la C15 avec ses pantoufles lapin. Ce n'est qu'en s'asseyant derrière le volant qu'elle a réalisé qu'elle les portait toujours. En pestant contre elle-même, elle est vite remontée dans sa chambre, vite redescendue, chaussée de ses sabots d'infirmière. Elle allait être en retard. Elle m'a embrassé encore une fois et a su retrouver une voix pleine d'autorité pour m'ordonner de ranger la vaisselle du petit déjeuner et d'être très gentil avec Colin. Le nuage était passé. À nouveau, je me faisais engueuler. Mais à tout prendre, je préférais encore ça. Une idée m'a tout à coup traversé l'esprit et la photo dans ma poche arrière s'est mise à irradier contre ma fesse. Je n'ignorais pas qu'il n'y aurait jamais de bon moment pour poser la question, mais après tout elle n'allait pas tarder à partir, elle était pressée, déjà en retard peut-être. C'était le bon timing pour déclencher une tempête, l'épisode serait de courte durée.

– Attends ! me suis-je écrié juste au moment où elle s'apprêtait à lancer le moteur. Je veux te montrer quelque chose !

J'ai tiré la photo de ma poche et je l'ai tendue devant moi. C'était le même geste, exactement le même, que j'avais vu faire maintes et maintes fois dans les séries américaines lorsque le flic tend sa carte de police ou son badge et intime au délinquant l'ordre d'ouvrir la porte ou de se rendre. Sauf que moi, j'avais les yeux plissés d'appréhension, m'apprêtant bravement à essuyer l'engueulade du siècle et à entendre la vérité.

– Est-ce que c'est Éric, mon père ? ai-je demandé précipitamment, les yeux fermés dans l'attente du souffle de l'explosion.

Je ne voyais rien mais j'ai senti qu'elle se penchait sur la photo. Elle est restée comme ça un bon moment sans rien dire, puis j'ai entendu le siège de la voiture grincer et j'ai ouvert les yeux. Aucune explosion. Elle s'était à nouveau assise bien droite sur son siège, tenait fermement le volant et fixait le pare-brise sans rien dire. J'ai rangé la photo dans ma poche et j'ai attendu poliment qu'elle s'exprime.

– Qu'est-ce qui ne tourne pas rond chez toi, Lauris ? a-t-elle fini par me demander. Qu'est-ce qu'il y a qui ne va pas ? Pourquoi tu penses des trucs cons comme ça ?

Allons bon. Forcément, c'était moi qui merdais quelque part.

– C'était juste une question, ai-je plaidé. J'ai trouvé cette photo et je me suis demandé...

– La vie privée, Lauris Fontaine, ça te dit quelque chose ? MA vie privée ?

– Je respecte ta vie privée, ça c'est pas un souci, c'est juste que j'aimerais bien savoir...

– Je t'ai dit tout ce que tu avais à savoir sur ton père.

– Mais c'est à moi de décider si ça me suffit ou non, ai-je répondu sur un ton sec.

Elle m'a regardé avec colère.

– Rassure-toi, Éric n'est pas ton père. Et je ne pense pas qu'il soit non plus un assassin. C'est quoi ces délires que tu te montes tout seul ?

– Je ne délire pas ! C'est juste que...

– C'est bon ? Je peux aller travailler ?

Il n'y aurait pas de tempête. Juste le vent glacé venant de l'extérieur qui soulevait la poussière du garage. Elle a refermé brutalement la portière, mais elle était tellement énervée qu'elle a dû s'y reprendre à trois fois avant de démarrer la C15, à moins que ce ne soit un signal envoyé par l'antique bagnole pour annoncer qu'elle n'allait pas tarder à entamer son agonie. J'ai cru qu'elle allait noyer le moteur. J'ignorais où j'avais glané cette info mais cela m'était resté. On noyait le moteur à force d'essayer de démarrer une voiture récalcitrante. Mais soudain la C15 a bondi, une vraie petite furie bringuebalante, et j'ai cru entendre ma mère vociférer comme une sorcière tandis qu'elle s'éloignait, alors qu'il ne s'agissait probablement que du concert normal des amortisseurs morts, des joints desséchés et du pot d'échappement percé. J'ai mis la photo à la poubelle – j'avais suffisamment vu la gueule du marchand de bois – et je m'apprêtais à rentrer à la maison, peut-être pour achever Colin, quand j'ai entendu le bruit aisément identifiable de la dépanneuse s'engageant dans le chemin. Arnaud était de retour. Bientôt le camion est apparu, pare-brise aveugle et phares allumés dans le jour qui finissait. Arnaud s'est garé à sa place habituelle à côté de la maison. Je suis allé à sa rencontre et j'ai grimpé sur le marche-pied, ouvrant moi-même la portière. J'avais étonnamment besoin de réconfort. Arnaud a été très surpris de recevoir en plein plexus solaire un grand ado boudeur et quasiment au bord des larmes.

– Eh alors, mec... Qu'est-ce qui t'arrive ? Toujours un peu patraque ?

– Pfou, ai-je répondu en reniflant. Ça doit être ça. Je suis peut-être un peu malade.

Arnaud avait nettoyé la dépanneuse. Il y avait toujours cette odeur familière de fauve attachée à la mousse des sièges et que j'aimais bien – relents de clopes anciens et mélange de transpirations laissées par les conducteurs successifs –, mais un vague effluve de citron chimique, pas désagréable non plus, la recouvrait en partie. Les tapis de sol avaient été changés et le tableau de bord astiqué. C'était le grand nettoyage de Noël. Arnaud avait même suspendu un ange doré et une boule scintillante et verte au rétroviseur intérieur. La vieille Ford en était toute ragaillardie et avait un air de fête. À cet instant, je me suis dit que j'aimais Arnaud autant que ma mère et cela m'a ému quasiment aux larmes, à moins que ce ne soit le vent glacé qui agressait sans relâche ma rétine.

– Allez viens mec, on rentre. Tu vas prendre froid.

On est allés tout droit dans la cuisine. Arnaud s'est fait un café et moi j'ai sorti un paquet de biscuits du placard. Mais je n'avais pas faim. J'ai mis la radio mais au bout d'un moment, Arnaud l'a lui-même éteinte. Comme moi sans doute, il avait envie de vide et de silence. Envie de ne plus être au courant de rien. Envie de tourner un peu au rythme du monde sans se laisser bouleverser par une catastrophe, sans se faire couper le souffle, sans rien – ni joie ni colère – qui fasse trop vite battre mon cœur. Alors j'ai regardé dehors, par la fenêtre, la page blanche du jour déposée par la neige, et je suis resté là un moment, sans aucun désir, sans rien attendre. Puis je me suis souvenu de Colin resté seul à l'étage. Abandonnant Arnaud pensif devant sa tasse de café, j'ai pris le paquet de biscuits et je suis monté.

Le gobelin était toujours assis par terre dans ma chambre, juste vêtu d'un slip, et continuait de rôtir contre le chauffage électrique qu'il avait poussé à fond. Il faisait si chaud qu'instantanément mes mains sont devenues moites et mon front s'est couvert de sueur.

– Alors ? a-t-il demandé. C'est arrangé ?

Sans dire un mot, je lui ai lancé le paquet de biscuits, j'ai baissé le thermostat et je suis allé à la fenêtre pour poursuivre mon dialogue avec le vide et la neige, les seules choses dont j'avais envie à cet instant.

– Laisse le chauffage, a dit Colin. J'aime avoir le dos qui brûle et les pieds froids. Et après, je change. Je m'allonge par terre et je pose mes pieds sur le chauffage.

– Éric n'est pas mon père, ai-je répondu.

Il a haussé les épaules.

– Ça n'a aucune importance. Tu te fais du mal pour rien.

– Oui, sûrement.

En fait, j'étais revenu à la case départ, la case déconcertante de toutes les infinies possibilités, et la question que je me posais était la suivante : valait-il mieux connaître une vérité décevante ou rester dans une ignorance peuplée de fantasmes ? Colin a tapé contre le chauffage qui a renvoyé un bruit métallique.

– Remets le chauffage, a-t-il ordonné. J'ai froid.

– Tu n'as qu'à t'habiller.

Il s'est levé en râlant, a cherché partout ses vêtements :

– Qu'est-ce que ta mère a fichu de mes fringues ?

J'ai répliqué :

– Vu leur état, elle a dû les brûler.

– Prête-moi quelque chose.

En soupirant, j'ai fouillé dans mon placard. J'ai fini par lui trouver un jean et un sweat un peu trop petits pour moi et dans lesquels il nageait, mais cela n'a pas eu l'air de le déranger. Je crois qu'il les aimait bien. Il n'arrêtait pas de se regarder. Ses cheveux surtout le ravissaient. Très propres, ils paraissaient plus longs, plus soyeux, et étaient étonnamment bouclés. Campé devant la glace, il cherchait des idées de coiffure.

– Et si je les attachais ? Tu as un élastique ?

– Non.

– Un serre-tête ?

– Non.

– Tu n'as rien, a-t-il grommelé.

Mais je ne l'écoutais pas, j'avais repris ma contemplation du vide et je me demandais si je n'avais pas basculé par mégarde dans une méditation surpuissante, tellement je ne pensais à rien. Et j'aurais certainement poursuivi cette expérience consistant à faire décoller agréablement mon âme de mon corps si je n'avais pas vu un groupe de gendarmes à une cinquantaine de mètres de la maison. Illico mon esprit est revenu se réfugier dans sa viande pour ne rien perdre de cette situation palpitante.

– Oh merde ! Les flics ! me suis-je exclamé.

C'était rarement une bonne nouvelle en ce moment. Je voyais leurs silhouettes noires avancer dans la neige.

Ils ont commencé à faire le tour de la maison, sans sonner à la porte, ce que j'ai trouvé curieux.

– Non ? a soufflé Colin en me rejoignant.

– Regarde. Ils sont devant la maison.

– Qu'est-ce qu'ils foutent ?

– Aucune idée.

– Ils viennent ici ?

– Je crois.

– Décidément ça ne s'arrête jamais, a décrété Colin. Moi j'en ai plein le cul.

Et il s'est jeté sur mon lit, prenant le paquet de biscuits et rabattant la couette sur sa tête.

– Prévenez-moi à la fin, quand tout ce merdier sera résolu.

J'ai hésité avant de descendre. Arnaud avait dû les voir aussi. Il devait être sorti pour les accueillir. J'ai tendu l'oreille avant de me décider à prendre l'escalier. Il fallait le prévenir s'il ne les avait pas vus. Arrivé en bas, j'ai saisi les sons étouffés d'une conversation qui avait lieu à l'extérieur. J'ai entrouvert la porte du garage. Arnaud était dehors avec les gendarmes. Ils devaient être une dizaine. Que voulaient-ils ? Est-ce que cela avait un rapport avec l'arrestation d'Éric ? Les gendarmes ont désigné l'intérieur de la maison et Arnaud a acquiescé. J'ai cru qu'ils allaient venir et j'ai reculé, le cœur battant, comme si j'étais coupable. Coupable d'écouter aux portes. Puis j'ai entendu un véhicule démarrer et j'ai compris que les gendarmes quittaient les lieux. Arnaud est entré dans le garage et il m'a aperçu dans l'entrebâillement de la porte, ce qui l'a fait sursauter.

– Tu étais là ?

– Ils voulaient quoi ? ai-je demandé.

– Pas grand-chose. Juste savoir qui était à la maison.

– Pourquoi ?

– Aucune idée. Apparemment ils continuent de chercher. Ils ont dû se rendre compte qu'Éric n'était pour rien dans ces histoires.

– Alors l'enquête se poursuit ?

– Sans doute.

Colin avait finalement décidé de quitter le refuge de la chambre pour venir aux nouvelles. Il descendait l'escalier pieds nus, avec cet air tout neuf qu'il arborait depuis qu'il était propre. Il avait faim. Les biscuits n'avaient pas suffi. De mon côté, je n'avais aucun souvenir de ce que j'avais avalé aujourd'hui, sauf un vague gâteau brûlé. Mais il n'était que 17 heures, il fallait attendre le retour de ma mère avant de passer à table. Arnaud était resté dans le garage pour bricoler. Nous nous sommes installés au salon pour regarder la télé. Je suis allé fouiner dans le meuble aux liqueurs pour y dénicher des chips et des cacahuètes. Apercevant les bouteilles, Colin a prétendu vouloir goûter au whiskey. Il s'était installé par terre, sur le tapis, comme un épagneul breton – ses cheveux, un peu mousseux, en tombant de chaque côté de sa tête, lui faisaient des oreilles de bon toutou. J'ai résisté fermement. Il n'aurait plus manqué qu'on se bourre la gueule avec le whiskey d'Arnaud. Je n'ai pas dû être aussi ferme que je le croyais puisqu'assez vite je me suis retrouvé, le pouce et l'index en pince, tenant dans un geste un peu précieux un de ces minuscules verres qui ressemblent à du cristal taillé, un verre de dînette, rempli du liquide ambré. Nous en avons bu une gorgée chacun. C'était infect. Pour vérifier, nous nous sommes resservis. Pas de doute, c'était dégueulasse. Pris d'une sorte de torpeur, nous avons glissé la bouteille entre le canapé et le mur et nous nous sommes mis à regarder une nouvelle série à laquelle nous ne comprenions rien.

– C'est qui le mec déjà ? Le père de la fille ?

– Son prof non ?

– Ils couchent ensemble donc ?

– Chais plus.

Les épisodes ont défilé. Vers 18 h 30, Colin a suggéré que l'on redonne sa chance au whiskey, ce que nous avons fait. Mais rien à faire. C'était comme avaler un médicament. Colin s'est mis à sommeiller, la tête posée contre mon épaule. Cela ne me dérangeait pas. Il sentait bon. Ses cheveux étaient doux contre ma joue. Si j'avais eu un petit frère, c'est à cela qu'auraient ressemblé les dimanches après-midi devant la télé. À mon tour, j'ai posé ma tête contre la sienne. Cela l'a réveillé.

– Qu'est-ce que t'as à me coller ? m'a-t-il demandé, la voix légèrement pâteuse. T'es amoureux ou quoi ?

– Je trouve que tu sens bon, ai-je répondu avec sincérité.

– Oh bordel, il manquait plus que ça !

Il était près de 19 heures quand ma mère a passé la tête dans l'entrebâillement de la porte pour nous dire qu'elle était arrivée et qu'on allait bientôt passer à table.

– Ton fils est bizarre, lui a lancé Colin.

– Depuis le temps que je le dis, a-t-elle rétorqué avant de s'éclipser vers la cuisine.

Elle avait rapporté le cartable de Colin pour le lendemain et les dernières infos au sujet de l'enquête : Éric avait été relâché, bien sûr. Elle avait prononcé ces mots en me regardant dans les yeux, mais je n'avais pas bronché. Avec Colin, nous n'étions pas vraiment ivres, juste extraordinairement détendus. Nous n'arrêtions pas de rire. Arnaud et ma mère étaient plutôt surpris par notre belle humeur, mais notre joie était contagieuse. Bientôt, ils se sont mis à rire avec nous.

Ma mère, surtout, riait tellement que j'avoue en avoir conçu de l'inquiétude. Je me disais que quelque chose était en train de craquer dans sa psyché, après toutes ces heures et ces journées de tension.

Elle riait aux larmes, à en perdre le souffle. D'ailleurs j'avais deviné assez juste. Son assiette terminée, elle s'est levée assez vite, et a annoncé qu'elle devait absolument se reposer. Je savais qu'elle allait prendre un cachet pour dormir. Elle le faisait souvent en ce moment. Avant qu'elle quitte la pièce, j'ai réussi à attraper sa main au vol et à la serrer un instant. L'effet de l'alcool commençait à se dissiper chez moi mais Colin était toujours aussi touché et il racontait n'importe quoi. Il avait réfléchi au meurtre de

Lucie, disait-il, et il lui semblait que son décès n'aurait pas le même impact sur les gens que celui de Lali.

– Pourquoi ? a demandé Arnaud.

– Tout le monde aimait Lali, a-t-il répondu. Absolument tout le monde. Je ne l'ai pas bien connue mais apparemment elle était adorable.

Je n'aimais pas le tour que prenait cette conversation mais je n'ai pas pu m'empêcher d'y participer.

– Elle l'était, ai-je confirmé.

– Lucie était beaucoup moins appréciée, a déclaré Colin. Son mode de vie était plus polémique. Elle fumait des joints, elle avait un mec bizarre, elle fuguait. Ça m'étonnerait que le directeur du collège décrète un deuil national cette fois.

– Tu dis n'importe quoi, ai-je riposté. Elle n'était même pas au collège, imbécile.

– J'ai quand même raison, a soutenu Colin. L'émotion sera moins forte. Tu verras.

– Elle était peut-être adorable à sa manière, a dit Arnaud.

Ses mots ont flotté un instant dans la pièce, comme une oraison funèbre. Pauvre Lucie. Puis Arnaud s'est levé :

– Les garçons, je vous abandonne. Je vais me poser devant le match. J'espère que personne ne tombera en panne ce soir.

Il s'était mis à neiger faiblement. Les flocons venaient se plaquer contre les vitres. Ni Colin ni moi n'avions envie de regarder du foot. Nous avons regagné ma chambre.

Ma mère y avait installé un matelas, perpendiculaire à mon lit. Nous nous sommes installés dessus et j'ai sorti mon ordinateur pour trouver une série. Tout à coup, Colin s'est inquiété pour la bouteille de whiskey. Il craignait qu'Arnaud la trouve, cachée entre le canapé et le mur. C'était peu probable mais nous avons imaginé tous les scénarios possibles pour descendre et, mine de rien, remettre la bouteille à sa place. Mais c'était absurde. On se serait fait gauler tout de suite. Aucune de ces projections ne tenait la route. Nous avons lâché l'affaire et remis notre cause au destin, en espérant qu'il nous serait favorable.

– Je veux voir un film d'horreur, a ensuite décrété Colin, enfoui sous sa couette.

– Pourquoi ? me suis-je étonné.

J'avais de gros doutes sur notre capacité à endurer des tensions supplémentaires aujourd'hui.

– Ça va nous changer les idées, a-t-il rétorqué.

Et de m'assurer que les films d'horreur constituaient d'excellents dérivatifs à l'angoisse et qu'avoir peur « pour de faux » était hautement indiqué dans sa situation. Il était convaincant, alors je l'ai laissé faire son choix sur un site de streaming. Il nous a tout d'abord dégoté une véritable monstruosité gothique, pleine de vampires, de châteaux en ombres chinoises et d'obscurités perpétuelles, qui nous a plongés, c'est vrai, dans une douce et bienheureuse inquiétude, me faisant régulièrement sursauter aux moments prévus par le scénario. Ensuite nous avons enchaîné avec un film plus récent où une bande de jeunes se faisait dégommer par un esprit toujours plus malin qu'eux à une sorte de jeu comme le ni oui ni non, ou action et vérité, je ne sais plus. Colin s'est endormi le premier, mais moi je luttais. J'avais peur de m'endormir. J'avais peur de mes rêves. J'avais peur de la lumière de la lune, du carré de nuit découpé dans la fenêtre et de la silhouette triste des arbres nus sur la neige. Le souffle de Colin était de plus en plus fort, au bord du ronflement, et j'avais peur qu'il se transforme en chose, en créature, en truc inhumain.

Alors, comme presque tous les soirs, j'ai pensé à Géraldine, une sorte de long songe éveillé assez sexuel dans lequel j'aimais me réfugier, fait de mouvements doux et furtifs sous la couette, de rêves de peau, de chevelure, de chaleur, qui me rendait heureux et triste à la fois. J'ai fini par m'endormir en murmurant « Je t'aime » à des yeux couleur Coca remplis de bulles.

Pour la première fois depuis longtemps, j'avais bien pris soin de fermer les volets et de laisser une petite lampe allumée pour la nuit.

16.

J'ai su qu'il était là et que le moment était venu, avant même d'ouvrir les yeux. Tout cela ne pouvait pas durer éternellement. *Il était là et le moment était venu.* Et ce n'était plus un rêve. J'ignorais ce que cela signifiait mais c'était une certitude. Alors je me suis réveillé et j'ai vu que j'avais raison. Il était bien là, assis au bord du lit, penché au-dessus de moi, le visage pensif, vêtu de son éternelle veste sans forme et sans couleur.

– Le moment est venu, m'a dit mon grand-père, parlant très doucement. Lève-toi.

Et il a ajouté :

– Je suis désolé.

– Je ne comprends pas, ai-je chuchoté.

– Tu dois me faire confiance. Allez, prépare-toi. Fais attention de ne pas le réveiller.

Il parlait de Colin. Ce dernier dormait la bouche grande ouverte tournée vers le plafond, comme un poisson qui recherche un oxygène impossible à atteindre. Sans discuter, je me suis levé et je suis allé chercher mes vêtements posés sur ma chaise.

– Habille-toi chaudement, m'a-t-il recommandé à voix basse. Mets deux paires de chaussettes.

– Je ne sais vraiment pas pourquoi je fais ça, ai-je répondu sur le même ton, soudain pris d'un doute et sur le point de me raviser.

– Tu dois me faire confiance, a-t-il répété.

– Ça a un rapport avec les animaux ? ai-je demandé. Le fait que tu viennes me voir et puis tout ce qui se passe ici ?

– Tout est lié, a répondu mon grand-père. Tout tient ensemble. Tout ne fait qu'un.

– OK, j'ai compris, tu n'en sais rien.

– Tu dois me faire confiance et c'est tout, a-t-il répliqué.

J'ai haussé les épaules, pas très convaincu, alors il a ajouté :

– Tout ce que je peux te dire, c'est que tu ne mourras pas.

Ce genre de réflexion, forcément, ça calme.

– J'imagine qu'il n'y a plus à hésiter alors, ai-je marmonné.

Il ne me restait plus qu'à attacher les lacets de mes baskets. Ma doudoune était en bas.

– Tu es prêt ? a demandé mon grand-père qui m'attendait à côté de la porte.

J'ai acquiescé. Avant de sortir, j'ai jeté un dernier regard à Colin, dormant comme un bienheureux, bien enveloppé dans sa couette. J'ai pensé un instant lui laisser un message pour lui dire de ne pas s'inquiéter si jamais il se réveillait avant mon retour, mais presque aussitôt j'ai renoncé. Qu'est-ce que j'aurais pu lui écrire ? Je ne comprenais rien moi-même à ce qui était en train de se passer. Alors j'ai refermé la porte derrière moi et j'ai suivi mon grand-père. En passant devant la chambre de ma mère, j'ai vu que la lumière était allumée. Arnaud, bien sûr, avait dû partir en dépannage. Ma mère était seule dans son lit. Son pied dépassait des couvertures. Avec ses cheveux fous et ses joues pâles, elle ressemblait à une enfant. Doucement, j'ai tiré la couverture sur son pied. Mon grand-père ne s'est pas approché, n'a pas non plus esquissé le moindre geste. Il regardait ma mère depuis le couloir et soudain j'ai vu que ses yeux brillaient, comme s'il était très ému de la voir. Je me suis demandé si je n'étais pas en train de rêver cette scène, et pendant un instant j'ai attendu que les signes du réveil se manifestent, que le décor de la chambre se volatilise, que ma respiration syncope comme si je reprenais mon souffle après une longue apnée. Mais non. Tout était bien réel. Après un moment qui m'a paru infiniment long, mon grand-père a fini par détourner le regard, me faisant signe qu'il était temps d'y aller. J'ai acquiescé. Nous avons descendu l'escalier. J'ai su tout de suite à quel endroit de la maison il m'amenait. Tout allait partir de là, tout m'avait préparé à ça. Après la chaleur de la maison, le garage m'a paru glacial. J'ai ouvert le portail en grand et j'en ai bloqué les battants. La nuit était claire, il n'y avait aucun nuage, les étoiles brillaient par milliers. Pour la première fois de ma vie peut-être, le ciel ne m'est pas apparu comme une toile peinte suspendue au-dessus de ma tête mais bel et bien comme un espace infini, un gouffre traversé de lumières, une immensité telle qu'elle dépassait notre compréhension humaine. Là-haut brillaient des étoiles à des distances qu'une vie ne saurait suffire à atteindre. Et nous vivions au-dessous de ce mystère total, familier, permanent, visible par tous, sans nous poser trop de questions. Voilà de quoi relativiser peut-être mes petites énigmes personnelles.

– J'avance sans savoir, ai-je murmuré.

– C'est exactement ça, a acquiescé mon grand-père juste à côté de moi en regardant lui aussi le ciel. Nous avançons tous sans savoir. Mais nous en prenons rarement conscience.

– J'ai peur, ai-je dit.

– C'est normal d'avoir peur, a répondu mon grand-père.

Puis il a répété :

– Je te promets que tu ne mourras pas.

J'ai haussé les épaules :

– Peut-être que ce n'est rien du tout de mourir, ai-je dit.

Sans attendre sa réponse, je suis retourné dans le garage et j'ai ouvert la portière de la C15 côté conducteur. Je me suis installé au volant. Les clés étaient sur le tableau de bord.

– J'imagine que je suis prêt, ai-je soupiré.

Mon grand-père s'apprêtait à me rejoindre quand soudain ses yeux se sont écarquillés de surprise, et il est resté figé juste à côté du capot. J'ai eu une frousse assez fantastique, parce que depuis le début il prétendait maîtriser la situation, et il me semblait qu'en effet il le faisait assez bien. Qu'est-ce qui pouvait le tétaniser à ce point ?

– Tu es prêt pour quoi, Lauris Fontaine ? a demandé une petite voix flûtée dans l'obscurité du garage.

J'ai sursauté tellement fort que j'ai failli me cogner au plafond de la C15. Mon grand-père, lui, était comme paralysé. Qu'est-ce qu'on faisait maintenant ? On annulait la mission ou quoi ?

– Tu es prêt pour quoi ? a répété Colin en s'approchant, la voix un peu aiguë à cause du froid et du sommeil.

Il tenait ma portière et penchait la tête vers moi, très surpris lui aussi de me trouver là.

– Qu'est-ce qu'on fait ? ai-je demandé à mon grand-père sans le regarder.

Ce dernier s'est assis sur le siège à côté de moi, sans me répondre.

Ne pouvant ni le voir ni l'entendre, Colin a pris bien évidemment ma dernière question pour lui :

– Comment ça, qu'est-ce qu'on fait ? s'est-il inquiété. Tu comptais aller où exactement ?

J'ai repris mes esprits, j'ai refermé la portière d'un coup sec et j'ai bloqué toutes les issues. Puis j'ai baissé un tout petit peu ma vitre.

– Colin, écoute-moi : tu remontes te coucher tranquillement et surtout tu la fermes, OK ? lui ai-je dit sur un ton conciliant.

– Mais tu vas où ? a crié Colin d'une voix qui s'affolait. Tu ne vas pas partir en voiture au milieu de la nuit ! C'est complètement dingue ! Tu feras pas deux cents mètres ! T'es nul, tu sais même pas conduire !

– Bon, Colin, maintenant tu te tais et tu vas te coucher.

– Je viens avec toi ! a hurlé Colin en s'accrochant à la poignée et en tapant sur la vitre comme un malade. Je ne te laisserai pas faire de conneries !

Je l'ai regardé s'acharner sur la poignée puis glisser ses doigts dans l'interstice de la vitre et se suspendre à elle, les deux pieds posés sur la portière pour essayer de la baisser en force, le tout en grognant comme une bête sauvage.

– Et ça, c'était prévu ? ai-je demandé à mon grand-père.

Il ne m'a pas vraiment répondu.

– Il vient avec nous, a-t-il dit. Qu'il se mette quelque chose sur le dos quand même.

Il a désigné sur l'établi un vieux vêtement appartenant à ma mère, doublé en polaire, brodé de cerfs rouges sur fond vert et qui proclamait « *Joyeux Noël* ».

– OK, ai-je lancé à Colin en ouvrant la portière de la voiture, ce qui l'a déséquilibré et lui a fait enfin lâcher prise. Tu viens. Monte à l'arrière.

Je suis allé chercher le gilet et je le lui ai mis sur les épaules. Il lui descendait jusqu'aux genoux, par-dessus son pyjama.

– C'est pas génial, ai-je maugréé.

Colin a levé les bras et le gilet lui est remonté jusqu'au nombril.

– Tu peux me dire où tu comptes aller ? a-t-il demandé.

– Alors surtout tu ne poses pas de question !

J'ai regardé ses pieds. Il ne portait que ses Crocs blanches avec des chaussettes. J'ai hésité.

– Il y a des vieilles couvertures dans la voiture, a dit Colin, soudain désireux de coopérer. Ça ira très bien. Je n'aurai pas froid.

Avant de monter à l'arrière, il est resté un moment immobile, puis il m'a demandé :

– Qu'est-ce qui se passe Lauris ? Qu'est-ce qui nous arrive ?

J'ai été honnête, je lui ai dit à peu près la vérité et je n'ai pas cherché à le rassurer :

– Je ne sais pas. Mais il y a une chose que je dois faire. Toi, tu n'es obligé à rien. Je préférerais même que tu restes ici.

Il a réfléchi :

– Pas question, a-t-il dit tranquillement. Je viens. On est amis.

– Réfléchis.

– À mon avis tu as vécu trop de chocs aujourd'hui, et là tu délires.

– Réfléchis bien.

– Tu es complètement à la rue. Je viens.

Il a grimpé dans la C15 puis il m'a lancé :

– Je serais curieux de te voir démarrer cette épave. À mon avis, c'est mort et on est au lit dans dix minutes. Demain on aura tout oublié.

J'ai claqué la portière arrière et je suis allé me mettre au volant :

– Mon Dieu, je sens que ça va être génial, ai-je soupiré face au tableau de bord poussiéreux qui me narguait.

– Tu sais comment on fait ? m'a demandé Colin, le visage calé entre les deux sièges. Tu tournes la clé et...

– Tais-toi ! Je sais très bien ce que j'ai à faire !

Mon grand-père a posé la main sur le levier des vitesses, ce qui m'a rassuré. Il savait donc que je n'avais qu'une moitié de cerveau, sans doute pas la meilleure, et donc aucune coordination.

– Tourne la clé, m'a dit ce dernier. Débraye...

Je me suis exécuté. Le tableau de bord s'est illuminé. Des petites lumières jaunes, vacillantes comme des chandelles. Mon grand-père a passé la première.

– Maintenant l'accélérateur, doucement...

La voiture a fait un léger bond en avant puis s'est stabilisée et nous sommes sortis du garage.

– Pas mal, a apprécié Colin. Mais tu devrais mettre les phares.

J'ai ralenti pour chercher le bouton des phares et aussitôt j'ai calé en poussant un cri de rage. Il y avait quelque chose qui m'échapperait toujours avec les voitures.

– Quoi les phares ? ai-je râlé. Ils sont où ?

Avant que mon grand-père n'ait le temps de réagir, Colin s'est penché, a tendu le bras et a levé une manette. Le champ devant nous s'est retrouvé brutalement éclairé. J'ai poussé un cri.

– Quoi ? a dit Colin qui ne voyait rien. Qu'est-ce que tu as ?

C'était un spectacle incroyable. J'en avais le souffle coupé. Ils étaient venus. Ils étaient tous là. Ils m'attendaient. Ils s'étaient regroupés de part et d'autre du chemin. Des cerfs, des chevreuils, des daims, des sangliers, des biches. Des renards, des loups, des lièvres. Cornes, bois, andouillers, oreilles pointues, oreilles dressées, museaux, groins, babines grises et pendantes, yeux brillants, yeux crevés, pattes griffues, longues pattes habiles pour fuir, pattes blessées, pattes arrachées. Pelages bruns, parfois orange, parfois une tache blanche, et sur le dos de certains se tenaient d'autres bêtes encore. Serrés les uns contre les autres, entassés, ils formaient deux haies sombres et sauvages, comme hérissées de branches nues, ne laissant qu'un étroit passage m'indiquant la direction à prendre. Je ne pouvais pas me perdre.

– Ça va ? m'a demandé mon grand-père.

– C'est un peu surprenant, ai-je articulé.

– Ce n'est pas la première fois que tu les vois, a-t-il répondu, tranquille.

– Surprenant ? a grogné Colin. Tu m'étonnes ! Allez, Lauris, c'est bon, on lâche l'affaire et on va se recoucher. Je te promets que je ne te parlerai jamais de cette nuit où tu as parlé tout seul et où tu as failli voler la voiture de ta mère.

J'ai tourné fermement la clé et j'ai débrayé. Mon grand-père a aussitôt passé la première. Nous avons redémarré. Après plusieurs cahots, je me suis dirigé vers la voie dégagée par les bêtes.

– Tiens, il n'y a pas la dépanneuse, a remarqué Colin. Arnaud doit être encore au boulot. S'il passe par le garage en rentrant et voit que la C15 a disparu, on est foutus. Et s'il cherche sa bouteille de whiskey et s'aperçoit qu'elle n'est plus dans le placard, on est plus que foutus.

Je n'en étais plus à me préoccuper de ces broutilles. Je transpirais déjà tellement que je sentais la sueur couler dans mon dos.

– Reste en première le temps de prendre la voiture en main, m'a conseillé encore Colin, bien inutilement puisque je n'avais pas l'intention de passer la seconde. Et puis tu m'expliqueras le coup des vitesses automatiques. Je ne savais pas que cette vieille bagnole était équipée comme ça. C'est génial, a ajouté le gnome qui n'avait pas les yeux dans sa poche.

– Alors oui, bon, c'est un système... ai-je tenté d'expliquer.

– Je ne connaissais pas du tout, a reconnu l'enfant. Mais c'est pratique pour toi qui n'es pas une lumière. Maintenant on pourrait peut-être aller un peu plus vite, non ?

Mais je suis resté fermement en première, le faisceau des phares balayant à perte de vue les bêtes tranquillement alignées sur la neige, dont le museau n'exhalait aucune respiration visible, aucune chaleur. Bientôt, nous sommes arrivés au bord de la route. J'ai freiné avant de tourner et encore une fois j'ai calé.

– C'est pas gagné ! a maugréé Colin, exaspéré. Pourquoi tu freines ? On roule à deux à l'heure !

J'ai redémarré et j'ai tourné à gauche. Les animaux continuaient de tracer une voie. Ils devaient être des milliers.

– On a fait quatre cents mètres, a raillé Colin. C'est pas mal. Mais si tu as prévu de faire un genre de *road trip* sentimental pour aller voir la mer, on y est dans une semaine. Et j'ai pas pris mon maillot.

Mon grand-père gardait une main sur le levier de vitesse, l'autre appuyée contre le tableau de bord, et il ne disait rien.

– Ça va ? lui ai-je demandé.

– Ça va ! a piaillé l'enfant à l'arrière.

– Concentre-toi, m'a dit mon grand-père. Et passe la seconde, non ?

– Tu crois ? ai-je répondu.

– J'en suis sûr, a répliqué Colin. Et toi ? Et si tu passais la seconde ?

Ce dialogue de sourds à trois avait beau être confus, la même demande avait été formulée par les deux autres protagonistes de cette histoire. Je pouvais feindre de l'ignorer ou me résoudre à passer la seconde.

– On passe la seconde, ai-je annoncé, lâchant la pédale de l'accélérateur, débrayant, et priant pour ne pas caler.

Mon grand-père a reculé le levier de vitesse et j'ai accéléré. Tout allait bien.

– C'est une commande vocale ? s'est étonné Colin. Sur une vieille fourgonnette ? Woaw ! J'avais cru comprendre que vous aviez un peu de fric, mais quand même...

J'ai senti à sa voix que ça commençait à faire beaucoup pour lui, le coup de la boîte de vitesses à commande vocale. Mais il n'était pas non plus très désireux de basculer complètement dans l'irrationnel. J'ai botté en touche :

– C'est magique...

– Carrément oui ! s'est exclamé Colin sur un ton léger. Sacrée technologie.

Puis, changeant de sujet, il s'est enquis :

– Bon, dis-moi, on va rouler jusqu'où comme ça ?

Je ne lui ai pas répondu. J'avais perdu tous mes repères mais je savais que nous nous dirigions vers Grand-Passage. Nous n'allions pas tarder à voir apparaître les lumières à l'entrée du village. Les animaux allaient-ils nous conduire au cimetière ? Oh Seigneur, non, non, non ! Que se passait-il là-bas ? Qu'est-ce qui nous attendait ? Une grande fête avec Lali, nounou Ginou et tous les morts de la région ? Je me suis mis à trembler sans pouvoir m'en empêcher.

– Je crois que je vais me sentir mal, ai-je soufflé à l'intention de mon grand-père.

– Tiens bon, m'a-t-il répondu. Ne t'inquiète pas. Je te promets que tu vas y arriver.

– Tu as envie de dégueuler ? s'est inquiété Colin.

Puis il m'a regardé et a dit :

– Qu'est-ce que tu es pâle ! Tu fais peur.

Nous sommes arrivés à Grand-Passage et là, c'était presque drôle, la haie d'honneur s'est poursuivie dans les rues, sur la place, mais d'autres animaux avaient pris le relais des cerfs et des daims.

Chevaux, chiens, chats, vaches, poules s'étaient rassemblés pour à leur tour me désigner le chemin. Le sauvage avait cédé la place au domestique. Il y avait même des canaris de toutes les couleurs perchés sur des bancs, et un paon solitaire a fait la roue sous un réverbère. J'ai eu un petit rire nerveux. Encore une fois, j'ai douté de ce que je voyais et je me suis demandé si je n'étais pas en train de devenir fou à lier.

– Attention ! a crié Colin.

Un chat – bien vivant, celui-là – venait de traverser juste devant mes roues. J'ai freiné comme un malade et, bien sûr, la voiture a calé.

– C'est bon, ai-je dit d'une voix tremblante en essayant de remettre dans l'ordre leviers et pédales pour relancer la machine.

J'étais couvert de sueur et j'avais froid. Colin a posé sa main sur mon épaule.

– Allez, m'a-t-il dit. Vas-y tranquille. On repart. On va jusqu'au bout.

Sa voix était si confiante que j'ai craqué :

– Je suis désolé Colin, ai-je balbutié, fixant la nuit devant moi, le chat qui s'enfuyait et les bêtes paisibles qui frôlaient du museau la voiture. Désolé. Tu ne devrais pas être ici. Descends de la voiture, attends que je sois parti et va demander de l'aide.

– Je ne te laisse pas, a dit Colin. Écoute, je n'ai aucune idée de ce qui se passe mais je reste avec toi.

J'ai pris sa main dans la mienne et je l'ai serrée fort.

– Je ne sais pas où on va, ai-je murmuré. Mais je dois le faire. Je n'ai pas le choix. Tu comprends ?

– C'est pareil pour moi, a répondu Colin. Je suis ton ami. Je n'ai pas le choix. Je reste avec toi au cas où tu aurais des problèmes. Allez, démarre. Tu tournes la clé, tu débrayes et tu laisses ton ange gardien passer les vitesses…

J'ai hésité, puis je lui ai demandé d'une voix légèrement inquiète :

– Tu le vois ?

– Quoi donc ? s'est étonné Colin.

– Mon ange gardien…

J'ai jeté un regard en coin à mon grand-père qui faisait de grands gestes de dénégation avec la tête, le doigt posé sur sa bouche, l'air soudain affolé.

– Non, je ne vois pas ton ange gardien, Lauris Fontaine, a répondu Colin d'une voix calme, presque adulte. Mais si tu me dis qu'il y en a un dans cette voiture, eh bien je te crois. Et même, je croise les doigts pour que ce soit un mec un peu balèze.

Il a dégagé sa main de mon étreinte et a dit d'une voix ferme :

– Bon, qu'est-ce qu'on fout ? On y va ou quoi ?

J'ai démarré le moteur, débrayé, et mon grand-père a passé la première dans une chorégraphie parfaite. Nous sommes sortis lentement de Grand-Passage. À l'approche du cimetière, je me suis remis à trembler et à transpirer, mais assez vite je me suis rendu compte avec soulagement que ce n'était pas là que nous allions. Les animaux – cerfs et sangliers étaient de retour – continuaient de s'aligner bien au-delà, tout le long de la route, en direction de la forêt.

– Il n'y a rien au cimetière, m'a dit mon grand-père.

J'ai fait oui de la tête. J'aurais dû le savoir. Il m'avait déjà dit cela avant, peut-être dans un rêve. J'ai serré fermement le volant entre mes mains. Il fallait poursuivre. Était-ce encore loin ? De mon propre chef, j'ai décidé de passer la seconde.

– On va bientôt accélérer, ai-je dit à l'intention de mon grand-père en débrayant, et celui-ci a aussitôt exécuté la manœuvre.

– Parfait, a dit Colin d'une voix impressionnée.

Puis il a suggéré :

– Et si tu demandais à passer la troisième ?

– Non, ai-je brièvement répondu, concentré sur la route.

La troisième, c'était trop dangereux. Déjà là, à trente à l'heure, moteur bridé, j'avais l'impression de voler au-dessus du bitume et de ne pas vraiment contrôler l'engin.

– Fais comme tu le sens, m'a dit Colin, conciliant.

Puis il a ajouté :

– Je ne connais pas ce coin. On ne va jamais dans la forêt. J'ai trop peur des arbres.

Il a réussi à m'arracher un sourire.

– Quand j'étais petit, je venais ici avec ma mère pour ramasser des châtaignes, ai-je dit. Mais je ne les touchais jamais. Je ne voulais pas qu'elles me piquent. Je les lui montrais du doigt pour qu'elle les ramasse.

Et pendant un instant merveilleux, le temps s'est aboli, ont disparu la voûte menaçante des arbres aux branches gelées, les fantômes d'animaux figés comme des gardes et l'air froid qui s'engouffrait par tous les interstices de la voiture, et j'ai cru sentir sur la peau de mes mains la laine rugueuse de mes petits gants jaunes achetés au supermarché. Sans même m'en rendre compte, j'ai pointé mon doigt en direction du pare-brise. Ma mère riait et ramassait sans discuter tout ce que je lui désignais. J'étais le chef de la cueillette. Mon bonnet était jaune aussi. Soudain, une silhouette immense dressée au milieu de la route m'a éjecté de mes rêveries. J'ai été tellement surpris que j'ai donné un grand coup de volant tout en freinant. Mais cette fois, j'ai eu le réflexe de débrayer. La voiture s'est immobilisée et, c'était un miracle, je n'avais pas calé.

– On peut savoir ce que tu fous ? a gémi Colin qui n'avait pas réussi à se retenir au siège et s'était retrouvé projeté contre le flanc de la camionnette.

– Ça va ? ai-je demandé.

Je n'ai pas vraiment entendu la réponse mais sa voix était trop hargneuse, trop indignée pour qu'il se soit fait vraiment mal. Je n'arrivais pas à détacher mon regard de la bête, un cerf majestueux, le plus grand que j'avais jamais vu. Était-il mort ou vivant ? Il se tenait devant la voiture, avec son torse large et magnifique et sa couronne de bois immenses qui en faisait une sorte d'animal végétal, de dieu-plante. Il a tourné la tête vers la droite et j'ai pu admirer sa parure de profil. Puis soudain il a bondi et j'ai vu qu'un chemin s'ouvrait là, à peine visible de la route. C'était là que je devais aller.

– Tu es prêt ? m'a demandé mon grand-père.

Je n'ai pas répondu. Quelque chose me préoccupait. Le moteur tournait et je ne savais plus comment faire pour démarrer.

– Je suis à quelle vitesse ? ai-je demandé.

– Point mort, a-t-il répondu.

– Point mort, crétin ! a pesté Colin.

Si c'était ça, je savais quoi faire. J'ai débrayé – il me semblait que je n'avais fait que ça toute la soirée, calculer le moment où je devais appuyer sur cette fichue pédale – et mon grand-père a passé la première. J'ai lâché le débrayage et j'ai accéléré. Je n'ai pas trop mal réussi mon coup. En braquant le volant comme un malade, j'ai réussi à m'engager dans le sentier, frôlant les branches des buissons et même raclant carrément le tronc d'un arbre. De toute façon, j'avais intérêt à y parvenir du premier coup, je ne savais faire aucune manœuvre, ni faire marche arrière.

– Ça va ? a demandé encore mon grand-père.

Je n'ai pas répondu. J'avançais péniblement dans le chemin plein de neige. Les animaux se bousculaient de part et d'autre de la voiture. Les arbres étaient serrés et leurs branches se rejoignaient au-dessus de nous comme une voûte. Tout à coup, j'ai reconnu les lieux et j'ai su où nous allions. Et j'ai su aussi que le moment approchait pour cette révélation.

– Arrête-toi ici, m'a dit mon grand-père. Il vaut mieux qu'on marche un peu.

J'ai freiné et j'ai tourné la clé pour arrêter le moteur – je savais que ce n'était pas la bonne méthode mais je n'en pouvais plus. J'ai tapé du poing sur le volant.

– Non, ai-je dit.

Et je me suis mis à pleurer. La voiture avançait toujours doucement. Mon grand-père a serré le frein à main.

– Salaud ! ai-je hurlé à l'intention de mon grand-père qui a fermé les yeux sous l'assaut. Tu savais !

– Tu t'en doutais, m'a dit mon grand-père doucement. Réfléchis !

– Non, ai-je sangloté.

– Lauris, je suis là ! a crié Colin d'une voix alarmée. Dis-moi ce qui ne va pas ! Laisse-moi monter devant !

Et j'ai senti qu'il glissait sa jambe entre les deux sièges, essayant de passer, mais j'ai mis mon bras pour lui barrer le passage et je lui ai hurlé de rester derrière.

– Merde ! ai-je sangloté. Merde !

Peu à peu les animaux s'écartaient, fuyaient, disparaissaient. Sont apparues au loin la clairière inondée de lune et la remise abandonnée. Nous étions arrivés.

– Lauris ! J'ai peur ! suppliait Colin. Dis-moi ! Dis-moi ce qui ne va pas !

Mais je ne pouvais pas m'arrêter de pleurer.

– Il faut y aller maintenant, a ordonné mon grand-père. J'espère qu'il n'a pas entendu le moteur.

Puis il m'a dit sans me regarder :

– Je suis désolé.

J'ai pris une grande inspiration et j'ai ouvert la porte de la camionnette. Colin s'est inquiété :

– Tu vas où ?

– Toi tu restes là ! ai-je dit d'une voix brisée. Tu ne bouges pas !

– Mais qu'est-ce que tu vas faire tout seul dans le noir et la neige ?

Mais déjà j'étais dehors. Mon grand-père marchait en direction de la vieille remise, à une cinquantaine de mètres de là. Soudain j'ai senti une main dans la mienne.

– Je viens, a dit Colin fermement.

– Tu ne peux pas, ai-je répondu. Tu restes ici. Tu dois faire ce que je te dis.

– Je viens, a-t-il répété, sur un ton sans réplique.

Il se tenait campé à mes côtés, sa main crispée dans la mienne, fermement décidé à ne pas la lâcher. J'ai soupiré :

– Mais que tu es chiant, bon sang...

J'ai serré sa main et je l'ai tiré derrière moi pour rejoindre mon grand-père qui nous attendait à l'entrée de la vieille remise. Nous en avons fait le tour. Sur le côté, il y avait une grosse pile de déchets entassés – bois, métaux rouillés, objets divers. Nous nous sommes cachés derrière, adossés contre le mur. C'était un excellent poste d'observation. Je haletais d'angoisse tout en serrant Colin contre moi. J'avais l'impression que mes larmes étaient en train de geler sur mes joues, que le froid s'attaquait à tout ce qui était humide en moi, jusque dans mes glandes lacrymales, mes sinus, ma gorge, et que mon visage était transpercé par des aiguilles de glace. Les nuages s'étaient levés depuis tout à l'heure. La lune avait disparu et on n'y voyait plus très clair, mais je devinais au loin la silhouette du petit chalet et il me semblait qu'une fenêtre brillait légèrement, d'une lumière vague, sans doute celle d'un petit feu de cheminée.

– Il est là, a dit mon grand-père. C'est sa tanière.

Et pourtant il paraissait tout droit sortir d'un dessin d'enfant, de ceux que les classes maternelles produisent en période de Noël, ce petit chalet parfait posé en bordure de forêt, avec du coton hydrophile collé sur le toit et le rebord des fenêtres. Il ne manquait qu'un cerf ou deux dans le tableau, et des oiseaux jaunes et bleus, qui viendraient manger dans la main d'une jeune fille aux cheveux très noirs et à la peau très blanche, et dont un chasseur convoitait le cœur. J'étais au bord de la nausée.

– Je crois que j'ai froid, a chuchoté Colin en claquant des dents.

Je me suis souvenu qu'il était en Crocs et aussitôt je lui ai donné mon blouson.

– Pourquoi tu pleures ? m'a-t-il demandé.

– Parce que je suis malheureux, lui ai-je répondu.

Il a repris ma main dans la sienne et il l'a serrée très fort. Il allait me dire quelque chose mais la porte du chalet s'est ouverte brusquement, avec un grand bruit. Une silhouette est apparue dans l'encadrement. Elle est restée plantée là, sans bouger, essayant de scruter l'obscurité. Il avait entendu le moteur. Il s'inquiétait. Il ne voyait rien. Il ne savait pas trop ce qu'il avait entendu. Ce bruit l'avait dérangé. Il avait encore du travail à faire. Il avait tellement de travail. Il courait sans cesse après le temps. Mais là, il n'y avait rien dehors. Juste la lune, les nuages, les arbres, la neige. Il a refermé la porte.

– C'était qui ? a demandé Colin. Tu peux me dire ce qui se passe maintenant ?

Je tenais toujours sa main. J'étais incapable de lui répondre.

– On y va, a dit mon grand-père. Maintenant.

Et il a commencé à traverser le pré enneigé. Malgré la quasi-absence de lune, sa silhouette était parfaitement visible sur la neige. Soudain, prenant une décision, j'ai soulevé Colin à bout de bras et je l'ai posé un peu au hasard sur le tas de bois.

– Ici tu auras moins froid aux pieds. En attendant que je revienne, tu restes là, tu ne fais pas de bruit, tu ne bouges pas.

– Hé, a-t-il grogné en se tortillant. Y a un truc qui me rentre dans le cul. C'est insupportable.

– Tant pis.

– Lauris, m'a-t-il demandé en me retenant par le bras, qu'est-ce qu'on fait là ? Qui c'est ce type ? Il est dangereux ?

Je ne savais pas quoi lui dire. Tout ce que je voulais, c'était qu'il reste à l'abri pendant que je faisais ce que j'avais à faire.

– Oui, il est dangereux, ai-je dit. Mais je ne risque rien. Tu sais bien que mon ange gardien est avec moi.

– J'espère qu'il n'est pas juste bon à passer les vitesses alors.

Il a remonté ses genoux contre lui, s'est pelotonné dans le blouson et a dit d'une petite voix :

– Dépêche-toi, je t'attends.

Je suis parti à la poursuite de mon grand-père. Il avançait bien mais la neige le ralentissait considérablement. J'en faisais moi-même l'expérience, obligé de lever haut les jambes, de progresser par bonds, comme un lapin ou un daim. Le chalet se trouvait à environ deux cents mètres. Il y avait un chemin qui y conduisait. Plus long certes, mais aussi plus praticable. Il devait y avoir une raison pour laquelle mon grand-père préférait passer par là. Effectivement, en me rapprochant, j'ai vu que ce côté-ci du chalet était aveugle, sans aucune ouverture. De façon assez étonnante, je n'avais plus du tout froid et je n'avais plus non plus envie de pleurer. Est-ce que c'était la course qui faisait circuler plus fort le sang dans mes veines ?

L'adrénaline qui faisait enfin son boulot ? J'ignorais tout de ce qui allait se passer ensuite mais j'étais étrangement détendu et déterminé. Et même pas essoufflé. Mon grand-père s'est arrêté pour m'attendre. Quand je suis arrivé à sa hauteur, il a pris ma main dans la sienne.

– Maintenant, c'est toi le chasseur, a-t-il chuchoté.

Et j'ai compris ce qu'il voulait dire. C'était exactement ça qui était en train de se passer.

– Qu'est-ce qu'on fait ? ai-je demandé à voix basse

– Il faut le faire sortir de là. Il faut le sortir de sa tanière.

Nous nous sommes approchés du chalet en silence. L'odeur du feu de cheminée était très forte, même à l'extérieur. J'ai effleuré le mur avec ma main, m'attendant presque à le trouver chaud. Mais non, le bois était humide et froid. J'ai longé la petite habitation à la recherche d'une fenêtre. Il n'y en avait en fait qu'une, celle que l'on voyait en arrivant depuis le chemin. Ce chalet si mignon était à peine plus grand qu'une cabane de jardin. Une niche pour un chien. J'étais juste à côté de la fenêtre maintenant. Je me suis plaqué contre le mur sans faire le moindre bruit. J'avais l'impression de le sentir. L'odeur de fumée et de feu se confondait dans mon esprit avec celle d'un fauve. J'ai jeté un regard à l'intérieur et mon sang s'est gelé dans mon corps. Je me suis éloigné d'un bond, je me suis appuyé contre le mur, fermant les yeux et bredouillant quelque chose d'incompréhensible, qui devait ressembler à une prière, en tout cas c'était le même élan.

– Lève-toi, m'a dit mon grand-père. Il faut en finir. Fais-le sortir de là.

– C'est une bête !

– Non, c'est un homme !

– Et une fois qu'il est dehors, je fais quoi ?

– Tu le conduis là où il doit aller.

Il ne m'a pas expliqué pourquoi, ni comment, mais il avait raison bien sûr. Nous devions tous aller où nous devions aller. C'était le moment. Je ne savais pas quoi faire exactement. Ni ce que je cherchais. Je savais juste que je n'en mourrais pas, mon grand-père me l'avait dit, et même si cela me semblait une faible assurance, c'était tout ce que j'avais. J'ai à nouveau fait le tour de la cabane, cherchant une idée, quelque chose, une phrase. Mille questions se pressaient dans ma tête. À l'intérieur, j'entendais des bruits. Il bougeait des objets, s'énervait, se parlait à lui-même. Je ne comprenais pas ce qu'il disait mais c'était SA voix. En l'entendant, j'ai senti à nouveau la nausée m'envahir.

– Je ne sais pas..., ai-je balbutié.

Je n'y voyais rien mais je lisais l'espace avec mes mains comme un aveugle lit du braille. Finalement ce sont mes pieds qui ont trouvé une issue. Je venais de buter contre une bûche, un petit tronc d'arbre plutôt. Je m'en suis emparé.

– Je vais essayer quelque chose, ai-je chuchoté à l'adresse de mon grand-père.

– C'est bien. Fais-le.

– Oui…

– Et tu l'amènes là où il doit être.

– Oui…

Est-ce que j'allais le tuer ? Le souffle court, j'écoutais, j'obéissais, j'allais faire tout ce que me disait mon grand-père. Lui savait comment les choses devaient se passer. Je devais avoir confiance. J'ai pris cette bûche, je suis allé me poster à côté de la porte, j'ai repéré ses gonds et j'ai vu comment il allait l'ouvrir, de quel côté il allait se trouver, et j'ai compris selon quel angle je devais l'attaquer. Il fallait que je lève haut les bras. Il fallait que je tape de toutes mes forces. Comment le faire sortir ? Mon grand-père se tenait juste derrière moi, j'entendais sa respiration s'accorder à la mienne, ses gestes se fondre dans les miens, j'étais sûr que nos regards ne faisaient qu'un, braqués sur l'entrée du chalet.

À court d'idées, je n'ai pas trouvé d'autre moyen que de frapper bêtement à la porte puis de me rabattre vivement contre le mur pour me mettre à l'abri. Il y a eu un silence vertigineux juste après le petit bruit ordinaire qu'a fait mon doigt cognant deux fois contre le bois. Un silence abyssal. Un silence de pierre. Il a semblé durer une éternité. Puis la porte s'est ouverte d'un coup et tout est allé très vite. Dans un état proche du cauchemar, j'ai vu surgir le canon d'un fusil et un coup est parti, puis deux, sans que je puisse réagir. Je n'avais pas imaginé une seule seconde qu'il puisse être armé. Je suis resté figé sur place, avec mon bâton dérisoire. Le troisième coup a eu pour effet inattendu d'abattre quelque chose dans le pré, à une trentaine de mètres de là, qui s'est effondré dans le noir avec un bruit de vêtements froissés. J'ai hurlé. Arnaud a fait un pas à l'extérieur. Il ne s'attendait pas à ce qu'il y ait quelqu'un juste à côté. Il ne s'attendait pas à ce que ce soit moi. Par une sorte de réflexe, il a souri, comme s'il était ravi de me voir – *hé mec !* –, mais je ne lui ai pas laissé le temps de recharger son fusil. J'ai levé haut mes bras et j'ai projeté ma bûche de toutes mes forces contre sa face de menteur. Et j'ai redonné un coup pour le faire tomber par terre. Et un autre. Et encore un autre. Et encore. Autant de fois que j'en ai eu la force. Et quand j'ai eu fini, j'ai regardé ce que j'avais fait. Arnaud était torse nu, étendu sur la neige, sa face et ses cheveux pleins de sang. J'ai espéré qu'il était mort. Et puis je me suis souvenu soudain à quel point j'avais adoré cet homme. Et j'ai revu son visage quand il partait au travail, son sourire rassurant. J'ai entendu sa voix me dire des paroles toujours pleines de réconfort, et souvent de sagesse. J'ai revu ses yeux quand il regardait ma mère. J'ai senti dans ma poitrine tout ce que j'éprouvais pour lui. La confiance. L'amour. J'ai cru que j'allais mourir de chagrin. Je n'étais plus du tout un chasseur. J'avais envie de demander pardon.

– Colin, a dit mon grand-père en me désignant la silhouette immobile qui faisait une sorte de petit tas dans la neige bleutée.

– Non ! ai-je hurlé.

– Je suis désolé, a-t-il dit.

– Non !

Et il a eu un geste bizarre de tendresse, me touchant les cheveux avec maladresse, comme s'il n'osait pas. J'ai couru auprès du corps. Colin avait les yeux ouverts. Il regardait quelque chose au-dessus de moi, dans la nuit. Il avait perdu une de ses Crocs dans la bataille et une légère brise agitait quelques boucles échappées de sa chevelure très propre. Dans son gilet trop grand pour lui, il était adorable comme un orphelin que l'on veut emmener chez soi pour le pourrir de cadeaux et d'amour.

– Je t'aime Colin, ai-je sangloté. Je t'aime vieux.

– Il faut y aller, m'a dit mon grand-père. Ce n'est pas terminé.

J'ai pensé que j'allais mourir moi aussi. Tout me faisait mal, tout était douloureux. Je me suis aperçu que je saignais du nez, que j'avais les mains blessées et mal à une cheville. Mais je ne pouvais pas le laisser là. J'ai pris Colin dans mes bras pour le porter.

– Dépêche-toi, m'a dit mon grand-père. Tu as encore du travail.

– Va te faire foutre, lui ai-je répondu.

J'ai marché vers la voiture avec mon ami mort dans mes bras, en prenant le chemin cette fois. J'avais les jambes raides comme des bouts de bois, ma cheville était de plus en plus douloureuse et ma démarche était saccadée, presque mécanique. La clé était toujours sur le tableau de bord. J'ai installé Colin à l'arrière le plus confortablement possible, lui parlant, m'excusant de ne pas pouvoir faire mieux, arrangeant de vieux journaux sous sa tête pour la caler et éviter que les cahots ne la fassent se cogner contre le sol de la C15. Avant de le laisser, je l'ai embrassé comme pour lui souhaiter une bonne nuit et j'ai fermé la porte aussi délicatement que si c'était celle de sa chambre. Puis je me suis remis à pleurer.

– Dépêche-toi ! a soudain crié mon grand-père en tapant sur le capot. Il arrive !

– Quoi ?

– Il arrive !

Et du doigt il m'a désigné le chalet. Arnaud était vivant. Il s'était relevé et courait vers nous. Il allait très vite. Il était déjà au milieu du pré. Il ne lui restait plus qu'une centaine de mètres à parcourir.

Mon grand-père s'est engouffré dans la camionnette, mais moi j'en étais incapable, fasciné par la créature qui galopait vers moi en poussant des cris de colère. La moitié de son visage était noire de sang et disparaissait dans la nuit. L'autre était défigurée par la colère. Et il était toujours torse nu, absolument indifférent aux températures polaires, comme si les phénomènes terrestres ne pouvaient pas l'atteindre. Puissant. Il m'est apparu extraordinairement puissant. D'une force largement supérieure à la moyenne. Et d'une rage infinie.

– Monte ! Dépêche-toi ! s'est énervé mon grand-père.

C'est la pensée incohérente qu'il pouvait encore faire du mal à Colin qui m'a jeté dans la C15. Tout de suite, j'ai démarré le moteur et débrayé. Mon grand-père a passé la première et j'ai accéléré, commençant à tracer un cercle dans le champ pour reprendre le chemin.

– On va passer la deuxième, m'a dit mon grand-père. Et puis tout de suite après la troisième.

– Pourquoi ? Il est à pied ! ai-je répliqué.

Mais aussitôt un bain de lumière a inondé l'intérieur de la C15. C'était la dépanneuse, avec ses phares aveuglants, lancée à notre poursuite.

– Allez, m'a dit mon grand-père. Allez, il faut aller plus vite.

La dépanneuse arrivait sur nous. Au prix d'un effort terrible, j'ai fait tous les gestes, débrayant, accélérant, mon grand-père à la manœuvre sur le levier de vitesse.

– Prends à droite ! a-t-il crié soudain.

Et comme je ne réagissais pas assez vite, il a braqué le volant pour moi. Nous nous sommes retrouvés roulant à toute allure sur un sentier de traverse, une sorte de couloir très étroit caché dans la végétation. La dépanneuse ne pourrait pas nous suivre là.

– Mais où on va ? ai-je demandé.

– Tu vas bientôt rejoindre la route. Mais il faut foncer. On a juste gagné un peu d'avance.

Les buissons griffaient la voiture en faisant un bruit de tempête. Et puis, assez rudement, les pneus ont mordu le bitume et le ciel s'est dégagé. Nous étions revenus sur la route.

– À droite ! Fonce ! m'a ordonné mon grand-père.

J'avais passé la troisième. Je crois qu'il s'attendait à ce que je passe la quatrième mais déjà je trouvais que je roulais trop vite.

– Allez, pas le choix, vas-y !

Les phares de la dépanneuse ont à nouveau éclairé l'intérieur de l'habitacle. Arnaud était derrière nous.

– Passe la quatrième. Il va bientôt ralentir. La côte est trop raide. Son engin est trop lourd, m'a expliqué mon grand-père. Quand ça descendra à nouveau, il faudra que tu fonces jusqu'à l'autoroute.

– C'est loin ?

– Une dizaine de kilomètres encore. Allez, tu t'en sors très bien.

J'ai débrayé, la quatrième a été passée et j'ai appuyé à fond sur l'accélérateur. La lumière des phares a commencé à décliner. La C15 quant à elle, brave bête, attaquait vivement la côte. Nous nous éloignions.

– Tu dois accélérer encore, m'a dit mon grand-père. Après il y a le rond-point. Il ne sait pas où nous allons. On va le semer.

– Je ne peux pas rouler à fond ! ai-je hurlé. J'ai peur ! Je ne sais pas conduire ! La voiture va m'échapper ! On va mourir !

– Tu ne mourras pas, m'a dit mon grand-père. Pas encore. Tu vas avoir une longue vie, Lauris.

– Et Colin ? ai-je demandé, me remettant à sangloter. Et Colin ? Pourquoi lui ?

– Tout est lié, a répondu mon grand-père. Tout se tient. Le monde suit sa propre logique.

– J'en peux plus de toi ! ai-je explosé.

À nouveau j'étais en colère. Plus qu'en colère même. J'étais furieux. Sans avoir reçu la moindre blessure, j'avais le visage plein de sang séché, je le sentais sur mes lèvres. Mon grand-père s'est tu. Nous avons parcouru quelques kilomètres ainsi, dans le silence. Puis la route a commencé à descendre.

– Quelle heure est-il ? ai-je fini par demander.

Il me semblait que le ciel avait changé.

– Presque 6 h 30, a répondu mon grand-père.

Le jour allait bientôt se lever.

– J'ai faim, ai-je maugréé.

Mon grand-père n'a rien dit mais je l'ai vu sourire et à mon tour j'ai souri dans le vide, les yeux toujours braqués sur le ruban noir du bitume qui se déroulait devant moi. Nous allions arriver à l'entrée de l'autoroute. Nous nous arrêterions sur l'aire de Grand-Passage. Nous demanderions de l'aide.

– Il est là, a dit mon grand-père. Tu dois foncer.

J'ai débrayé et mon grand-père a passé la cinquième. Maintenant je volais au-dessus de la route. J'avais l'impression d'être sorti de mon corps. À quoi pensait-il, l'autre là-bas qui me poursuivait ? Que se disait-il ?

Je vais te tuer…

Que se passait-il dans sa tête, dans son corps, quand il voyait une jeune fille gentille et douce qui lui souriait ?

te tuer...

Comment procédait-il ?

tuer...

Il n'avait pas vraiment de méthode. Il était gentil et tout le monde le connaissait et l'aimait. Elles le suivaient sans hésiter. Il n'avait pas vraiment d'explications à fournir sur ses allées et venues, ses départs tard dans la soirée, ses retours dans la nuit, ses retards. Tout le monde savait quel boulot il faisait. Personne ne s'étonnait de voir sa dépanneuse sur la route.

– À tout à l'heure mec. Ou à demain plutôt. Je te confie ta mère.

Mais d'où venait-il ? Que faisait-il avant ? La même chose ? Comment était-il arrivé ici ? Par hasard ? Et pourquoi nous avait-il choisis, nous ?

– On va se faire une chouette petite piscine rien que pour nous trois...

La réponse à cette dernière question était évidente. On avait tellement besoin de lui, ma mère et moi. On n'attendait que lui. On lui avait ouvert grand les bras. Il n'avait plus qu'à poser ses valises.

– Allez viens mec, on va aller ranger ces planches...

Pourquoi m'avait-il amené là-bas quatre jours plus tôt ? Voulait-il que je sache ? Voulait-il être pris ? Mais la vérité m'est apparue soudain, claire et complètement invraisemblable. Il m'avait amené là-bas simplement parce que c'était ce qu'il avait prévu de faire ce jour-là. Il voulait se débarrasser de ces fichues planches pour qu'il n'y ait pas de bordel dans le garage. Et ce, même si cela impliquait de me conduire à deux cents mètres du corps de Lucie qu'il venait d'enlever et s'apprêtait à torturer. Il s'en fichait complètement.

– Hey, Lali, qu'est-ce que tu fais là toute seule à pied ? Tu boudes ? Allez, monte ! Je te ramène !

Une fois qu'il les avait amenées là-bas, qu'est-ce qui se passait ? Qu'est-ce qu'il leur disait ? Je parie qu'il devait parler de lui, de son enfance. Il s'en fichait qu'elles aient peur, qu'elles crient. Il ne les entendait pas. Il se mettait torse nu devant elles et il leur racontait sa vie, comme si c'était normal.

– Un humain raté. Un individu qui n'est pas fait pour vivre parmi les hommes. Une sorte de monstre...

À leur tour, il les faisait parler. Il voulait savoir des choses sur elles. Des choses intimes. Et il avait la voix gentille que tout le monde lui connaissait, son beau visage viril et franc avec ses cheveux blonds qui faisaient comme des rideaux de chaque côté de son visage. Dociles, elles lui répondaient, espérant que ce mauvais rêve cesse bientôt, s'appliquant à lui donner ce qu'il voulait, même si elles ne comprenaient pas de quoi il s'agissait. Pourquoi je savais tout cela ? Pourquoi je savais tout cela putain !

Parce que je l'aimais ? Parce que rien de ce qui était humain ne m'était étranger ? Foutaises !

Pourquoi était-il allé là-bas cette nuit encore ? Pourquoi prendre ce risque alors que les gendarmes étaient aux aguets ? Avait-il peur ? Oui, il avait peur. Il nettoyait tout.

Il n'arrêtait pas de nettoyer. Il pensait que les gendarmes avaient des doutes, qu'ils se rapprochaient. Tôt ou tard quelqu'un se souviendrait, quelqu'un monterait là-haut, au chalet. Alors il n'arrêtait pas de nettoyer, de réparer, d'acheter des produits spéciaux par correspondance, de ceux qui pouvaient effacer le sang.

– J'ai un paquet à retirer à Grand-Passage, les mecs. Je vous prends.

Mais la question qui me faisait le plus mal était : nous avait-il aimés, ma mère et moi ? Nous avait-il aimés ? Ou n'avions-nous été pour lui qu'un refuge provisoire ?

– J'adore ta mère, mec. Je suis là pour toi. Tu peux compter sur moi...

J'ai laissé échapper une larme. J'avais tellement voulu qu'il soit mon père.

– Il se rapproche, s'est inquiété mon grand-père. Ne loupe pas la bretelle d'accès. On y est bientôt. Après il n'y a plus que deux kilomètres avant l'aire de Grand-Passage.

De façon complètement incohérente, j'ai pensé que ma mère était peut-être au boulot, que j'allais pouvoir lui apporter le corps encore chaud de Colin et qu'elle pourrait peut-être faire quelque chose. À cette idée, j'ai éclaté de rire. J'étais en train de devenir fou. Mais mon grand-père s'en fichait. Mon grand-père voulait juste que je roule à deux cent cinquante mille à l'heure et que je ne loupe pas cette fichue bretelle.

– C'est là ! Au rond-point ! La deuxième sortie ! Fonce !

Je n'ai pas jugé utile de faire le tour du charmant îlot végétalisé. Je suis allé tout droit et la C15 a fait un grand bond au sommet du rond-point puis s'est récupérée pas trop mal sur ses quatre vieux pneus. Ensuite je suis passé sur un terre-plein enneigé, puis sur un autre en dur que les amortisseurs ont eu du mal à digérer, et enfin je me suis engouffré dans la première voie qui s'offrait à moi.

– Tu l'as prise à l'envers ! a gueulé mon grand-père. On ne roule pas dans le bon sens !

– Je fais demi-tour alors ?

– Il est derrière ! Accélère !

Mais j'étais déjà à fond. Je ne voyais pas comment je pouvais aller plus vite. Sauf à se faire désintégrer la bagnole.

– Les caméras de surveillance vont nous signaler, non ? Ou alors on va croiser une voiture ?

– Il y a des travaux sur ce tronçon, ta mère te l'a dit ! Fonce ! On va bien finir par sortir quelque part !

Soudain des plots orange sont apparus sur le côté droit de la voie. Il y avait de longues tranchées creusées le long de la chaussée. On ne pouvait rouler qu'en serrant à gauche.

– Ça va le mettre en difficulté ! ai-je dit à mon grand-père.

– Nous aussi ! a-t-il rétorqué.

Et c'était vrai que j'avais beaucoup de mal à conduire sur la chaussée déformée par les travaux. Il fallait être très vigilant et sans cesse éviter les obstacles. Un camion a surgi soudain sur la voie d'en face, dans le même sens que nous. Le conducteur a roulé un instant à notre hauteur, incrédule. Puis il a klaxonné longuement avant de nous dépasser. J'espérais qu'il allait donner l'alerte.

– Ne freine pas, s'est exclamé mon grand-père. Il se rapproche. Il va nous rentrer dedans !

Mais je n'avais pas les réflexes d'un gameur. Je donnais à droite et à gauche de grands coups de volant dangereux qui déstabilisaient la C15. Arnaud arrivait droit sur nous. Je voyais la calandre scintillante de la dépanneuse se rapprocher quand je risquais un œil dans le rétroviseur. Les plots orange volaient sur son passage. Maintenant le soleil se levait et la lumière de ses phares n'inondait plus la cabine. Je savais déjà que ça allait être un jour pâle, triste et gris.

– Il arrive ! a crié mon grand-père. Encore un effort ! Fonce !

Mais je n'en avais plus envie. Je ne voulais plus. J'étais épuisé. Les muscles de mes bras et de mes jambes étaient mous. Je me laissais aller en arrière contre l'appui-tête. Je ne voulais plus rien voir de cette route hypnotique et interminable. Arnaud n'était plus qu'à une centaine de mètres. Qu'il me tue, puisqu'il en avait tellement envie. Qu'il me tue. J'irai dormir avec Colin. Soudain, le paysage m'a paru étrangement familier. Comme dans un rêve, j'ai vu défiler des champs amis que je reconnaissais, des bosquets, des talus, des buissons : c'était chez moi, c'était le chemin que je parcourais depuis tout petit pour aller rejoindre ma mère à son travail et jouer sur l'aire de

Grand-Passage. La maison n'était pas loin. J'allais bientôt rentrer. Retrouver maman.

– Huit heures quinze, s'est écrié mon grand-père. C'est bientôt fini. Regarde ! Regarde !

Un cerf venait d'apparaître derrière la double glissière en métal galvanisé. Magnifique et plein de vie. Ses flancs se soulevaient au rythme de sa respiration puissante. Ses naseaux fumaient. Son poil d'un beau brun sauvage brillait. Tandis que nous passions devant lui, j'ai pu voir de près et comme dans un ralenti les cils immenses qui battaient au bord de ses paupières, ses yeux humides, la peau fine et nerveuse de ses naseaux. Toute son attitude exprimait la plus royale indifférence. J'étais émerveillé. J'avais l'impression que j'avais été préparé toute ma vie à cette rencontre. Du plus profond de moi-même, j'ai dit merci et une toute petite lumière s'est alors brièvement allumée en moi, juste l'espace d'une seconde, comme pour me signifier que le message avait été bien reçu. J'ai roulé encore pendant une cinquantaine de mètres, de plus en plus lentement.

– C'est fini, m'a dit mon grand-père au bout de quelques minutes avec un soupir de soulagement. C'est fini maintenant. Tu peux t'arrêter.

Je me suis rabattu sur la bande d'arrêt d'urgence. Les flancs de la C15 ont frotté longuement contre la barrière de sécurité et la vieille bagnole a grincé d'indignation et de douleur. Je freinais avec prudence, faisant faire de grands à-coups au véhicule, ne sachant plus comment on calait.

Finalement, il était aussi simple de tourner la clé de contact. Aussitôt la voiture s'est comme éteinte, à mon plus grand soulagement. Je suis sorti tout de suite, les jambes et le dos douloureux, ne supportant plus le contact de ce siège ni le volant poisseux. Je me souviens que je titubais comme si j'avais bu. Je n'en pouvais plus de chagrin et de fatigue. Je l'avais deviné, ce serait une journée pâle et triste.

La dépanneuse, brièvement perdue de vue, a jailli au détour d'un virage. J'ai d'abord entendu son moteur avant de la voir. Arnaud accélérait. Son visage était plongé dans l'ombre de la cabine. Je ne pouvais distinguer que ses avant-bras. Mais je n'avais pas peur. Je le regardais venir droit vers moi. Le cerf a décidé juste à cet instant de traverser inopinément la route. Sans même prendre son élan, il a franchi la barrière d'un bond élégant avant de s'élancer sur l'asphalte. Le timing était vraiment parfait. Arnaud est arrivé droit dessus. Il a essayé de braquer au dernier moment mais il n'a pu éviter de percuter de plein fouet l'animal qui faisait peut-être deux cents kilos. Je pense qu'il est mort juste à ce moment, lorsqu'il a été projeté contre le pare-brise qui s'est brisé sous l'impact. Je ne crois pas qu'il avait pris la peine de mettre sa ceinture de sécurité. La dépanneuse m'a dépassé, a continué de rouler toute seule, fauchant les plots de chantier et les barrières de sécurité pour aller finir sa course contre un rouleau compresseur. Il y a eu un énorme bruit, de la fumée, et un feu de détresse s'est allumé sous le choc, comme pour lancer un appel. Une fois. Deux fois. Trois fois. Puis plus rien.

C'était terminé.

Je suis tombé à genoux.

Quelques flocons de neige ont commencé à voleter.

17.

Avant que les premiers curieux s'arrêtent au bord de l'autoroute, avant que les coups de fil utiles soient donnés, avant que les procédures d'urgence et de secours soient enclenchées et que les sirènes d'alarme fassent leur office, avant que les gyrophares éclairent le théâtre des événements avec toute l'intensité dramatique nécessaire, avant que les couvertures de survie neuves soient sorties de leur emballage plastique, avant que les paroles de réconfort soient prononcées, avant que le médecin arrive et que d'un index posé sur les cous, il constate l'absence des pouls, avant que les brancards soient dépliés et que les barrières soient posées, avant les premières formalités administratives, les premières rédactions d'actes, les premières questions, la première tasse de café, avant que les choses progressivement se remettent en place pour que la vie puisse reprendre son cours et le monde sa marche, juste avant que tout cela me rattrape, durant une parenthèse dont la durée reste difficile à définir, faite de silence, de froid et de neige, je suis monté à l'arrière de la C15, je me suis assis à côté de Colin et je lui ai pris la main.

– C'est fini vieux, lui ai-je annoncé. Tu viens de louper un sacré truc.

Puis j'ai fondu en larmes.

– Ne pleure pas, a dit mon grand-père derrière mon dos. Il fait juste un autre voyage.

Je pleurais trop pour lui répondre et lui dire tout ce que je pensais de lui et en particulier de cette réflexion. Et puis soudain j'ai entendu la portière claquer et j'ai compris qu'il partait. Je me suis précipité à sa suite.

– Tu t'en vas ? lui ai-je demandé, incrédule.

Il n'a pas répondu. Il avait déjà franchi la glissière de sécurité et s'apprêtait à rentrer dans les bois.

– Attends ! lui ai-je crié, scandalisé. Attends !

– Je suis encore là, a-t-il répondu. Mais ça ne va pas durer. Si tu as des questions à poser, c'est maintenant.

Des questions à poser ? J'en avais un milliard. Je me suis approché de la barrière.

– Le cerf, ai-je soufflé. Il était vivant.

– Oui, a-t-il dit. Il vient juste de mourir.

– Je voyais son fantôme avant même qu'il soit mort, ai-je continué.

Mon grand-père a acquiescé :

– Les fantômes ne sont pas seulement les reflets du passé mais aussi du futur. Tu as vu ce cerf mort avant même qu'il percute la dépanneuse. Tu pensais connaître son passé, en réalité tu voyais son avenir. Dans ta vie,

Lauris, tu verras beaucoup de fantômes. Certains seront morts depuis longtemps, d'autres pas encore. Ne pense pas qu'il s'agit d'une malédiction. Cela te sera parfois très utile, tu verras. Il ne faut pas que tu en aies peur.

Je n'étais pas sûr de tout comprendre.

– Pourquoi ? ai-je demandé. Pourquoi je vois tout ça ? Pourquoi moi ?

Mon grand-père a souri :

– Aucune idée, a-t-il répondu sur un ton léger. Une bizarrerie de la nature sans doute.

Quelque chose me tourmentait toujours. Je savais que le temps était compté. Il fallait faire vite.

– Et mon père ? ai-je demandé, plein d'espoir. Qui est-il ? Est-ce que tu peux me le dire ?

Dans un premier temps il a fait mine de se retourner et j'ai cru qu'il allait partir. Je l'ai vu hésiter.

Puis il est revenu vers la barrière. Il s'est posté devant moi. Il faisait à peu près ma taille. Soudain, son visage s'est mis à changer. Au début, c'était imperceptible, à peine une impression, j'ai pensé qu'il souriait. Mais non, c'était autre chose. Assez rapidement, le phénomène s'est accéléré. Son visage changeait *vraiment*. Son corps aussi. Sa peau, ses vêtements bougeaient, semblaient se tendre, comme si une grande tempête intérieure l'agitait. Terrifié, j'ai compris : il était en train de rajeunir ! De l'apparence d'un vieillard, il était passé à celle d'un homme assez âgé, puis à celle d'un homme mûr, et la métamorphose se poursuivait sous mes yeux. Ont défilé un quadra dans la force de l'âge, assez baraqué, un type d'une trentaine d'années qui n'avait pas un seul cheveu blanc, un jeune homme hirsute et un peu voûté et puis, et puis...

Et puis je me suis retrouvé face à un adolescent qui me ressemblait comme deux gouttes d'eau.

– Je n'ai jamais su pour mon père, s'est-il excusé, attristé.

J'ai vu qu'il était réellement chagriné. Ce n'était qu'un enfant. J'ai voulu le rassurer.

– Tant pis, ai-je répondu. Ça n'a aucune importance au fond. Ne t'inquiète pas.

Il m'a souri. Et c'était moi qui me souriais à moi-même. C'était moi qui me prodiguais à moi-même des paroles de réconfort. Le fantôme que je voyais depuis le début n'avait jamais été celui de mon grand-père. C'était celui du vieillard que je n'étais pas encore. C'était le mien.

– Il faut faire vite maintenant, a-t-il chuchoté.

Il regardait ses mains, émerveillé, touchait son visage lisse, comprenant comme moi que ce moment était un cadeau. Je me suis agenouillé pour être à sa hauteur car il rapetissait de plus en plus. Il devait avoir dix ans, peut-être neuf, peut-être huit. Une dernière question me brûlait les lèvres. La plus importante finalement. Il fallait que je la pose.

– Est-ce que Géraldine m'aime ? lui ai-je demandé.

Il avait sept ans, six ans maintenant. Dans un instant il allait disparaître.

– Cocon, m’a révélé l’enfant qui savait tout de notre avenir.

Et il a touché mon nez avec son doigt, dans un geste malicieux.

– Tu seras son cocon.

À cet instant, une sirène d’alarme a retenti au loin. Le temps de tourner la tête, de voir la première voiture débouler en faisant hurler ses pneus, et il ne restait plus rien de lui sur la neige. Alors je me suis relevé et j’ai marché vers une silhouette qui m’appelait et me tendait les bras.

ÉPILOGUE

Cette année-là, Noël a eu un goût de cendres. Lorsque la veille je suis monté au grenier chercher les cadeaux, j'ai retrouvé le grand paquet assez lourd destiné à Arnaud. Quand j'ai déchiré le papier, je l'ai reconnue tout de suite. Elle était toute neuve et bien sûr, elle était trop grande pour moi, trop lourde aussi, avec sa doublure épaisse et son col fourré. Mais je savais que je la porterais plus tard, pendant une grande partie de ma vie sans doute, et qu'elle allait s'user sur moi et prendre une couleur assez indéfinissable, entre le beige et le gris, que j'avais encore à l'esprit. Je savais que la fourrure du col allait s'abîmer, devenir rêche et me râper un peu les joues. Je savais tout cela parce que c'était ma veste. Et c'était assez juste, d'une certaine manière. Autrefois, quand un chasseur tuait une bête, il se revêtait de sa peau. J'avais tué Arnaud. J'avais donc gagné ce vêtement, un vrai vêtement de chasseur, ou d'homme qui travaille au grand air. Mais pour l'instant, il pesait beaucoup trop sur mes épaules, alors je l'ai enlevé et je l'ai rangé dans son papier. Dans une de ses poches se trouvait une enveloppe. Je me suis souvenu qu'elle m'était destinée. À l'intérieur était glissé de l'argent avec un petit mot de ma mère :

Ceci ne doit pas servir à l'achat de cigarettes ou d'alcool ! Joyeux Noël mon fils. Ta mère qui t'aime.

J'ai pris l'argent mais j'ai laissé le mot dans la poche pour pouvoir le retrouver un jour, comme un message que je m'envoyais dans le futur. Dans le grenier, je suis également tombé sur l'écrin de cuir bleu qui renfermait la bague achetée par Arnaud, anneau d'or et minuscule goutte de diamant gris accrochée dessus. En la voyant, je me suis posé cette question qui me tourmentait toujours : nous avait-il aimés ? Y avait-il eu chez lui une once de sincérité ? Ou alors n'avions-nous été pour lui qu'une couverture ? À cela, bien sûr, je n'avais aucune réponse. Lorsque, après beaucoup d'hésitations, j'ai donné l'écrin à ma mère, elle ne l'a même pas ouvert. Elle s'est précipitée dans le jardin et elle l'a jeté dans le trou béant de la piscine qu'elle n'avait pas encore fait combler et qui désormais ressemblait à une tombe fraîchement creusée. Elle était calme. Elle ne pleurait pas.

Quelques jours plus tard, un jeune flic que j'avais aperçu sur l'autoroute le jour de l'accident est venu à la maison. Il voulait que je lui parle. Il y avait des choses qu'il ne comprenait pas dans ce dossier, disait-il. Des zones d'ombre. Je savais qu'elles seraient impossibles à dissiper mais je lui ai raconté tout ce que je pouvais. Il était doux et patient. Il est revenu souvent, même après que l'affaire était bouclée. Je voyais qu'il se sentait bien à la maison. Maman, peu à peu, a retrouvé le sourire. Moi, j'ai mis des mois à me détendre en sa présence. Je n'étais pas près de refaire confiance au premier venu, d'autant plus s'il était charmant et sympathique et, circonstance aggravante, m'appelait « mec » à tout bout de champ, ce qui me tapait sur les nerfs.

C'est à partir de cette époque que les apparitions se sont raréfiées. J'ai compris que j'allais les oublier. J'en ai profité pour retrouver une insouciance que finalement je n'avais jamais connue. J'ai compris également qu'il allait falloir du temps pour que Géraldine soit convaincue que j'étais l'homme de sa vie. Bien sûr, elle n'était pas du tout au courant du programme que lui avait réservé le destin. En attendant que l'évidence s'impose à elle, il me suffisait de la regarder vivre, hésiter, butiner, se tromper d'âme sœur. De rester là et d'être son ami, parfois son amant. De l'appeler Gérald. J'étais son cocon. J'étais sûr de moi. Je n'avais pas peur de la perdre.

Certains jours, quand les vents sont favorables, je peux percevoir de la maison la rumeur de l'autoroute, passage obligé de milliers de gens qui descendent vers le sud ou se dirigent vers le nord, dans leur éternel mouvement migratoire. Ces jours-là également, je ne sais pas pourquoi, mais je pense à Colin plus que d'habitude. Je me demande si son voyage se passe bien. Surtout, j'espère qu'il me pardonne de l'avoir mêlé à tout ça. Et je le vois prendre un air blasé tandis qu'il allume une clope, tire dessus et me souffle la fumée au visage, et qu'il me balance :

– *Parfois tu es un gros con mais je te pardonne. Bien obligé. On est amis.*

– ...

Oh, Colin, tu me manques...

L’autrice

Stéphanie Leclerc est l’autrice chez L’École des loisirs d’une pièce de théâtre (*Le parasol de Robinson*, 2015) et de deux romans : *Je m’appelle Bérénice* (2016) et *Ces rêves étranges qui traversent mes nuits* (2017).

Nº d'éditeur : 10290328 – Dépôt légal : septembre 2022 – Nº d'imp. : L22/72257N
Imprimé en France en décembre 2022 par l'Imprimerie Maury S.A.S. à Millau (12)